ハヤカワ・ミステリ文庫
〈HM(522)-1〉

テンプルヒルの作家探偵

ミッティ・シュローフ＝シャー
国弘喜美代訳

早川書房
9114

A MUMBAI MURDER MYSTERY
by
Meeti Shroff-Shah

Translated by
Kimiyo Kunihiro
First published 2024 in Japan by
HAYAKAWA PUBLISHING, INC.
This book is published in Japan by
arrangement with
JOFFE BOOKS LIMITED
c/o LORELLA BELLI LITERARY AGENCY LIMITED
through THE ENGLISH AGENCY (JAPAN) LTD.

つねに忘れず最も重要な質問を投げかけてくれる
わたしのミールー・ピールーのために

テンプルヒルの作家探偵

登場人物

ラディカ・ザヴェリ…………作家。愛称ラディ
リラ……………………………ラディカのメイド
ラムザン………………………ラディカの運転手
マダヴィ………………………ラディカの姉
パンカジ・ザヴェリ…………ラディカの父親の兄
イラ……………………………パンカジの妻
ヴリンダ………………………父方のおば
リッシー………………………ラディカの大学時代の友人。新聞社の編集主任
サンジャナ……………………ラディカの親友。小児外科医
ジャイッシュ…………………サンジャナの夫
キルティ・カダキア…………サンジャナの父。投資家
マンジュラ（マンジュ）……サンジャナの母。女子校の経営者
アミット・カダキア…………サンジャナの弟
ソーナル………………………アミットの妻。保険会社勤務
ランジャン・カダキア………サンジャナの弟。理学療法士
ヘタル…………………………ランジャンの妻。ジュエリーデザイナー
バワニ・ラル…………………カダキア家の料理人
カマル…………………………同メイド
ヴィノッド・シャー…………キルティの株のブローカー
ヘメンドラ……………………高利貸し業者
カウシャル・ポダール………キルティのアパートメントの自治会仲間
ガナトラ………………………同自治会仲間。B棟の住人
カニカ…………………………ガナトラの息子スミットの妻
シンデ…………………………担当捜査官。警部補

1

ムンバイの上流階級が住む、陽光降り注《そそ》ぐ閑静な坂の街テンプルヒルで、グジャラート人（インドのグジャラート州出身の人々）たちのあいだでは、人に何を言われるかを恐れる気持ちは、神への恐れより強い。評判というものが肝腎で、体裁というものが重要だ。それらを維持することは、家業とともに数世代にわたって伝えられてきたライフスキルである。そこには行動規範が存在し、それが発揮する力はあいまいながら明白だ。すべてはあるべきようにある――少なくとも表面上は。実際、海に面した豪奢なアパートメントの金ピカなドアや絹のカーテンのかかっている窓の奥で、雑多な暮らしが営まれている。テンプルヒルでは、現実の幸せは、見かけの幸せほど重大ではない。

口紅を塗りなおしながら、ラディカ・ザヴェリはもどってきた世界について考えた。数分後には、姉と義兄が開いてくれる〝お帰りなさいパーティ〟のただなかにいるだろう。家族や友人に取り囲まれることになる。わざわざ会いにきてくれる者もいるが、大半はおそらく好奇心に駆られてのことだ。けれども、それを咎《とが》めだてすることはできない。みんないろんな噂を聞いているはずだ。

ラディカは十年以上海外にいたが、テンプルヒルのグジャラート人たちは多くの触手を伸ばし、おじやおば、いとこが世界じゅうに散らばっている。ラディカの人生の断片やそれを歪めた話が、人々のあいだにひろがっていることだろう。

ラディカは息を深く吸いこんだ。弱っているところを見せるわけにはいかない。苦しむ姿を見せたら、喜ぶ者は多い。それはつまり、そういう人たちの生き方や、凝り固まった狭い世界観が正しかったと認めることになる。自業自得だ。ラディカもそういう社会の一員だったが、他人のやり方を気にしたことはなかった。ラディカ以外のだれであれ、テンプルヒルの共同体とはとっくにつながりは切れている。とはいえ、ラディカの家族にはとびきり有力な人脈があり、ラディカ自身も恐ろしいほど金持ちだ。世間はラディカを例外とした。それでも、弱っているラディカを見れば、きっと喜ぶだろう。そんな楽しみを与えるなんて冗談じゃない。

穿鑿《せんさく》好きな質問にも対処はできた。背後からささやく声。こそこそ交わされている会話は、しばしばラディカのもとにも届いていたが、あまりに歪んでいて、自分のことを言われているのだと気づきにくいほどだった。耐えられなかったのは、同情のほうだ。ある意味では、自分も共同体の一員だ。問題ないように見えているのが大切なのだ。

最後に一度、鏡に映る自分を見た。紙巻煙草みたいな細身の白いパンツを穿き、ヌードカラーの薄いトップスからは黒いレースのブラジャーと平らなお腹が透けて見える。本人がどう思っているかにかかわらず、見た感じは悪くない。それは大切なことだ。

ラディカはもう一度深呼吸をしながら、シャンデリアが照らす明るい居間に足を踏み入れた。十億ぶんの一秒、静けさがおりて、そのあと女性の甲高い声が聞こえた。

「〝ちっちゃな《ディクラ》〟ラディカ!」

その声に聞き覚えがあって一瞬たじろぎながら、ラディカは振り返った。サリーを身にまとったふくよかな女性が、エアコンがよく効いているにもかかわらず腋の下に大きな汗染みをつけて、体を揺らしながらよたよたと近づいてくる。あまりに長くハグをされて、ニンニクの強烈な口臭で気分が悪くなる。

「こんにちは、伯母さん《カキ》(カキは、父方のおばの意)!」ラディカがまあまあ長いと感じたくらいの時間を経たあと、伯母は抱擁を解いた。

「すっかり痩せちゃって! 頬がこけてるじゃないの。あのなんとかいう男のせいね……

マクドナルド……いや、マッキンゼーだっけ？　そいつのせいで、食欲が落ちちゃったんでしょ。言わなくてもわかる……だけど、安心して、あんたはもうもどってきたんだから……家族のもとに……あたしたちがしっかり太らせてあげる。だから安心して」

「あら。そのあと、増えた体重をまた減らすためにソナリ・クルカルニにお金を払うの？　ねえ、伯母さん《カキ》、それっていい考えには思えないんだけど」ラディカは伯母が長年世話になっている食事療法士の名を挙げた。

ラディは自分の基準に照らしても無愛想な言い方だとわかっていたが、伯母がマッキンゼーの名前をこんなにすぐに持ち出してくるとは夢にも思っておらず、ちょっとショックを受けていた。もう一年以上、その名前は耳にしていない。でもたぶん、これはイラ伯母《カ》さん《キ》の特技なのだろう。伯母には、相手にとって一番痛いところを嗅ぎ分ける能力がある。

イラが答える前に、その夫、パンカジ・ザヴェリがやってきた。「こんにちは、ベータ（英語でsonの意）」そう言ってラディにハグをする。

「こんにちは、伯父さん《カカ》（カカは、父方のおじの意）」ラディは心から喜んで言った。

温厚で馬鹿がつくほど親切な、この父親の兄に対する唯一の不満は、イラと結婚したことだった。それともうひとつ、イラが見苦しいふるまいをしても、何も言わないことだ。

「帰ってくるつもりだと聞いて、とてもうれしいよ。昔のアパートメントを再利用する気だって聞いたけど」ラディカが子供のころに住んでいた家のことだ。

「そうなの」ラディカは微笑んだ。「だけど、もとのようにはいかないから……内装を全部変えようと思って」

「それはいい。心機一転だ……インドはこの十年で大きく変わったからね。この国の出版界も活況を呈して――」

「あら、あんたまだ書いてるの？」イラの声はまるでペプシコーラだ。氷のように冷たく、砂糖まみれで。「全然知らなかった！　ここインドじゃ文明社会から離れて暮らしてるものだから。あんたの新刊を見逃すなんて信じられない。なんてタイトル？」

ラディカの頬が赤く染まった。最新刊が出てからもう三年経っている。新作を書きはじめてもいない。それどころか一年以上、ワード《Word》のドキュメントを開いてもいない。イラもそのことを知っているにちがいない。《ポスト》紙に、近ごろの作家は若いうちから執筆をはじめるが、早々に燃え尽きてしまうという記事が載り、その例としてラディカを引き合いに出していた。それがワッツアップのグループチャットで広まっていたのだ。

「これは極秘事項なんだけどね、伯母《カキ》さん」ラディは明るい口調で言い返したあと、いわくありげに身を乗り出した。「実は、本を三冊出す契約をしてるの。残り二冊がどこへ向かうか見当もつかないまま一冊目を出すわけにはいかないでしょう？」

伯母はラディに冷ややかな笑みを投げた。ラディがこんなふうに厚かましく嘘をつくとは思っていなかったにちがいない。でも、そもそもラディがスランプに陥っていることを知っていたと明らかにしなければ、ラディが嘘をついたと非難することはできない。

「そう、よかった。もちろん、いつもみたいにサイン入りの本が欲しい」

「もちろんよ」

ラディカの姉、マダヴィが突然、かたわらに現われた。「伯父《カカ》さん、伯母《カキ》さん、ちょっとラディを借りてくわね」

「もっと早く来れなかったの、姉《ディ》さん？」イラに声が届かないところまで離れると、ラディは小声で言った。そして、近くのサーバーのトレーから、冷えたモヒートを勝手にとった。「ついさっき、三冊の本を同時に執筆してるって言っちゃったでしょ！」

マダヴィがにっこりと笑った。「いいじゃない！　何がなんでも書かなくちゃ」

ラディはミント味の飲み物に口をつけながら、顔をしかめた。「いつになったら、家族の集まりでアルコールを出すようになるわけ？」

マダヴィは声を出して笑った。「ふん！　見こみはゼロよ」

「みんなも飲まないわけじゃないでしょ」ラディは親類たちに手を振った。「だって、どうしてみんなで飲めないの？」

「何言ってんの……よきグジャラートの子供たちは年長者の前でお酒を飲まないものだって、あんたも知ってるでしょ。いずれにしても、あんた本気でイラ伯母《カキ》さんとお酒を飲みたいの？」

ラディはにやりと笑った。「特にそういうわけじゃない。けど、イラこそがそもそもお酒を飲みたくなる原因なの！」

ふたりで部屋を横切ると、ラディは足を止めて、おじやおば、家族ぐるみの友人たちからなる一団に挨拶をした。

「満員御礼みたいね」ラディはマダヴィに言った。

「冗談でしょ。みんなの知ってる最大の噂の的はあんたじゃないの。みんな手ぐすね引いて待ってるわよ」マダヴィが言い、ふたりでバルコニーに出ると、そこに眼鏡をかけた長身の男がいた。白いものの交じる髪に、疲れた褐色の目をしたその人がふたりのほうを見る。

「リッシー！」ラディは驚きの目で男を見つめた。「ここで会えるなんてうれしい！」

男が笑い、その目が輝いた。たちまち十歳ほど若く見える。「きみの姉さんにここへ連れてきてくれって頼んだんだ。お別れの挨拶をしたくてね」

「えっ？　もう？」

「ネハがおれの帰りを待ってる。学校がある平日の夜は……まあその、お互い家にいて、アヌーシュカを寝かしつけてやりたいって」

リッシーとラディは大学時代、仲がよかった。強い友情で結ばれ、何もかもが深く心に刻まれたドラマチックな関係だった。まわりはみんな、ふたりはくっつくものだと信じて疑わなかった。そしてそれは、それほど的外れな考えでもなかった。ところが人生はままならぬもので、この二、三年はフェイスブックでたまに誕生日のお祝いを言う以外、ほとんど口をきくこともなくなっていた。いまやリッシーは結婚して、娘がひとりいる。

「とにかく……会えてうれしい」ラディは言った。

「ぼくもだ。ちょっと落ち着いたころに連絡するよ。お茶《チャイ》でも飲みながらじっくり話したい」

ラディは微笑んだ。「いいわね」

リッシーが去るのを見ながら、姉のほうへ向きなおる。「わたしが悪いのかな、それともあっちが変なのか」

「まちがいなくあっちが変ね」マダヴィが言う。「サンジャナによると、リッシーの奥さんは……なんて言うか……ちょっと変わった人みたい」

「そうなの？　全然知らな――」

「きょうリッシーを招待しようと言ったのはサンジャナなの」マダヴィは手首に巻いた細いロレックスに目をやる。「そう言えば、サンジャナはどこ？　実は彼女、けさわたしに電話してきて、このパーティに手伝いは要るかと訊いてきたのよ。あんたが帰ってくるのを、ものすごく楽しみにしてた」

　ラディは愛情をこめて微笑んだ。サンジャナはとりわけ親しい昔からの友達だ。同じ学校にかよい、住まいも同じ建物で、十八年近くすべてを共有してきた――玩具も、服も、さまざまな秘密も。

「電話して確認しよう」ラディは携帯電話を探してあちこちのポケットを叩いた。

「あとでいいよ、ラディ、あんたを待ってる人が他にもたくさんいるから。ほら、ヴリンダ叔母《フィア》さん（フィアは、父方のおばの意）よ」

　そちらを向くと、大好きな叔母が歩いてくるのが見えた。ヴリンダは父方の叔母だが、ラディとマダヴィにとっては、両親の死後面倒を見てくれた第二の母のような存在だ。去年、ラディが落ちこんでどん底にいたとき、ヴリンダは一緒にいるためだけにアメリカまで飛んできてくれた。オックスフォード大学で修士号を獲得した心理学教授であるヴリンダは、人生の問題の大半について清々《すがすが》しいほど客観的な視点を持っている。現に、ラディに帰国を真っ先に勧めてくれたのはヴリンダだった。

「叔母《フィア》さん！」ラディは喜んで叔母を抱擁した。

「あなた、とってもきれいよ」ヴリンダが耳打ちする。

いとこたちに囲まれ、おばたちのかしましい一団に追われているあいだ、ヴリンダとはろくに挨拶もできなかった。何度も同じような質問に答えているうちに、夜はぼんやりと過ぎていった。

元気？　〝最高よ〟

執筆のほうは進んでる？　〝恐ろしいほどね〟

ずっとこっちにいるの？　〝できるなら〟

ニューヨークのアパートメントはそのまま？　〝ええ〟

家業のダイヤモンドビジネスをマダヴィと一緒にするつもりは？　〝ない〟

再婚は考えてる？　〝まさか〟

夜が更けるにつれ、客たちもさすがにラディへの興味を失ってきた様子だった。ラディの気鬱《きうつ》とセラピスト、そのセラピストとの情熱的な恋愛について聞いていた話が、単なる噂話だったからかもしれない。ラディは落ちこんでいるようには見えなかった。少々痩せすぎかもしれないが、一部の口さがない人々が言っていたような自殺願望などはなかった。周囲の人々はがっかりした。これで豪勢なご馳走がなかったら、残念な夜だと思っただろう。テンプルヒルでは、食べ物がもうひとつの大きな関心事だったから。

ラディは、客たちが食卓のほうへ移動するのを目で追った。驚くほど創意豊かな多国籍アジア料理が載っていて、テーブルはその重みでぎしぎしうなっている。クワイの具入りスープとハーブのきいたハードタイプのパンのそばに、ビルマ風の茶葉のサラダがある。千切りのニンジンと赤ピーマン、キャベツと春雨を詰めたベトナムの春巻の横に、ニンニクで風味づけした豆腐とキノコを詰めた点心が並んでいて、どちらもスパイシーなピーナッツソースと一緒に食べる。メインは、ココナッツミルクがベースのクリーミーなビルマの麺料理カウスェーだ。そのまわりに、キャラメリゼしたタマネギや櫛形に切ったライム、みじん切りされたコリアンダー、炒《い》ったピーナッツのはいった皿の他、半ダースほどの調味料が並んでいる。テーブルの反対側には、ニンジンやタマネギなどの根菜を食べない、より厳しい宗教を奉じている家族のためのジャイナ教版の料理が揃《そろ》えられていた。

「このケータリング、ほんとに最高だね、マダヴィ――」

「あら、食器はノリタケ？　スリランカのお土産なの？　いいじゃない！」

「このクワイのスープ、何で香りづけしてあるの。レモングラス？　いや、ちがうな！　ミントと何かの味がするけど――」

「この茶葉のサラダ、家でも試してみたい。ベジタリアンのインド人向けの、ケトジェニック・ダイエットをはじめたってもう言ったかしら」

「ダイエットと言えば……最近ヴァニタに会った？　もうそりゃすごく太ったのよ！」

そうした会話の断片が耳に届くなか、ラディは部屋の隅に立ち、湯気の立つスープの皿を片手で持ちながら、食べ物がみなの関心の的であることに感謝していた。

食べ物に関しては、信じられないほど多くの決まりがある。何を食べられるのか。いつが旬か。モンスーン期に葉物野菜は食べない。組み合わせはどうか。レンズ豆と乳製品は混ぜない。何時までに食べればいいのか。日没後はいっさい食べてはならない。テンプルヒルの住人は基本的に、肉や魚を食べないクリーン・イーティング（加工品を避け、自然食品だけを食べる食事法）の実践者だ。にもかかわらず、昼食前にすべての噂話をたいらげることがある。その皮肉にラディは驚いた。

ラディはスープをひと口飲んで、顔を歪めた。着陸してからずっと、胃が焼けつくような感触があったが、ひどかった機内食のせいばかりではないとわかっていた。神経が過敏になっているせいでもある。

「煙草が欲しいんだろう？」マダヴィの夫のアンシュルが、いつの間にか横に立っていた。この義理の兄に対しては気楽な仲間意識があり、マダヴィと人生をともにしてくれることにラディは感謝していた。

目を閉じ、深いため息をついて、どれほど喫《す》いたいかを示す。

「やめたってマダヴィに言ったんだって？　残念だけど！」

ラディはまだため息をつきながら、姉を見た。客たちがお代わりをとるのを確認している。ラディがまた一日一パック喫うようになったことを知ったら、マダヴィはひどくがっかりするだろう。

「それじゃ、そっちは？」アンシュルは片方の眉をあげて、顔を食卓のほうへ向け、さっき運ばれてきたばかりのマンゴーのパンナコッタとダークチョコムースのほうを示した。

「それじゃ、そうしようかな」ラディは微笑みながら同意し、ふたりで食事スペースへ移動した。

いつの間にか部屋に短い沈黙がおりていて、フォークがガラスにあたる音だけが響くなか、だれもがそれぞれの目の前にあるデザートに集中した。ラディはまわりを見て、突然の静寂を味わった。テンプルヒルでの生活は予測しうるものだ。気分転換にはなるだろう。

2

翌朝、ラディカの目覚めはすっきりしなかった。まだ時差ぼけがあり、またいつもの両親の夢を見たのだ。けれどもひと晩じゅう苛《さいな》まれていたのは、その件ではなかった。ラディカはそれがなんなのか、差し迫ったことであるという点しか覚えていなかった。

煙草のパックを求めて手を伸ばしたものの、小声で悪態をついた——姉と姪たちの厳しい目から遠ざけるために、煙草はハンドバッグにしまって戸棚のなかに入れておいたのだ。携帯電話を見つけてふたたび悪態をつき、携帯の壁紙を変えようと百回目の誓いを立てる。いまの壁紙は、パーティでの自分とマッキンゼーの写真だ。マッキンゼーの膝の上にすわり、片手に白ワインのグラスを持って、マッキンゼーの言ったことに頭をのけぞらせて笑っている。マッキンゼーの手はラディカの腰をしっかりと抱え、灰色の瞳で微笑みかけている。ラディカは突然気づき——何に悩まされていたかに気づいて——ため息をつき、目をそむけたくなった。

はっきりと目が覚めた。上体を起こして、携帯電話のメッセージをすばやくスクロールする。友人のサンジャナからは、やはりなんの連絡もない。この一週間毎日電話をして、帰国について話していたのに。姿を現わさないのはサンジャナらしくないし、緊急事態でないかぎり――サンジャナは小児外科医なのだ――パーティに来ないとは考えられない。それにしても、電話なり、せめてメッセージを送ってくることはできるだろう。ただし……ただし、彼女自身が緊急事態に見舞われたのでないかぎり。サンジャナは妊娠五カ月で、しかも流産の経験がある。

そんなことを考えていたら心配になって、ラディカは時間を確認した。午前七時。電話をかけるには少し早いが、そんなことはかまわない。サンジャナに電話をしたが、呼び出し音が鳴りつづけた。ラディはベッドから飛び起き、耳と顎のあいだに携帯電話をはさんで、もう一度試した。やはり応答はない。どうすればいい？ ともに育ち、いまもサンジャナが住んでいるシー・ミスト・アパートメントは、歩いてほんの十五分の距離だ。すばやくTシャツとジーンズを着てスニーカーを履き、行く先をしたためたメッセージを姉宛に残すと、急いでアパートメントから出た。とにかくサンジャナに会わなくては。

午前中のテンプルヒルの空気は、いつも同じにおいがする。サフランと白檀《びゃくだん》、それに神聖な香り。コーヒーショップ並みにそこかしこにある、古いジャイナ教寺院から立ちのぼり、ティールタンカラ（悟りによって不死を得た聖人）の飲む神酒のような芳香で世界を満たしている。ラディはその香りを胸いっぱい吸いこみながら、坂道をおりていった。より強い感情が頭と胸に充満していて、手に持っている煙草は火をつけず、忘れたままだ。これもラディがテンプルヒルにもどってきた理由のひとつだ。神にここまで近づける場所は他にないから。あるいは、ここまで怒りを感じられる場所はないと言ったほうがいいだろうか。

ホウオウボクの燃え立つような黄色がかったオレンジ色の花が、大量に地面に散っていた。寺院へとつづく険しい坂道を、裸足で急ぐ敬虔《けいけん》な人々のための絨毯《じゅうたん》のようだ。裸足を選んだのは、神を敬うがゆえというより、必然的に踏んでしまう蟻の命のためだ。テンプルヒルでは、すべての生き物は神聖であるとするアーヒムサーという教条が重んじられている。

テンプルヒルには朝が似合う。人々は早朝から起きて活動している。ヨガマットを脇に抱えている者もいれば、スニーカーを履いて公園へ向かう者もいる。幼い子供たちが自宅の門の前で通学用のバスが来るのを待っている。コックやメイドが、その日最初の仕事場へ向かって急ぐ。あちこちに小さな花屋のスタンドがすでに出ていて、ユリやラン、キクの花がプラスチックの安い容器におさめられているにもかかわらず、立派に花を咲かせている。

お茶を売る小さな屋台では、その朝最初の一杯が作りはじめられていた。お茶売りの男のまわりに、運転手や新聞売り、警備員が群がっている——テンプルヒルの住人たちが定刻に一日をはじめられるように、早朝から動き出している人々だ。ラディはお茶が一杯欲しかった。サンジャナと一緒に飲めたらいいのに、と思う。

シー・ミスト・アパートメントは十一年前、ラディカが最後にそこにいたときと比べると、パステルグリーンのペンキで塗りなおされ、アパートメントの名を告げる手書きの白い文字のフォントがより太く、大きくなっていた。だが、それ以外は記憶どおりだった。九階建てで、A棟とB棟のあいだに広い囲い地があり、その端にずらりと並んで停められた高級車のまわりで、子供たちがかくれんぼや警察と泥棒ごっこなどをして遊んでいた。そのアパートメントはアラビア海に面して、太陽と涼しい潮風をつねに浴びながら、一年じゅう絶えることなく落ち着き払って建っている。囲い地の入口にある公園に見覚えのあるブランコがあるのが目にはいり、ラディの心臓は飛び出しそうになった。隅にあった小さな砂場は、新しいジャングルジムに代わっていた。でもそれ以外は、湾曲した赤い滑り台も、黄色と黒の縞模様のシーソーも昔のままだ。ラディはB棟へ向かった。サンジャナとその夫のジャイッシュは、結婚後、家族のそばに住むためにこのアパートメントの一室を購入したのだった。

ロビーの前にいる老齢の警備員の男は、若い女が近づいてくるのを見た。なんとなく見覚えがある気がするが、会ったことがないのはほぼたしかだ。なのになぜ、女は笑いかけてくるのだろう。

ラディカは警備員のデスクの前で足を止め、微笑みかけた。「おじさん《チャチャ》、お元気でした？」

そのとき、警備員は相手がだれなのかわかった。というより、車の下にはいってしまったボールをとらせてくれ、と千回言われたその声に気づいた。

警備員は満面の笑みを浮かべた。「やあ、ベイビー、何年も経つのに覚えていてくれたんですね！」

ラディは、警備員が〝ベイビー〟ということばを使ったことに微笑した。使用人が雇い主の子供を〝ベイビー〟とかヒンディー語で〝バーバー〟と呼ぶこの習慣は、その〝ベイビー〟だったり〝バーバー〟だったりが成長して親になったあともずっとつづく。

「サンジャナ、いる？」

警備員の顔からあっという間に笑みが剝《は》がれた。「ええ、ええ。ご在宅ですよ。四階です」

エレベーターのなかでラディカは、警備員の表情が突然変わったことについて考えた。不安な気持ちが募る。

四階に着くと、エレベーターから出て、サンジャナの部屋のドアへと向かった。ベルを鳴らしたとたんにドアが開いた。化粧はにじみ、髪はぼさぼさの乱れた姿のサンジャナが現われ、ぼんやりした目でラディを見たのち、泣きじゃくりながら腕に飛びこんできた。

「どうしたの？」ラディは大声で言った。「何があったの」

「父さんが！　父さんが！」

ラディはサンジャナの父親のキルティ・カダキアが前日亡くなったことを、すすり泣きのあいだから聞きとった。サンジャナの母親のマンジュが午後五時ごろ帰宅し、夫が書斎の机の上に突っ伏しているのを見つけた。頭にビニール袋をかぶり、目の前のテーブルに、睡眠薬の錠剤の空《から》シートが散らばっていたのだという。

「警察は自殺だと見てる。でも、そんなはずない！　そんなまさか！」

「落ち着いて」ラディはサンジャナの髪を撫でながら、言われていることを理解しようとした。

「きのうの朝、父さんと話したのよ！　生まれてくるあたしの赤ちゃんを抱っこするのが待ちきれないって言ってた！　それなのに自殺だなんて！　どうしたらそんなことになるの」

「おばさんは？　弟たちはどうなの？　警察の見解を信じてるわけ？　おじさんがなぜそんなことをしたのか、だれか心あたりはある？」

「ない。みんな、ただただショックを受けてる！　父がどんな人かは知ってるでしょう、ラディ。タフな人だった。こんなことをするような人じゃ――」

「知ってる」ラディは穏やかな声で言った。「知ってるわ」

　ミスター・カダキアは〝タフ〟ということばでは足りない人だった。ラディの知るなかでも指折りの気むずかしい人だった。あらゆる人と口論して、あらゆることに不平をこぼした。四階の住人であるパテル家の人たちとは、長年言い争いをしていた。パテル一家があまりにも多くの客を招いてあまりにも多くパーティをし、客たちの車が建物の私道をいつもふさいでいたからだ。三階の住人、ドラキア家の人々とも口論をしていた。アパートメントの外、階段のそばにごみ入れを置いていて、見苦しいものがエレベーターで通る人たちの目にはいっていたからだ。アパートメントの警備員が、五階に住むブ《B》リハンム《M》ンバイ市《C》庁舎の有力な官僚ミセス・ガディアリから用を頼まれ持ち場を離れようとしたとき、アパートメントの住人たちはその問題をミスター・カダキアが持ち出すだろうと考えていた。もし彼の車がいつもの場所に停めてあったら、放課後、囲い地でクリケットをする少年たちは、バットやスタンプ（クリケットで使用する三本の棒）をしまって、インド版の警察と泥棒ごっこをするだろう。サンジャナの言うとおりだ。おとなしく引っこんでいるのも、あきらめたり降参したりするのも、ミスター・カダキアらしくない。それなのに自殺をしたのだという。まったく筋が通らない。

「ジャイッシュはどこ？」

「アメリカにいて、一番早い便で帰ってこようとしてる……あたしは着替えにもどったところで……警察はまた来るって……こんなことが起こるなんて信じられない……」考えがあちこちに飛ぶ。サンジャナはまた泣きだした。

「落ち着いて、ダーリン」ラディはなだめた。「準備をして。わたしも一緒に行く」

サンジャナが身支度しているあいだ、ラディは長年のミスター・カダキアとの短い交流を思い起こした。ラディの両親が自動車事故で急死したとき、ミスター・カダキアはいつものそっけない目でラディと姉のことを見守っていた。姉妹の車からガソリンを抜いていた新しい運転手をやめさせて、代わりの信頼できる運転手を見つける一方で、姉妹が必要とするときは自分の車や運転手を貸してくれた。その年の夏、姉妹がだまされないように、交渉し、値段を決めたうえでマンゴー売りを姉妹のもとに送ってくれた。事故後まもなく、近くの公園でベンチにすわって泣いているラディを見て、何も言わずそっと隣りにすわり、寄り添ってくれたこともある。そんな人が自殺？　ミスター・カダキアがどんなに絶望し、孤独だったかを想像して、ラディは悲しくなった。

サンジャナは服喪のために白い服を身にまとって出てきた。「行こう。何が起こったのか知りたい」さっきより落ち着きを取りもどしたように見える。泣いていたことと寝不足のせいで、まだ目は充血しているけれど、声には新たな決意の響きがあった。

サンジャナの実家は、別の棟、つまりA棟の六階にある。その二階上の八階に、ラディとマダヴィが子供時代を過ごした部屋があった。ラディは一両日中にそこに越してくる予定だ。ふたりで囲い地を横切り、A棟へ向かって歩いていると、警察のジープが到着したおかげで、懐古の情の猛攻を免《まぬが》れた。

顔にあばたの目立つ、大きな腹の男がひとり車からおりて、ふたりのもとへ歩いてきた。

「担当の捜査官、ミスター・シンデよ」サンジャナは小声でラディに言ったのち、警部補のほうを向いて挨拶をした。「こんにちは、シンデさん《ジ》」（ジは、人名の最後について尊敬の意を加える接尾辞）

「おはようございます」

「検視官からの報告は？」

「まだです」

「だけど、どういう見方なんですか。さしあたりの見解は？　何も教えていただけないんでしょうか」

「ええと」警部補は言い淀み、ラディのほうを見た。

「お願いします、だいじょうぶです」サンジャナが言う。「こちらはラディカ・ザヴェリ。家族ぐるみで親しくしている友人です」

「おそらく窒息死かと……睡眠薬を過剰摂取したあと、ビニール袋を頭からかぶったようです」

「そんな」泣くまいとしてサンジャナの下唇が震える。ラディは知っていた。サンジャナはもっとちがう説明があると思っていたのだ。自殺だなんて、考えるだに恐ろしい。

「苦しまなかったと思います。楽に逝ける方法かと」サンジャナの気分がましになるのを期待してのことだろう、警部補はつづけた。「ご家族のみなさんに話をしましょう。さあ」一緒に行こうと言うように、A棟を指し示した。

サンジャナはうなずき、三人でエレベーターまで何も言わずに移動した。

六階に着くと、顔に涙の跡がある若いメイドが、カダキア家のドアをあけてくれた。友人のあとについて短い廊下を進み、右へ曲がると、広々とした応接室に出た。天井が高くて、どっしりとした古めかしいマホガニーの家具が置かれている。L字形に配置されたふたつのソファは、栗色のベルベット生地が張られて、木の肘掛けには手のこんだ彫刻が施されていた。反対側の壁に幅広のテレビ台があり、それを挟むように左右にガラスのショーケースが置かれていて、そのなかにさまざまな土産物や、青銅の置物、陶器の花瓶や仏像、額入り写真などが詰めこまれていた。手入れが行き届いているものの、多くの共同住宅にあるように、愛されていないと感じさせる部屋だ。何もかもが心地よく整理され、よく手入れされているのに、住んでいた人が誇りを持ち、楽しんでいた部屋には見えなかった。子供のころ、この部屋に何百回と遊びにきたが、幸いなことに、子供たちは大人に起こっている事態には気づかないものだ。

サンジャナのふたりの弟、ランジャンとアミットがソファにすわっていて、豊かな黒髪に不機嫌な顔の、お尻の大きな女性がひとり、窓際の肘掛け椅子に腰かけていた。ランジャンもアミットも眼鏡をかけて、父親と同じようにほっそりと背が高い。ランジャンはお腹まわりがたるんでいる一方、アミットはジムで鍛えたようにたくましく、胸が厚くて広かったが、それ以外は余分な肉のない体だった。

アミットはラディの姿を認め、張りつめた顔でうなずいたが、ランジャンはラディを無視して警部補に話しかけた。

「検視官からの報告はまだなんですか、シンデさん《ジ》。いつ父の遺体を引き渡してもらえるんです？　いつになったら葬式ができるんでしょう？」

「それがまだ……あと一、二日だと思います……ただし、その前にご家族のみなさんにいくつか訊きたいことがありましてね。別に部屋を用意できますか。ひとりずつお話をうかがいたいので」

「じゃあ、ぼくから」アミットが部屋から出ていこうとして立ちあがった。

サンジャナはふたりが出ていくのを待って、それからランジャンに尋ねた。「母さんはどこ？」

「自分の部屋で休んでる」

「母さんの様子は？」

「だいじょうぶ。ただ、食欲がないみたいで。きのうの夜、夕飯を食べなかったし、けさも食べてない。カップに一杯お茶を飲んだだけだ。マンゴーを切って出したが、手つかずでもどってきた。ヘタルに、マンゴーは食べられなかったと言ったらしい」

サンジャナはため息をつき、うなずいた。「父さんの好物だったから……」それから、ラディを物問いたげに見ている、肘掛け椅子にすわっている女性に言った。「こちらはラディ、子供のころからの友達なの。このアパートメントの八階に住んでた。父さんのこともよく知ってる」そのあとラディに向かって言う。「こちらはヘタル、ランジャンの奥さんよ」

その女性がうなずき、ラディとサンジャナは肘掛け椅子の向かいの、あいているソファにすわった。

若いメイドが、お茶のカップを載せたトレーを持ってキッチンからやってきた。目は腫《は》れ、注射の針を目にした子供のようにこわばった表情を浮かべている。

サンジャナは、トレーをセンターテーブルに置いているメイドのほうへ首を傾けた。

「そのとき家にいたのは、カマルだけだったの」

「あら、おじさんひとりだったと思ってた」ラディは言った。

「カマルは使用人部屋にいて、昼寝中だった」

「なんの物音も聞かなかったの？」

「カマルは眠ってたの。それに、たとえ何か物音を聞いたとしても、父がぶらついているかテレビの音だと思ったんじゃないかしら。その音に耳を傾けたりはしなかったはずよ。休憩時間だったんだから」

「父さんはそこで発見された」サンジャナが、居間から奥へと向かう通路の突きあたりにある書斎のほうを指さしながら、穏やかな声で付け加えた。

「その目で遺体を――」

「いいえ。あたしは手術中だったの。ようやく連絡が届いて、あたしがここにたどりついたときにはもう、警察が父さんの遺体を運び出したあとで――」

「かえってそのほうがよかった」ラディは言った。「遺体を見てたら、もっと動転してたはず」

「いいえ……見られたらよかったと思ってる……そうすれば、もっと実感が湧いてたにちがいないもの。こんなふうじゃ全然――」サンジャナは、アミットが部屋にもどってくると、途中で口を閉ざした。

アミットは警部補との事情聴取が終わってほっとしているようだった。ランジャンとその妻のほうを見る。

「次は、おまえかヘタルの番だ。警察はぼくの部屋にいる」

「おれが行く」ランジャンが立ちあがり、すばやく部屋から出ていった。

「何を訊かれた？」サンジャナはアミットに尋ねた。

アミットはソファとソファのあいだのサイドテーブルに置かれたトレーから、水のはいったグラスを手にとり、長々と飲んでから答えた。

「きのう何してたかをくわしく訊かれた」

「なぜあたしたちのことについて知りたがるの？」ヘタルが言う。

「そうする決まりなんじゃないかな。ナリマン・ポイント（ムンバイの海沿いにあるビジネス地区）での会合に向かっている最中に、ランジャンから電話が来たことを話した。それから家までどれくらいかかったか、ここに着いたとき何を見たかを訊かれたよ。父さんがなんらかのトラブルを抱えてなかったかも訊かれたな。ふさいでる様子やだれかと争っている様子はないか、と。まあ、そういう類のことを」

「なんて答えたの？」ヘタルが尋ねた。

「そうだな、ぼくが知るかぎり父さんがふさいでるのも、だれかと争っているのも見たことがなかった」アミットは水を飲み終えると、グラスを置き、ソファにすわった。何かに気をとられているようだ、とラディは思った。まるで父親の死だけが問題なのではない、というように。

「ああもう、スキャンダルの種になるわ」ヘタルが案じる。「みんなになんて言えばいいの？　近所の人や親戚、友達に——くどくど質問される。答えなかったら、あれこれとおかしな話をでっちあげられるに決まってる！

気の毒な両親！　親戚にいろいろ噂を立てられたら……ふたりにとっては悪夢でしょうね。ロータークトクラブの友人がこれを聞いたら……ああ神さま……」毎週金曜日に集まってランチをとる、とりわけ意地の悪い女性たちと会うことを思うと、ぞっとして身震

「お義父《とう》さんがなぜそんなことをするの？」ヘタルはつづけた。

ラディの横で、サンジャナはさっきから微動だにしていない。言ったあと後悔しそうなことを言おうとしているのだ、とラディカは感じた。

「ソーナルはどこ？」ラディが割ってはいり、大学時代に少しだけ付き合いのあったアミットの妻のことを尋ねた。

自分に話しかけられているのだとアミットが理解するまでに、少し時間がかかった。

「ああ、ソーナルは両親の家に子供たちの荷物を置きにいってる。子供たちはあっちにいたから。もう二、三日預けといたほうがいいって決めて――」

「やだ、子供たちのことを思い出させないで！」ヘタルがわめく。「うちの子たちは来週サマーキャンプから帰ってくるの。そしたらなんて話せばいい？　学校の先生には？　子供の友達には？」

「解決するためにみんなで手伝うわ、ヘタル」女性のよく通る声が言った。疲れてはいるが、まちがいなく鋼のような響きを帯びている。

ラディが振り向くと、居間の左奥の廊下からミセス・カダキアが近づいてくるのが見えた。

ヘタルは義母に交じりっけなしの嫌悪の目を向けたが、年嵩《としかさ》の女はそれを無視した。

「警察はまた来る？」ミセス・カダキアはそう言いながら近づいてきた。肌の色が薄く、長身でがっしりした体格の六十代の女性だ。射抜くような黒い目が印象的で、縮れた白髪を後ろできっちり束ねている。皺だらけの木綿のサリー姿で、顔に化粧っけがなくても、威厳のある姿だ。

「ああ、来るよ、母さん」アミットが答えた。

「マンジュおばさん」ラディはソファから立ちあがりながら挨拶した。「このたびのこと、お悔み申しあげます」

「ありがとう。息子《ベータ》は？」ミセス・カダキアはラディにぼんやりとうなずく。「ランジャンはどこ？」

「ここにいるよ、母さん」ランジャンがそう言いながら、アミットの部屋から出てきた。

「ヘタル、きみの番だ」

「警察はこれ以上わたしたちに何を求めているの？」ミセス・カダキアは息子に尋ねた。

「二時から三時のあいだ、どこにいたのかって訊かれた」

「どうしてあなたに？」

「全員に訊いてまわってるんだよ、母さん。父さんの死亡時刻だから。それに警察は、当日、父さんが電話をかけたり受けたりした相手のリストを作ってる。あと、知りたがってるのは、だれかに会ってないか……あの、ほら、その出来事の前に——」

「どの質問も意味がわからないわ。いずれにしても、わたしの番が来たら、知らせてちょうだい。自分の部屋にいるから」ミセス・カダキアは言った。

「当日の朝、父さんはだれに電話してたの？」サンジャナはランジャンに尋ねた。

「覚えてるかぎり、母さん、サンジャナ、ヴィノッド氏《バーイー》（バーイーは兄の意。自分より歳上の男性に対する尊称としても使われる）とそのブローカー、ヘメンドラ氏《バーイー》とかいう人」ランジャンが答えた。「それに、おれ」

「父さんとなんの話をしたの？」サンジャナは不思議そうに尋ねた。

「小切手帳が見あたらないけど、知らないかって」

「それだけ？」

「ああ」ランジャンはそう請け合ったが、答える前に十億分の一秒ためらったのにラディは気づいた。なぜ躊躇したのだろう。

ドアベルが鳴った。ラディはカマルがドアをあけるために短い廊下を進んでいくのを見守った。カマルは肌の色が薄い、太った男を連れてもどってきた。男は食料品と思《おぼ》しきものがはいった大きな布袋を持っていて、左へ曲がり、キッチンへ向かった。

「バワニ、ちょっといいかな」ランジャンは男に声をかけた。

った。

「はい、旦那《ジー》さま《バーイー》」近づいてきたバワニは、鼻炎もちで狡猾そうな薄茶色の目をした男だった。

「警察から話を聞かれるだろう」

「また？」紛れもない恐怖の色が一瞬顔にひろがったあと、バワニは落ち着きを取りもどした。

「恐れることはないよ、ただ洩れがないようにしておきたいだけだ。興奮のあまり忘れてしまっても、時間が経って冷静になったら思い出す場合がある」

「承知しました《ジー》」バワニはそう言ったのち、キッチンへ行った。キッチンは、マンジュの寝室とランジャニの寝室へ通じる廊下の反対側にある。

「あの人はバワニ・ラル。あたしたちの食事の大半を作ってくれてる。この建物の他の人たちのためにちょっとした雑用もしてるの」サンジャナがラディに説明した。

アミットの部屋のドアからヘタルが出てきた。「お義母《かあ》さんはどこ？　警察が話をしたいって」

「ぼくが行って、連れてくるよ」アミットが応じる。

サンジャナが物問いたげにヘタルを見た。

「たぶん、みんなと同じようなことを訊かれた」ヘタルは肩をすくめた。「きのうはどこにいたか。この数日、お義父さんに変わったところはなかったか。お義父さんの金銭事情を知ってるかって——」

「なぜ金銭事情を？　父さんの死と関係あるわけ？」サンジャナが横から言った。

「そんなの、わたしにわかるわけないでしょ。義理の両親のことに鼻を突っこむようなたちじゃないって、それだけははっきり言っといたけど。実家の両親から、死ぬまで困らないくらいのものはもらってるし。それに自分の収入源もある」ジュエリーのデザイン業のことを言っているのだ。

「一日じゅう、仕事場にいたの？」

「午後二時三十分までね。それから鍵をかけて、果物と野菜を買うためにワーリ・ナカへ行ったの。新しいダイエットをはじめて、一日に八個、オレンジを食べてて——実際、もう四キロ痩せた」そう言って夫に目をやったが、ランジャンは妻には目もくれず、電話に夢中だった。「とにかく、午後四時ごろだったかな、服のなおしに仕立屋に行ったの——ダイエットのせいでクルタ（普段着でもフォーマルとしても着られる、ゆったりした膝丈くらいの袖なしシャツ。伝統的に綿や絹で作られる、インドの代表的な民族衣装）がどれもだぶだぶになっちゃって——ちょっと詰めなきゃならなかったから。仕立屋にいたときにランジャンから電話があって、急いで家へもどってくれって」

またドアベルが鳴った。今度はバワニが応対に出た。それから少しして、バワニは居間にやってきた。

ヘタルが探るような目つきでバワニを見る。

「野菜売りでした。きょうはもう要らないと言っておきました」バワニがまたキッチンへ向かう。

携帯電話に目を釘づけにしたまま、ランジャンが立ちあがった。「部屋にもどるよ。二、三、仕事の電話をかけなきゃならない」ちらりとヘタルを見る。「警察からまたお呼びがかかったら、知らせにきてくれ」

ラディの電話が鳴った。マダヴィからだ。ラディは電話に出ないで、何が起こったか、経緯をメッセージで姉に送った。

ミセス・カダキアが居間にもどってきた。「次はあなたよ、サンジャナ」そう娘に声をかけたのち、食事スペースへ向かい、紙とペンを持ってテーブルについた。

サンジャナが警察と話をしにいこうと立ちあがった。ラディカも立って、部屋を横切り、テーブルのミセス・カダキアのところへ行った。

ラディが近づいていくと、ミセス・カダキアは顔をあげた。ラディに向かって微笑む。「夫の死亡記事欄」目の前の紙に手書きで記した文字を指さした。グジャラート語だった。ラディは母語の読み書きがほとんどできないことを、いつものように恥ずかしく思った。

「あすの新聞に載せないといけなくて」

「だれかが代わりに書いちゃ駄目なんですか」

「自分で書きたいの。気が紛れるから……こういうことから」室内を見まわし、そこに集まった人々に目をやる。

「サンジャナから聞きました。おじさんを発見したのは、おばさんだったと。ほんとうにショックだったでしょうね」

ミセス・カダキアは首を横に振った。「いいえ、ショックはなかった。むしろ……裏切られた気持ち」

「想像もでき――」

「そうね」ミセス・カダキアが話を遮る。「だれにも想像できないと思う」ぼんやりとした目で紙を見つめた。

「学校のほうは？」ラディはしばらく沈黙がつづいたあと言った。

ミセス・カダキアは評判のよい女子校を経営している。四十年にわたるキャリアのほとんどを教師と校長として生きてきたが、十年ほど前にアスパイヤ・ハイ・ガールズ・スクールを開校した。

「順調よ、ありがとう」相変わらず目の前の紙を茫然と見つめている。

ラディは数分沈黙し、それからまた話しだした。「サンジャナは、キルティおじさんがそんなことをするわけがないと考えてます」

ミセス・カダキアはため息をついた。「ええ、あの子にはとりわけこたえるでしょうね。父親をとっても慕っていたから。特に、母親と死別してからは」

ラディはそのときようやく、ミセス・カダキアがサンジャナの生母ではないことを思い出した。ミセス・カダキアはサンジャナのマーシ、すなわち〝母親の姉〟だった。サンジャナの生母が稀有な心疾患で亡くなったのは、サンジャナが六歳、アミットが四歳のときだった。生母の死から一年後、ミスター・カダキアが苦労しているのを見て、義理の両親が再婚を勧めた。できれば、長女で（ふたりの悩みの種だった）未婚の娘マンジュがいい、と。そういうわけで、マンジュは二番目のミセス・カダキアになり、一年後にランジャンが生まれた。

サンジャナ、アミット、ランジャンの三人は、歳がちがうにもかかわらず仲が良く、母親がちがうことをだれも思い出さないほどだった。ラディの覚えているかぎりでは、ミセス・カダキアが特別に母親らしいとか、やさしいわけではなかったけれど、つねに教育に熱心で、三人に等しく、厳しく躾《しつ》けていた。

「できたら今夜はあの子のそばにいてやって」ミセス・カダキアが言った。「あの子をひとりにしたくないの。ジャイッシュがもどってくれば、それでいいんだけど」

ラディはうなずいた。ミセス・カダキアはラディの腕を軽く叩いたのち、立ちあがって、自分の部屋へもどっていった。

ラディはため息をつき、携帯電話で時刻を確認した。何時間も食べ物を口にしていないことに不意に気づく。前夜のパーティでの夕食も、けさの朝食もろくに食べていないので、気持ちが悪くなってきた。胃が焼けるようななじみの感覚が、胸のほうにあがってきている。

立ちあがり、バナナか、水と制酸薬がないかとキッチンへ向かった。ところが途中でひそひそ言う声が聞こえて、ラディは足を止めた。

3

「やめろ！」バワニが小声で言った。「泣くのをやめるんだ、この馬鹿！」

「嘘つき」カマルがすすり泣く。

「どこが嘘つきなんだ？」

「とにかくわかるのよ！」カマルは泣き崩れた。

ラディカはふたりのどちらかが何か言うのをしばらく待ったが、聞こえてくるのはカマルが鼻をすする声と、ミキサーがまわる音だけだった。キッチンにはいってみると、カマルがスツールにすわって、両手で顔を覆っていて、バワニがこちらに背を向けて立ち、チャトニー（インド料理の薬味、チャツネとも）をミキサーにかけていた。

ラディカの足音を聞いて、ふたりは気まずそうに身じろぎした。

「カマルには大いにショックだったみたいで」バワニがカマルを指さす。「泣きやまないんです」

「ここで働いて長いの？」ラディカはメイドにやさしく声をかけた。

「五年です」

「あっちに使用人の部屋があるんでしょう？」ラディカはキッチンの左手にあるドアを指さした。

カマルがうなずく。

「あなたは悪くない。何も聞こえるわけがなかったのよ。書斎からはずいぶん遠いもの」

メイドは涙を流しながら、感謝の目でラディカを見た。

ラディカとしてはそこにとどまってメイドに話しかけたかったが、バワニがそわそわとその場をうろついていた。

「何かご入用ですか、ディディ（姉の意。一般的には自分より歳上の女性に対する尊称としても使われる）」バワニが訊いた。「お茶のお代わりでも？」

「お水をお願い」

「ラディ？」サンジャナがキッチンにはいってきた。大判の写真を持っている。

「警察に頼んで、借りてきたの」また目に涙がたまっている。「どうしても……どうしてもこの目でたしかめたくて」十二×八インチの写真をラディに手渡す。

住みこみの使用人が家にいることに慣れた者は、その存在を忘れて、使用人の前で個人的な話をすることがある。十年以上ひとり暮らしをしているラディは、バワニの穿鑿《せんさく》するような目を敏感に感じとっていた。バワニに微笑みかけたのち、サンジャナを連れてキッチンから出て、だれもいないからっぽの居間にもどる。ふたりでテーブルにつくと、ラディは手に持った写真に関心を向けた。死亡現場を写したものだ。

そこには、ミスター・カダキアが肘掛け椅子にもたれている姿があった。両目を閉じ、口を少しあけて、頭部にぴたりとビニール袋をかぶっている。その目の前の散らかった卓の上に、ほぼ満杯の紫色のタッパーウェアのボトルがひとつあり、半ダースほどの空《から》の睡眠薬のシートが無造作に散らばっていた。それ以外にも、眼鏡がひとつと、新聞紙が三紙あって、そのうちひとつは株のページが開かれていた。他に、携帯電話、木曜と金曜と土曜の仕切りが一杯に詰まっている一週間ぶんの薬を曜日ごとに収納するピルケース、黄色いプラスチックのヒマワリを何本か挿してあるがっしりした透明な花瓶、子象を模した派手なペンホルダーがついたメモ用紙、それに、口臭清新剤《マウススプレー》のガラス瓶が四つ載っている小さなトレーが置かれている。フェンネルシード、キンマの葉（キンマには口中清涼剤としての効果があり、熱帯アジアでは、ビンロウと石灰とともに噛む風習がある）、乾燥デーツ、ジーラゴリという甘酸っぱい粉がコーティングされた消化促進剤の四つだ。テーブルの右側の離れたところには、手のひら大の偶像、象の頭を持ったガネーシャと、それより小さい別の偶像、富の女神ラクシュミーが、どちらも最後まで関心がなさそうに、ミスター・カダキアのほうを向いている。

ラディは身震いしながら、おぞましい写真をサンジャナに返した。「写ってるそのメモ用紙……何か書いてあった？　遺書？　それとも別れのメッセージ？　おじさんが何を考えていたかがわかるような何か」

サンジャナは首を横に振った。「メモはなかった……そのメモ帳、もっとくわしく調べるために、卓上にあった他のものと一緒に警察が持っていってしまったの」写真をまじまじと見たあと、また泣きはじめる。

「サンジャナ？」ミセス・カダキアの声が寝室のドアを抜けて、ふたりのもとへやってきた。「ダーリン、そのくらいにして。ねえ、昼食にしましょう」

サンジャナは両の手のひらで頬を拭《ぬぐ》い、写真をしまった。それから立ちあがり、妊娠五カ月であることを急に思い出したのか、片手をお腹にあてて、慎重にバスルームへ向かった。

「昼食を食べていって、ラディカ」ミセス・カダキアは、カマルがすでに皿を並べはじめているダイニングテーブルを指さした。「警察はたったいま全員への聴取を終えたから。すぐに出ていくわ」

昼食のことを考えると、ラディカの胃はぐるぐる鳴った。けれども、胃の焼けつくような感覚がすでに喉元までせりあがっている。しかも、ひどい頭痛までしはじめた。「ありがとうございます、おばさん。でも、ランチは結構です。やらなくてはならないことが二、三あって。でも夕方またもどってきて、夜はサンジャナと過ごすようにしますね」

マンジュ・カダキアは昼食をとるとすぐに、自室に引きあげた。やらなければならないことがあったが、これまでその機会がなかったのだ。前の晩は、家じゅうに警察がうようよしていたし、夜はサンジャナが一緒にいるといって聞かなかった。もう先送りにはできない。

夫の顔——最期に空気を求めたかのように口をあけ、グロテスクな食品用ラップのように透明なビニールがへばりついた顔——を見て以来ずっと、マンジュはひとりきりになれる瞬間を待っていた。

昼食はだらだらとつづいた。しかし、何を食べたのかも思い出せなかった。それでも、食べるしかなかった。でなければ、子供たちが大騒ぎをしただろう。テーブルの空席が時折きしんで注目を浴びる音だけを除き、その場の大半を静寂が支配していた。アミットから質問されたが、何を言われたのか理解するのがむずかしかった。いま、マンジュの心にあるのは、ただひとつのことだった。金属のストッパーを押しあげて、中から部屋のドアをロックする。完全にひとりになりたかった。だれにも見られず、邪魔されずひとりに。

マンジュ・カダキアはいつも腰につけている純銀製のクジャクのキーホルダーを取り出した。そのなかに、家じゅうのドアと戸棚、抽斗《ひきだし》すべてをあけられる鍵がある。慣れた目でなじみのある古ぼけたその鍵を選び、夫の戸棚の鍵穴に差しこんだ。そして心の準備をした。

予想どおり、ドアをあけるや、夫のつけていたローズウッドの香水のにおいがその空間から漂ってきた。目の前には、漂白してアイロンをかけた、パリッとしたあらゆるタイプの白いシャツが整然と並んでいる。シャツを手荒く脇によけた。中へ手を突っこみ、求めているものを手探りする。高級品すぎるという理由でクリーニング店へ持っていくのを拒んでいたジャケット。

マンジュは震える両手で、そのジャケットを自分の顔の前へ運んだ。汗と香水のにおいがした。それに彼のにおいも。そこでマンジュは、彼の死に顔を目にして以来ずっとやりたかったことをした。泣いたのだ。はじめは小声で、それからあえいで身震いするほどの大きな声で。痛みで体をふたつに折るほどの強さで、すさまじい後悔の波に襲われた。失われた年月を、事の顚末《てんまつ》を、ひどい結末を、心から口惜しく思った。

ラディがもどったときにはもう、姉と義兄は仕事に、姪たちは学校に行っていた。マダヴィの家政婦のパラク氏《ベン》（ベンはお姉さんの意。自分より歳上の女性の尊称としても使われる）が中に入れてくれた。パラクほど不愉快な態度が許されるのは、何十年も忠実に使え、その価値を証明してきた使用人だけだ。デリーに住むマダヴィの義母の留守中、パラクはアンシュル氏《ババ》の家の面倒を見て、何もかもが女主人の基準を満たすようにすることが自分の仕事だと考えていた。パラクの言う女主人というのは、マダヴィのことではない。

パラクはキッチンを切り盛りしたり、使用人たちを管理したりしたうえ、マダヴィの義母に毎週電話をかけて、家への人の出入りを報告した。パラクはラディのことを毛ぎらいしていた。マダヴィに悪い影響を与えると思っていたからだ。過去三回アメリカから訪ねてきたとき、ラディカは三回ともちがう男性と一緒だった。その最後のひとりが、二十歳上のマッキンゼーだ。パラクは、さまざまな少々皮肉なやり方で反対を表明した。けれども、ラディは意に介さなかった。他の使用人に気前よくチップをはずんだので、困ったことにはならなかった。

「新しい使用人が午後の四時から五時のあいだに来ることになっています」パラクは作り笑いを浮かべて言った。

ラディがきょう、自分のアパートメントで世話になる新しい使用人と面接できるよう、あらかじめマダヴィが手配してくれていた。ラディは腕時計に目をやった。もう午後二時だ。

「薬箱はどこ、パラク？　制酸剤が欲しいの。バナナもあると最高なんだけど」

「まあ、申しわけありません。この家にはバナナはありません」パラクは答えたが、その口調からして、申しわけないとまったく思っていないのがわかった。

　ラディカはマダヴィがパラクのことを大目に見ているのは、パラクをそばに置くことでアンシュルの母を寄せつけないでいられるからだと知っていた。けれどもラディとしては、この批判ばかりする老女に我慢がならなかった。「だったら、人をやって買いにいかせて。そのくらいの人員はいるでしょう？」

パラクはどう見てもわかるほど、むっとした。「もちろんですわ」そう言って、怒って出ていった。

　午後四時までにラディはシャワーを浴び、着替えをすませ、カードライス（ヨーグルトライスとも言う）の簡単な昼食をとった。バナナと制酸剤のおかげで胃の痛みも薄らいでいた。幾分かではあったけれど。

　携帯電話をチェックする。リッシー、ヴリンダ、プリティからメッセージが届いていた。プリティは、前夜の夕食会に参加できなかった大学時代の古い友人だ。リッシーは今週中にお茶を飲む時間がとれるかどうかを知りたがり、ヴリンダは今週夕飯をともにしたいと言ってきた。また、出版エージェントのジョージ・サミュエルズからEメールが来ていて、折り返し連絡をくれと書かれていた。ラディはため息をついた。こちらのふるまいが恥ずかしくなるほど、ジョージは辛抱強く接してくれている。ラディはすぐに返信しようと心に決めた。

ドアベルが鳴り、パラクはきらきらした目をした、どっしりと太った女性を連れて居間へやってきた。

「リラ！」ラディは喜色をあらわに驚いて言った。「姉さんはあなたを雇ったなんて言ってなかった！」

リラは小声で笑った。「ええ、シュ、シュプライズを仕掛ける予定だったので」

「ほら、すわって！」ラディは自分がすわっているソファの隣りを軽く叩いた。

パラクが息を呑み、警告の視線をリラに送った。ソファは使用人のためのものではない！ 三十三年つとめてきて、パラクは一度も――ただの一度たりとも――ソファにすわったことはない。それなのに、マダヴィの愚かな妹は、メイドに向かってソファにすわるよう促《うなが》している。リラはパラクに笑みを向けたあと、ラディの前、床に敷かれた絨毯の上にしゃがんだ。パラクは聞こえるように安堵のため息をついた。それでも、このことは女主人への週ごとの電話で報告しなければ、と頭に刻んだ。

ラディとしては、普通ならパラクに文句を言っただろう。インドの家庭での、使用人の扱われ方が好きではなかった。その日はいろいろなことがあったので、気分がよくなかったし、疲れてもいた。ラディはパラクに向かって、リラのお茶の用意を頼むことでよしとした。一方、パラクのほうも大災害を避けられてほっとし、せわしなくキッチンへ向かった。

リラはラディカとその姉とともに育った。両親がザヴェリ家のために働いていたのだ。リラの父親はザヴェリのオフィスで召使いをし、母親のほうはザヴェリの家で掃除婦をしていた。夏休みになると、リラを見てくれる人がだれもいなかったため、母親はリラをラディカの家に連れてきた。リラはラディカのひとつ歳下なので、ふたりはリラの母親が仕事を終えるまでのあいだ、一緒に遊んでいた。

「久しぶりね。二十年くらい？」

「十八年ぶりですよ、ディディ」リラが言った。

「最後に聞いたところによると、旦那さんと子供がひとりいて、学校で働いてるとか」

「いまのあたしにあるのは子供だけ。夫のもとを出たんです、痣《あざ》になるまで殴る人だったから。そのあと、学校の仕事をやめた。子供たちのお尻を洗うのが嫌になったので！　デザイナーのスタジオで雑用をしてたんですが、マダヴィから電話があって、あなたのために家事を切り盛りしないか、って言われて」

「で、そうしてくれるの？」

リラはうれしそうにうなずいた。

ふたりはそれから三十分、運転手、掃除婦、コックと話をした。運転手のラムザン氏《バーイー》は、まじめで分別のある人に見えた。掃除婦のサヴィータは、ひどく内気だが、いい人そうだった。ただし、コックについてはあまり自信がなかった。コック候補の男は、自分が高位のカーストのバラモンに属することを何度も繰り返し語り、ふたりを遠ざけようとした。そういう疑念をラディがロにすると、リラがこう提案した。「料理ならあたしに任せてください、ディディ。あたしは、母があなたの家から持ち帰った料理を食べて育ったんです。ディディに合わせた料理法ならよく知ってますから」

ラディカも料理をするのが好きだったので、リラの意見に同意した。ふたりでなら、なんとかうまくやれるだろう。

オリーヴグリーンのペーズリー柄のソファを見て、深く激しい恋しさを覚え、ラディはその場に立ちすくんだ。

ラディとリラは車でシー・ミスト・アパートメントまで来た。数日中に引っ越してこようと思って、両親のアパートメントをあけてもらったばかりだ。けれども、このアパートメントを見るのは、十年以上ぶりだった。その間、定期的に掃除をさせて、あらゆる漏れがないよう管理してきたのは、姉だった。ラディはこの部屋を避けてきた。ここに来るのがこわかった。いろいろなことを感じるのが恐ろしかったのだ。怯えるのも当然だった。

両親のソファを見ただけで、足がすくんだ。そこに両親がすわってテレビを観たり、お茶を飲んだり、電話で話したり、新聞を読んだり、友人とブリッジをしたりしていたのだ。おなじみのチャトニーを作るのに使うコリアンダーのにおいをさせながら、いまにも母親がキッチンから出てきそうな気がした。母がそのソファにすわって、センターテーブルで足を組みながら、《フェミナ》誌（インドの女性雑誌）をめくっている。

「ディディ……ディディ？」

リラの声は聞こえたが、返事ができなかった。母のチャトニーの味が口のなかにひろがっていて、口を開いてことばを発したら、その味が消えてしまいそうなのがこわかったからだ。十七年前に両親が亡くなってから、ラディは母親が作っていたのと似たチャトニーを探し求めてきた。レストランで、結婚式やディナーパーティで、ラディはかならずグリーンチャトニーを頼むようにしていたが、懐かしいミントとショウガの香りのするチャトニーにはめぐり合えていなかった。一度、近いものに出会ったことはある。ダラムサラ（インド北部の都市）のホームステイ先で、その家の奥さんが作ったグリーンチャトニーが母親の味を思い出させた。すかさずレシピを書きとめたが、目新しいものは何もなく、自分の知らない隠し味もないのがわかってがっかりした。

「ディディ？」リラがさっきより少し大きな声で呼んだ。

ラディはやむなく現実に自分を引きもどした。踵《きびす》を返して、アパートメントの外へ出る。

「あす、引っ越し業者が来て、カフにあるわたしのアパートメントに全部運び入れることになってる。このアパートメントは完全にからっぽにしたい。運べるものは全部運んでもらう。その作業を監督してもらえない？」

リラはただうなずいた。ラディカに理由を尋ねる必要はなかった。

ラディカはリラにアパートメントの施錠を頼み、自分は隣りの棟にあるサンジャナの家へ向かった。ここにもどるという決断は正しかったのだろうか。南ムンバイの同じように裕福なエリア、カフ・パレードにある自分のアパートメントにとどまることもできたはずだ。両親が姉のための部屋と一緒に購入した部屋だ。ふたつのアパートメントは、ふたりの結婚祝いにそれぞれ贈られるはずだったが、姉妹が結婚する前に両親が亡くなって、どちらのアパートメントにも人は住んでいなかった。カフに住むほうが新しくスタートを切るにはふさわしいとわかっていた。けれども、シー・ミストで過去と対峙するようサンジャナに説得された。両親とここで過ごした幸せを取りもどすように、と。あの悲劇にかかわる痛みと罪悪感を、子供時代にまつわるすべての記憶から切り離すように。そのときは、いい案だと思えた。でもいまは自信がない。

4

ラディカがベルを鳴らしたとき、サンジャナはシャワーを浴びていた。メイドがラディカを中に招き入れ、グラスに入れた水を出してくれた。

カダキアの家とは対照的にサンジャナの家の居間は狭いが、風通しがよく、透ける白いカーテンが吊るされ、モダンな室内の調度品には絹とベルベットが張られていて、窓辺には一ダースの鉢植えに囲まれて木製のハンギングチェアが置かれていた。待っているあいだにラディは、サンジャナが警察から渡されたミスター・カダキアの事故現場写真を、ソファの前のセンターテーブルに置きっぱなしにしていることに気づいた。その写真を手にとり、もう一度よく見てみる。ミスター・カダキアの書斎の横の壁に、額入りの写真が並んでいたことにはじめて気づいた。子供たちが幼いころの休日の様子を撮った、ミセス・カダキアと子供たちの写真が何枚もある。もっと最近の孫たちの写真は、さまざまな祭りや学校行事での場面を写している。

ミスター・カダキア自身の写真は、結婚式の一枚を除いてまったくなかった。よく見てみると、それはサンジャナとアミットの母親であるミセス・ウルミラ・カダキアと一緒の写真だった。ラディはだれが写真を選んで現像し、額に入れたのだろうと思った。最初はマンジュではないかと推測したが、よくよく考えると、いくら妹だとはいえ、自分以外の人間の結婚式の写真を選ばないだろうと思った。

妹の人生に足を踏み入れ、妹の家庭や子供たち、結婚生活さえ引き継ぐことを期待されるなんて、マンジュ・カダキアはどんな気持ちだったのだろう。義理の姉から妻に変わらなくてはならないなんて。意図せずとも夫が絶えず姉妹を比べていることがわかっているなんて。死んだという理由だけで、妹がつねに優位に立つことを知っているなんて。

写真のなかの故ウルミラ・カダキアは、小柄で肌の色が薄く、繊細な鼻に大きなダイヤモンドのピアスをつけている。マンジュも肌の色は同じだが、似ているのはそこだけだった。マンジュは大柄で、おでこが広く、鼻が低い。知的な顔なので、時が経つにつれて、ミスター・カダキアはその顔を好きになっていったのかもしれない。だが、ほんとうにそうだろうか。当のマンジュのほうは？　普通の人がするような恋愛を経験したのだろうか。胸の高鳴りやどきどき、ロマンスは？　最初はそうではなかったのかもしれないが、結局は愛するようになったとか？　自分の意志で結婚したのだろうか、それともインドに生きる女性にのしかかる苦しみ――社会的な圧力――に屈したのだろうか。マンジュの妹には亡くなったときふたりの子供がいて、姉のマンジュ自身は未婚だった。それは三十年前の社会では、軽々しく受け止められるものではなかった。話し合いがあったにちがいない。マンジュは強い女性であり、〝善意〟のおばたちの嘲笑は無視することができたかもしれないが、憐《あわ》れみの目で見られることに耐えられただろうか。それが理由で同意したのでは？

ラディはなおもマンジュ・カダキアのことを考えていたが、なぜか考えるのをやめて、その写真を仔細に見た。机の上のピルケース。木曜、金曜、土曜の仕切りには薬がいっぱいはいったままだ。そのことに気づいて、ラディは考えるのをやめたのだった。とすると、水曜日、ミスター・カダキアは命を絶つ直前に、わざわざ薬を服《の》んだのか。ラディはそれが――自殺するほんの数時間前にこんなふうに自衛行動をとることが――気になった。むろん、習慣で服んだだけかもしれない。何も考えず、決められた時間にそうしただけなのか。でも、その日、自殺するつもりがなかったとしたら？　何か、あるいはだれかが、引き金になったのだとしたら？

使用人を含む家族のだれもが、当日のキルティ・カダキアの言動にいつもとちがうところはいっさいなかったと主張した。朝の散歩に出た。日課の礼拝をした。午前の仕事をし、電話を何件かかけた。しっかり昼食をとった。こうした動きからして、キルティ・カダキアが極端な行動に出るほど心が乱れているようには見えなかった。けれども、みなの発言にどれほど信憑性《しんぴょうせい》があるだろう。家族は午前十時にはみな仕事に出ていた。つまりだれひとり、ミスター・カダキアの心理状態がどうなっていたのか、まちがいなく請け合うことのできる人はいない。ふたりの使用人にしても、キッチンで忙しくしていただろうし、使い走りで家を出たりはいったりしていただろう。みんなの証言はどこまでが観察に基づいたもので、どこまでが思いこみによるものなのだろうか。もし一本の電話がミスター・カダキアを動揺させたり、来客があったり、ちょっとした打ち合わせのために家を出たりしたとして、家族はそれに気づけただろうか。

サンジャナが部屋から出てきた。泣いていたのは明らかだ。目が腫《は》れている。でも、けさよりは落ち着いたように見えた。

「ねえ」サンジャナが、ラディの持っている写真に目を落としながら言う。「それ、何？」

「キルティおじさんが電話で話をしていたことについて考えてたんだけど。なんの話だったんだろう。電話の内容が重要なことか、あるいはおじさんを動揺させるようなことだったのかな。それとも、だれかに会ったんだったりする？　なんにせよ、おじさんがこんなことをした理由がわかるかもしれない」

「警察の見立てでは、父さんは金銭的な問題を抱えていたんじゃないかって。銀行取引の明細やなんかの書類を見せろって言うの。だけどあたしは、金銭がらみじゃない気がする。父さんは以前、大損をしたことがあってね。しかも、二回も。一からやりなおさなくちゃならなかった。けど、それでも父さんはだいじょうぶだった。勇敢な人だった」

サンジャナの目からまた涙があふれはじめた。顔を歪めたあと、かぶりを振りながら小声で言う。「たしかに、父さんはだれかと会った。カマルが言うには、洗濯場に行く前に、お茶を二杯淹《い》れてくれと父さんに頼まれたんだって」

「あら、だれのぶん？」

「わからない。ダイニングテーブルにトレーを置いといてくれ、って言われたみたい。カマルがもどってきたときには、二杯ともカップは空《から》になってた」

「だれなんだろう」ラディカは考えにふけりながら言った。

「警備員に確認して、記録をたしかめるって警察が言ってた」

「ディディ、夕食の準備ができました」若いメイドが告げた。

食べ物のことを思うと、胸のチリチリが強くなった。一日じゅう予兆を感じていた頭痛が、ついにその壮麗な姿を現わした。ラディは顔をしかめた。「アイスクリームはある？

それか冷えた牛乳。食事はとれそうにないかも」
サンジャナはラディカをじっと見て言った。「胸やけ？」
ラディカはうなずいた。「あす、お医者さまに診《み》てもらうほうがいいみたい」

ラディカはロビーで、ラムザンが車をまわしてくるのを待つあいだ、上唇の玉の汗を拭《ぬぐ》った。六月はじめのこの地域がどれほど蒸し暑いかをうっかり忘れていた。五月じゅう、太陽は絶え間なく燃えていた。大地は焼け焦げ、渇き、ことばもなく苦しみ、まるでそれが時間の問題にすぎないこと、甘美な解放が間近に迫っていること、忍耐がそれを乗り越えるだろうということを知っているかのようだった。いますぐにでも、モンスーンの風が街に慈悲をもたらし、ひんやりした雨のシャワーを降らせるだろう。しかしそれまでは、あたりは暑く、むしむしとして耐えがたかった。
ラディカは半分喫《す》った煙草を地面に投げ捨て、靴の踵《かかと》でつぶして消したのち、冷房のきいた姉のジャガーに乗りこんだ。いま一番避けたかったのは、車内が煙臭くなること、そして煙草をやめたという嘘に気づかれることだった。落ち着いたら車を買いにいこう、と心に決める。電話が鳴った。姉からだ。ラディカのこととなると、マダヴィは奇妙な第六感が働く。

「気分はどう？」マダヴィは、ラディが電話に出るとすぐに尋ねた。

「ドクター・ビハリのところへ行く途中」

「大変ね。何か食べた？」

「うん、バナナを一本」

「バナナだけでは生きてけないでしょ、ラディ……睡眠は？　よく眠れた？」

「ううん、でもただの時差ぼけだから」

ここ数ヵ月、ラディは不安に悩まされていた。少しでも眠るための唯一の方法は、鎮痛薬の助けを借りることだった。インドに来るのに、薬瓶を持ってくるのを忘れてしまった。けれども、アメリカでのかかりつけのセラピストであるミス・ダニエルズからもらったメモを持っていたので、こちらの医師に診てもらって、処方箋を出してもらおうと考えていた。でも、そのことを姉にどうしても知らせなければならない、とは思っていなかった。それでなくても、姉には心配事が山ほどある。

「ところで……そっちのキッチン、必要なものはきょうじゅうに揃《そろ》えておくように手配してるから。要るものすべてのリストと鍵束をリラに渡してある」

「ありがとう、ディディ！　最高だわ」

「サンジャナの様子は？」

「すごく動揺してる」

「そうよね、おじさんにそんなことができるとは思ってもみなかったもの」

「うん……同感」

少し間があったあと、マダヴィはアパートメントのこと、それにラディカに必要になるものについて話しはじめた。それから調度品と室内装飾について手配すべくホームセンターをいくつか紹介したあと、電話を切った。

ドクター・アビナシュ・ビハリの診療所では、年配医師の診療を待つ患者たちの長い列ができていた。

受付係は、ラディが着ていたお腹の見える短い丈のシャツを見て、かろうじて不快感を押し隠した。「ご予約は？」

「ありません。でも、これを先生に渡してください」ラディは受付に置いてあったざらざらしたメモ用紙を一枚引きちぎり、まんなかに父の名前を入れるよう注意しながら、自分の名前を走り書きした。

受付係はしぶしぶその紙を医師に見せにいった。そして数秒で診察室から出てきて、こわばった顔でうなずきながら、中へはいるようラディに促《うなが》した。

ドクター・ビハリは家族のかかりつけ医であり、長い年月をかけてラディの父と親交を深めていた。

ドクター・ビハリがラディに笑いかけて言う。「やあ、ベータ。久しぶりにきみに会えてすごくうれしいよ」

「ありがとう、おじさま。こちらこそうれしいです」

「ご主人は元気かい」

「ずいぶん前に離婚したんです」

「ほう。すばらしいね。わたしに言わせれば、結婚なんて、みなが言うほどいいものじゃない」

「それ、おばさまも同じご意見なの？」

「いいや、ありがたいことにね。さもなきゃ、とっくにわたしとは離婚してるさ」自分が言ったジョークに声を出して笑う。「それで、きょうはどうしてここに？」

ラディは重度の胃酸過多と頭痛、食欲不振と、最後に不安についても話した。ドクターはセラピストからのメモを見ながら、両眉をあげた。そしてラディの健康状態に関して突っこんだ質問を二、三したあと、さまざまな問題について薬を処方した。

「二週間後くらいにまた来てくれるかな。心の健康を軽視してはいかん。あと、ドクター・スッダ・ナナルの番号はこれだから。すばらしいセラピストだ。こちらでも治療をつづけることを検討してみたらどうかな」

ラディはうなずいた。急な訪問にもかかわらず診てくれたことに礼を言ったのち、診療所をあとにした。次に立ち寄るのは、姉が勧めてくれたホームセンターだ。

〈アース・ラヴァー〉には、古い家具と最新の現代的な家具がみごとに混在していた。修復された寺院の鐘、チーク材の大きな衣装戸棚《アルマイラ》、築百年の邸宅《ハヴェーリー》で使われていたドアなどが、すっきりした北欧デザインの、洒落《しゃれ》たコンソールテーブルやテレビセットの隣りに置かれている。一区画全体に、〝赤茶色の夏〟〝琥珀《こはく》色のロマンス〟〝ナナカマドの赤〟〝セイジグリーン〟といった耳ざわりのいい色合いの室内装飾用の布のロールが、床から天井まで並んでいる。

ラディは必要なものだけを買う、と心に決めてやってきた。こちらの家も、ニューヨークにある自分のアパートメント同様、のんびり作っていこうと思っている。旅先やほとんど無名のマーケットで目についたものを、その都度買って、ゆっくり仕上げていこうと考えていた。ラディはいくつか注文をした。マンゴーの木材でできたL字形の本棚。アンティーク調に仕上げた白木の四柱式ベッド。暗緑色の生地を張った幅広の袖つき安楽椅子《ウィングチェア》。ベージュのリンネルに杉綾模様《ヘリンボーン》のはいった豪奢《ごうしゃ》なタキシードソファ。四角いガラスのダイニングテーブルひとつと、ソファと同じリンネルのヘリンボーンでソファとは対比色のコバルトブルーの椅子六脚のセット。鮮やかな花柄の黄麻《ジュート》のカーテン。すべてが一両日中に届けられることになった。

いくつか用事をすませたらすぐに立ち寄る、とサンジャナに約束していたのだが、その前に何か食べたかった。朝食どころか、前日の夕食さえとりそびれていたうえ、医師からは少しずつ何度も食事をするように指導されていたからだ。ラディは運転手のラムザンに、南インドで一番おいしいドーサ（豆と米を発酵させた生地で作るクレープのような食べ物）を出す、ヒューズ・ロード沿いのお気に入りの屋台に向かってくれと伝えた。

「ここですか、ディディ。ほんとうに？」ラムザンはガレージを車庫にした店を不安げに見て言った。

「まちがいないわ」ラディはここ十年のうちに料理があまり変わっていなければいいのだが、と思った。

ラムザンがクラクションを鳴らすと、ウェイターが注文をとりに車までやってきた。けれども実は、ラディはドーサ目あてでここに来たわけではなかった。バター風味のカリッとしたクレープならだれにでも焼ける。この店の呼び物、つまり他のドーサ店とちがうのは、ドーサに添えるチャトニーだ。ココナッツだけのチャトニーを出す店もある。じゅうぶんな水を加えて、チャトニーをペースト状にするのだ。スプーン一、二杯のすっぱいヨーグルトを加えてほのかな酸味をきかせる店もある。ココナッツに青唐辛子とコリアンダーを混ぜて、緑色のスパイシーなチャトニーを作る店もある。他にも、ガーリックをきかせたトマトのチャトニーの店もあれば、ココナッツチャトニーにスパイシーなピーナッツパウダーを添えて出すところもある。どの店も付け合わせにサーンバル、すなわちレンズ豆の濃厚なスープを添える。付け合わせが何かは別にして、マスタードシードと殻なしのウラド豆、カレーリーフで味つけをしたココナッツチャトニーこそ、この店の目玉だ。

バターのきいた大きなドーサを食べたあと、ラディは満足して、友人のいるシー・ミスト・アパートメントへもどった。

茶色い紙袋を抱えた若い男性の配達人が、エレベーターが閉まる直前、慌てて乗りこんできた。男はラディと同じく六階でエレベーターから降り、ラディがベルを鳴らしているあいだ、その隣りに立っていた。

カマルがドアをあけ、ラディに気づいて軽く微笑んだ。ラディが玄関先で脱ごうとヒールの靴のストラップをゆるめるあいだに、カマルは若い配達人の手から紙袋を受けとり、中身を見て、勘定を尋ねた。配達人が請求書を渡すと、リストの一番上に黒いインクで〝ゴム手袋〟と書いてあるのが見えた。そのあとに、〝ユーカリ油〟〝パラセタモール〟

（解熱鎮痛薬の一種）〝ココナッツオイル〟〝スレプチン・ビスケット〟と青字で記されている。カマルは袋のなかの品を改めたあと、中へ運んだ。ラディもあとにつづいた。

居間にはいると、すべての家具が端に追いやられ、あいたスペースに、白い綿のシーツをかけた大きなマットレスが何枚か敷かれていた。サンジャナの弟のアミットとランジャンが、友人や親戚と思われる数人の男たちと一緒に、部屋の片隅にすわっている。サンジャナは、母のマンジュと義妹のヘタルとソーナルをはじめ、数人の女たちとともに別の端にすわっていた。だれもがヒンドゥー教徒の正式な服喪の色である白い装束を着ている。ラディは着るものに注意を払わなかった自分を呪った。サンジャナのほうへ向かっていくラディを、いくつもの男女の目が追いかけた。

カマルがマンジュに紙袋を差し出した。「奥さま《バービー》（元は兄嫁の意。自分より歳上の女性に対し、〝さん〟をつけるような感覚で使うこともある）、薬局からです」

「わたしのだわ」紙袋がマンジュの手に渡る前に、ヘタルが途中でそれをとって言った。

ラディがソーナルの隣りのあいている席にすわると、ソーナルはそれに気づいて笑みを浮かべた。ラディは微笑み返しながら、大学時代に最後に会ってからソーナルがまったく歳をとっていないことに驚いた。ほっそりしていた小柄なソーナルは、出産を経てもなおよけいなふくらみや皺がいっさいなく、十三歳の少女のような体形だった。

ラディがソーナルに挨拶しようとしたとき、マンジュが大きな声で言った。「ソーナル？　先生に電話した？」

「しましたよ、お義母さん」

「お葬式に必要なもののリストをもらった？」

「はい」

「どこへ行けば調達できるって？」

ソーナルはひどく顔を赤くした。「あっ、いえ。こちらからは尋ねませんでした」

「じゃあ、訊いてくれる？　たくさんお葬式を出したことがあるわけじゃないから。直前になってバタバタしたくないの」

「はい、お義母さん」

マンジュの関心がまた来客に向いたので、ラディはソーナルの動きを目で追った。ソーナルが立ちあがり、先生に電話をかけるために部屋を横切る。やはり学生のころからまったく変わっていないように見える。いまも神経質にびくびくしていて、世界のなかでの自分の居場所がわからないようだ。

ドアベルが鳴り、白いサリーを着たふたりの女性が中へはいってきた。それが合図だったかのように、マットレスに腰かけていた女性三人が立ちあがり、その場を離れた。ラディは、はいってきたふたりのうち歳上のひとりが、カダキア家の隣人、ミセス・マニアルであることに気づいた。ミセス・マニアルはこのアパートメントにもう三十年以上住んでいる。

「お気の毒に」マンジュの隣りにすわるや、ミセス・マニアルは舌打ちをした。「話を聞いたときは、そりゃあショックだったわ。サットサンガ（宗教的な集まり。サンスクリット語で〝真理の集い〟という意味）から帰って、うちのコックからおたくで何かあったらしいと話を聞いてね。だけど、だれがこんなこと想像できて？　あんなにいい人だったのに！　このアパートメントの自治会にとても熱心に取り組んでくれて、とっても頼りになったのに。なんてつらい結末なの！」

マンジュの顔にはなんの表情もない。「ええ、ひどくショックだった」

ラディはサンジャナの母親を観察した。背筋を伸ばし、白髪を後ろできゅっとまとめ、顔には涙の跡ひとつなく、悲しみのなかにあってなお校長であることを崩さない。この一瞬一瞬がいやでたまらないのだ、とラディは見てとった。来客者たちがむやみやたらな同情の仮面をおざなりにつけ、不健全な喜びに浸っているこのときが。マンジュが若く、結婚したてのころでさえ、近所の女たちと交わらなかったことを、ラディは友達から聞いて知っていた。マンジュはハウジー（ビンゴゲーム）のグループやペディキュア・パーティはつまらないし、ずうずうしいメイドや、運転手たちの給料値上げ、それに傲岸《ごうがん》な姑《しゅうとめ》に関する差し迫った懸念もくだらないと考えていたのだ。少なくとも、シー・ミストの共同体の女たちは、まずマンジュと仲良くなろうと何度か試みたのち、そう結論づけたらしかった。

どこまでがマンジュ・カダキアのもともとの性格のせいで、どこまでがマンジュが置かれた状況のむずかしさのせいなのだろうか、とラディは思った。ふたりめのミセス・カダキアになるのは、簡単なことではなかったはずだ。マンジュの妹にしてひとりめのミセス・カダキアは、笑顔を絶やさない伝統的な美人で、だれに訊いても、子供を育てて家庭を切り盛りし、穏やかな暮らしに満足している完璧に幸せな人だった。マンジュは、妹のおおらかな魅力もおおらかな暮らしも持ち合わせず、人間との付き合いより、本との付き合いのほうを好んだ。ラディはカダキア家でサンジャナと遊んだときのことを思い出した――ミセス・カダキアがダイニングテーブルで本を読んだり仕事をしたりしていて、邪魔をしてはいけないので、子供たちは声をひそめて、すわってゲームをするのがつねだった。ミセス・カダキアは紙に囲まれ、家に持ち帰ってきた生徒たちの小論やスペルテストの採点をするか、分厚い本を読んでメモをとったりするかしていて、何時間もそこにすわって、ときどき疲れた目をこするために顔をあげて眼鏡をとるくらいで、子供たちはミセス・カダキアの邪魔をしたら、庭で遊ぶ時間がなくなるだけだと重々承知していた。子守女《アーヤ》が食事やおやつの準備をして、子供部屋まで運んでくれた。ダイニングテーブルはミセス・カダキアとその荷物で埋まっていたからだ。ラディの家の風景とはまったく異なっていた。当時のラディは、かくれんぼのために洗濯カゴや戸棚にはいりこもうとして、家族や使用人たちにどんな騒動を巻き起こしていたかを理解していなかった。あるいはキッチンでコックに乾燥豆やレンズ豆など、豆類をせがみ、ミニチュアの器に〝調理〟したそれらを盛って、大人たちにそのご馳走を振るまったりもした。

「訊いてもいいかしら、マンジュ。旦那さん、鬱《うつ》っぽくはなかったの？」隣人のミセス・マニアルはつづけた。「そういう人はふさぎこんだり、いらいらするって言うでしょ……ご主人《バーィー》にいつもとちがったところはなかった？」

「わかるところでは、なかったわね」マンジュは礼を失しない範囲で短く答えているようだった。

「あたしのいとこのひとりが一日じゅう寝てばかりいてね、起きているあいだはずっと泣いていたの。あとでわかったんだけど、その子も鬱だったんだって」ミセス・マニアルが連れてきたミセス・ガンジーが口をはさんだ。

「そう」マンジュはミセス・ガンジーに注意を向けた。「一般的な症状については知ってます。もし鬱なら、そうとわかったはず」

マンジュがミセス・ガンジーに集中しているあいだに、ミセス・マニアルはラディに話しかけた。

「こっちの古い家にもどってくるんですって?」

「ええ」

「あら、よかった……それを聞けてうれしい。ご両親が懐かしいわ……ほんとうに素敵なかただったから。あした、お茶を飲みにこない? このおばあちゃんに世界のニュースを教えてもらえない?」

「あすの夜は……ええと……家の用事があって」

「じゃあ、朝。朝食を。朝食はとるでしょ?」

「ええ、でも……」

「そうしましょう。どんなに早くてもいいから、あなたの好きな時間に来て。あたしは午前五時に起きるから」

ラディは、高齢のおばさんたちがどれほどしつこいかを忘れていた。悲劇の最中に、朝食に招待されたことにとまどいを覚える。ラディは話を切りあげるため、仕方なく翌朝ミセス・マニアルのもとを訪れることに同意した。

またドアベルが鳴り、ラディはカマルがドアをあけに廊下を進んでいくのを見た。

「野菜売りでした、奥さま《バービー》。何か買いますか」カマルが部屋にもどってきて、マンジュに訊いた。

「いまはいい」マンジュはぼんやりと答えた。

電話が鳴り、バワニが伸ばした手にコードレスの電話を持ってマンジュに近づいた。

「奥さま《バービー》にお電話です」

マンジュはそれを受けとり、別の部屋で話をするために立ちあがった。

「ひっきりなしに電話がかかってきて」部屋から出ていく義母の背中を見つめながら、ヘタルが言った。「みんなが知りたがるの、何が起こったのかを。なぜお義父さんがそんなことをしたのか。どんなふうにしたのか。葬儀はいつなのか。祈禱会はいつなのか。みんなが千の質問を持ってる」

「そうなの」ミセス・マニアルが励ますようにうなずいた。「みんなが話すわ。みんなそうする。でも、こんなときにご家族の手を煩《わずら》わせるなんて、どれだけ無神経なのかしら……なぜご主人がそんなことをしたか、だれにわかるって言うの……ねえ？」

「そう、まさにそう！　理由なんてわかるわけないでしょ！　なんであれ、お義父さんがなぜそうしたのか。お義父さんとお義母さんに、あたしの意見を求める習慣があったわけでもないのに。たとえば、来月ふたりが予定していた夕食会にしてもそう。だれか、あたしが参加できるか訊いてくれた？　だれも訊いてくれなかった。お義父さんが訊いてきたのは、あたしの結婚式のときの銀食器のこと。夕食会で使えるように、磨いておきたいって。それから出かけて自殺をした。ねえ、意味がわからないでしょ。そして何より――」

「あの人に渡したの？」マンジュがいつの間にか近くに来ていた。

「何を？」ヘタルがぎくっとして尋ねる。

「銀食器をあの人に渡したの？」マンジュがまた言った。

「ええ……この前の水曜日に……いまはどこにあるのか、見当もつきません！」

マンジュの顎に力がはいり、唇が険しく引き結ばれる。「そのうちに出てくるわよ、ヘタル。あの人の持ち物を調べれば、受けとりか何かが出てくるから」

ランジャンがそこに加わって言った。「母さん、おれ仕事に行かないと」

「仕事に？　きょう？」マンジュが驚いた顔をする。

「患者がいるんだ……痛がってる。三十分もかからないから」

マンジュがうわの空でうなずく。「早くもどってきて」

ランジャンが行こうとしたとき、ヘタルが尋ねた。「マヘシュかだれか他の療法士にお願いできないの？」

ランジャンが苛立ったのは明らかだった。「療法士にはそれぞれの技術とアプローチがある。おれが力になれるときに、自分の患者が他の療法士に相談するのはあまり好きじゃないって知ってるだろ。それに、一、二日リハビリを休むと、回復が一週間遅くなる」

ラディはヘタルがまだ何か言いたそうなのを見てとった。でも、ヘタルはその場にいた他の人たちを意識して、唇を噛みしめただけだった。ランジャンが、出かけることを妻ではなく母親のほうに告げるのを選んだのは明らかであり、こういうことははじめてではない、とラディは思った。ヘタルはどんな気持ちなのだろう。

「あたしたちももう行ったほうがいいわね」ミセス・マニアルが帰ろうとして立ちあがった。マンジュがいるからにはヘタルからおもしろい話を聞き出せないと判断したからだろう、とラディは思った。ミセス・ガンジーも一緒に立ちあがる。

サンジャナは別れの挨拶をすると、ふたりが部屋から出てドアが閉まるまで待ってから、母親のほうへ向きなおった。「夕食はどうする、母さん。父さんはどんな計画を立ててたの？」

「わからない」マンジュは物思いにふけりながら、静かな声で答えた。「とにかくわからないの」

5

ランジャンは三本目の煙草に火をつけ、深く喫《す》いこんだ。ニコチンのおかげでようやく偽の幸福感がひろがり、また頭が働くようになった気がする。テンプルヒルの麓《ふもと》にある〈ホワイト〉という新しいカフェにすわっている。だれかとばったり会う可能性がほぼないため、このカフェを選んだ。この場所には、ツキがない。ランジャンの知るかぎりではこの三十年、噂話を信じるなら、もっと長くかもしれない。画廊やアイスクリームパーラー、ランドリー、男性美容室、ビデオ・ライブラリーだったこともあった。でもどれも黒字経営にはならず、たいていは開店後数カ月で閉店した。〈ホワイト〉の並びに、半ダースほどのさまざまな店がある。薬局、製菓店、紳士服や事務服用の高級生地店、有名なファストフード店。どの店も二十年以上つづいているのに、ここだけが毎年、名前や色を変えている。ランジャンは毎日通勤時にこの店の前を通りかかると、テンプルヒルのだれもがここはツキのない場所だと知っているのに、オーナーはどうやって繰り返し貸しに出しているのかと不思議に思っていた。

きょうは、だれにも見つかりそうにない場所が自分にあることを、ただ感謝していた。親しい友人や親戚たちは、カダキア家の家族をなぐさめるため家に集まっている。カフェで煙草を喫い、サモサを齧《かじ》っているところを見られるわけにはいかない。それでも、こうせずにはいられなかった。訪問者たちが父の話をしているあいだ、そこにすわっていることはできない。罪悪感に息が詰まりそうだった。いたたまれず、吐き気がするほどだ。母を見ることに耐えられなかった。母が知ったら、どう思うだろう。

ランジャンは、母が子供たちのなかで一番自分に期待を寄せていることを知っていた。三人の子供を差別しないようにしているが、母も人間だ。ランジャンはそれを肌で感じてきた――母が言うことやすることにではなく、自分を見るそのまなざしに。子供のころから、自分を見ると、母の目がきらめくことに気づいていた。ランジャンだけだ。他のふたりではなく。母の幸せは自分次第だと知っていた。ランジャンとて試みなかったわけではない。母のために、医学を志し、理学療法士になった。好きにやらせてもらえたら、たぶん広告業界にはいっただろう。あるいは、写真業界か。たしかなことはわからない。検討する機会さえ与えられなかったから。ヘタルとの結婚も母の助言によるものだった。無理強いされたわけではない。そんなことをするのは、母の流儀に反する。ただ、ヘタルのような、教養があって人脈の広い家の娘と結婚するのがカダキア家にはふさわしい、と母は提案しただけだ。そして、ランジャンが同意した。ずっと模範的な息子だった。最近までは。

その午後、シー・ミスト・アパートメントにもどったラディカは、あまりの印象のちがいに驚いた。家具がほとんどないため、あまり古くないように見える。一生ぶんの記憶の重みがなく、見るからに風通しがよく、前より明るい。

「お茶はどうしますか、ディディ」リラが言う。

ラディは首を横に振った。ドーサを食べたあと少しおさまっていた胸の焼けるような感覚が、いまは完全にもどってきていた。薬を受けとるのを忘れていた。服《の》んでいれば、胸の痛みもなかっただろう。ラディはリラに医師からの処方箋を渡した。

「薬局に電話して、注文してもらえる？ あと、バナナはある？」

「ラムザンさん《バーイー》に車を出してもらいましょう、ディディ。そのほうが、配達を待つより早いですから」

リラは部屋から出ていくと、数分後にバナナを載せた皿を持ってもどってきて、ラディの前に置いた。

ラディはぼんやりと礼を言った。古い部屋の床にすわっているラディの前には、スーツケースがひとつ、開いた状態で置かれている。作りつけの戸棚に物をしまいはじめていたのだ——服、バッグ、靴、ジュエリー、化粧品——でも、片づけなくてはならないスーツケースが十一個以上ある。この十年で自分がどれだけのものを溜めこんできたのかを思い、驚嘆する。目算したところ、自分の戸棚と姉の戸棚を使っても、まだスーツケースが四つほど残る。しかもここにあるスーツケースには、本がはいっていない。本は輸送箱に入れて、他にテニスのラケットや絵画用の額縁、壁にかける絵とともに、十四箱がインドに向かっている最中だ。リラに片づけを手伝ってもらうこともできるけれど、ラディとしては自分ひとりで作業するほうがよかった。

自分の持ち物をしまっていく行為は、考えを整理する役に立った。ワンピースをハンガーにかけ、Tシャツをきれいに積み重ねながら、マッキンゼーの戸棚をようやく片づけた日のことを考えていた。どれほど落ちこんだことか。どれほどおしまいだと思ったことか。あの人がどれだけ人生に大きな穴をあけたことか。

あいているドアを小さくノックして、リラが部屋のなかへはいってきた。

「お薬です、ディディ」ラディの前に、水のはいったグラスを載せたトレーを置く。

「ありがとう、リラ」

ラディカは渡された薬をたしかめた。胃酸過多にきくガビスコン、胃痛用の活性炭、頭痛用のアスピリン、カルシウム、B12の他に、ドクター・ビハリがとるようにと言ったマルチビタミンの錠剤。全部で八錠を手の上に出す。一錠ずつ、毎回新たに水を含みながら服んでいった。五錠目を服もうとするときには、グラスが空《から》になっていた。

ラディは立ちあがり、ドアをあけて、キッチンの方向に声をかけた。

「リラ、水のお代わりをもらえる?」

スーツケースの前にもどり、どすんと床にすわったところで、ひどく不快な考えに襲われた。

「あっ!」首を横に振った。まるでそうすることで、頭のなかで形をとりはじめた画を取り除き、もと来たところへ送り返せるかのように。「嘘……そんなまさか」

「だいじょうぶですか、ディディ」リラが水のはいったグラスを手に、ドアの前に立っていた。

「わからない」ラディはまた腰をあげた。「サンジャナに会わなくちゃ」

サンジャナみずから、アパートメントのドアをあけた。

「ラディ、あたしちょっと――」

「サンジャナ、もう一度、あの写真見せてくれる？」

どういう意味なのか、訊くまでもなかった。サンジャナは静かに自分の部屋へ行ったのち、ミスター・カダキアの最後の写真を持ってもどってきた。

ラディは沈んだ気持ちでそれを見た。やっぱり、記憶ちがいではなかった。

「サンジャナ、警察はおじさんが何時に薬を服んだと言ってるの？」

「午後一時から二時のあいだ」

「つまり、昼食中か直後ってことよね」ラディは顔をしかめた。「バワニはそのあいだキッチンにいた。バワニをここに呼んでもらえる？」

「ええ……でも、なんのために？　いったい何を――」

「なんでもないことなのかもしれない。すぐに話す」ラディは請け合った。「その前にバワニに訊くことがあるの」

サンジャナはカダキア家のアパートメントに電話をした。ヘタルに話をして、バワニに数分だけ時間をもらえないかと頼んだ。サンジャナがラディにうなずいて言う。「いま来るって」

「警察は、おじさんの体に何錠の薬がはいっていたと言ってるの？」

サンジャナがラディをけげんな顔で見た。

「およそ三十から四十」

　また別の考えが浮かんで、ラディカはふたたび顔をしかめた。「おじさんはどうやってそんなにたくさんの鎮痛剤を手に入れたのかしら。処方箋があったの？」

「わからない。それ、警察にも訊かれた」サンジャナは認めた。

　ドアベルが鳴った。少し経って、サンジャナのメイドがバワニを中へ招き入れた。

　ラディカはバワニがメイドにいやらしい目を這わせるのを見て、いっぺんでバワニをきらいになった。

「どうも、ディディ」バワニがサンジャナに挨拶した。「何かご用ですか」メイドにできない雑用をするために呼ばれたと思っているのだろう。

「バワニ、キルティおじさんは昼食中に何回水を頼んだの？」ラディは唐突に訊いた。

　バワニはたじろいだようだった。明らかに、雇用主の死について尋ねられるとは思っていなかったようだ。即座に表情が引き締まり、警戒心が強くなる。「水ですか。特にお求めにはなりませんでした。キルティさま《バーイー》には、お昼に水をおとりになる習慣はありません。いつもバターミルクをグラスに一、二杯お飲みになりました」

　バターミルク！　考えてみれば当然だ、これで説明がつく！　ラディはほっとした。水に代わるものがなければおかしい。

しかし、バワニはつづけて言った。「あの日のように、アームラス（マンゴージュース）があった日は、バターミルクもお飲みになりませんでした」

ラディはまた緊張した。「つまり、水のおかわりも、ニンブ・パーニ（レモンかライムの果汁と砂糖、塩、数種のスパイスから作った飲み物）なんかの飲み物も、その日の昼食には求められなかった、ということ？」

「はい」

「おじさんの書斎にあるボトルは？　だれがいつ補充をするの？」

「これはなんなんですか、ディディ」バワニはサンジャナを見て言った。「なぜこんなふうにいろいろと訊かれるんです？」

「あなたのことを訊いてるわけじゃないのよ、バワニ。お願いだから質問に答えて」サンジャナの口調がいつもとちがって厳しくなった。

「いつもカマルが朝のうちに、ボトルに水を入れます」バワニはかろうじて敵意を隠し、ラディカをにらむように見て言った。「そのあとは正午ごろ、カマルが掃除のために部屋にはいるときに補充します」

「わかった。ありがとう、バワニ。もういいわ」ラディはバワニを解放した。

「お話があります、ディディ」バワニはラディを無視して、またサンジャナに向かって言う。「わたしは十年お仕えしてきて、ご家族からこんな扱いを受けていることに納得できません。まずキルティさま、そしていまはあなたに——」

「もう、よして、バワニ!」サンジャナが苛立たしげに遮る。「ふたつみっつ質問しただけじゃないの! なぜそんなことで大騒ぎする必要があるわけ?」

バワニが女性ふたりを無言でにらみつけた。

サンジャナがため息をついて言った。「ありがとう、バワニ。もういいから」

バワニが部屋から出ていくのを見送り、ドアが閉まるのを待ってから、サンジャナはこらえきれずに声を張りあげた。「どういうこと、ラディ。何を考えてるの?」

ラディは深く息を吸ってから、友のかたわらの椅子に腰かけた。これから言わなくてはならないことにサンジャナがどう反応するのかわからなかった。サンジャナが弱っている状態なのに、話をするべきなのかどうかもわからない。でも、言わずにいることなどできるだろうか。ラディは腕を伸ばして、センターテーブルから写真を手にとり、サンジャナの前に差し出した。

「テーブルの上にタッパーウェアの水のボトルがあるんだけど、見える? それと同じようなものが、ここにあるの?」

サンジャナはうなずいた。「ええ、だけどなんの——」

「あっち?」ラディはすでにキッチンのほうへ歩きながら言った。

サンジャナはまたうなずき、立ちあがって、ラディのあとにつづいた。

ラディはカウンターに、満杯のタッパーウェアのボトルと空のグラスがひとつあるのを見つけた。慎重にボトルの水の四分の一ほどをグラスに入れ、それをサンジャナに手渡す。

「これは、あの日の午後以降、キルティおじさんが亡くなった時刻、午後三時か四時までのあいだに飲んだ水の量よ」

サンジャナはぼんやりとした顔でグラスを見た。グラスの四分の三ほど水がはいっている。「それで？」

「そんな少ない水で、三十錠も薬を服むのは無理」

サンジャナは、何を言っているのかわからないと言いたげな顔でラディをじっと見つめつづけた。

「おじさんが持っていた可能性がある――そして、実際持ってたと思う――のは、ピルケースの水曜日の仕切りのなかにたぶんはいっていた四、五錠の薬だけ。でも、どんなに薬が小さかったとしても、この少量の水で三十錠だか四十錠だかの睡眠薬を服むのは、とてもむずかしい。それに、すぐそばのボトルにじゅうぶんすぎるほどの水があるのに、この量の水だけで服もうとするなんて、ちょっと考えにくい」

サンジャナの心は、ラディが言っていることの重要性を理解しようとはしなかった。

「だけど、検死官は父の体内から薬を検出――」

「さっきバワニを呼んだのは、キルティおじさんが昼食時に水のお代わりを頼まなかったのを疑問に思ったから。お代わりは頼まなかったみたいね」

「何言ってるの、ラディ？」

ラディは注意深くサンジャナを見た。「おじさんが睡眠薬を服まなかったのだとしたら？　砕いて、おじさんが口にした何かのなかに入れられていたとしたら？」

「でも、なぜそんなことをするの？」

「おじさんがそうしたんじゃないかも」

ラディの言わんとしたことがようやくわかると、サンジャナの表情がとまどいから恐怖へと変わりはじめた。サンジャナは何かを言おうとして口をあけるが、思いなおして口を閉じる。涙が頬を伝いはじめた。

「父さんは自殺なんてしないってわかってた！　そんなことする人じゃないもの。でも、他殺だったら？　恐ろしすぎる！　だれが父さんを殺したの」

6

ヘタルはいつもより少しだけ自己嫌悪を覚えずに、鏡のなかの自分を見つめた。二キロほど減量に成功したからではなく——いつもはそれで元気になる——自分の存在自体に滲《し》みわたっている自己憐憫《れんびん》をようやく捨て去り、未来を形作るための恐ろしい一歩を踏み出したからだ。自分にできるとは思ってもみなかったが、不思議なことに、いざ取りかかると、それほどむずかしいことではなかった。

ある夜、義父の書斎の前を通ったときにふと耳にした会話が、すべてのはじまりだった。ああ、何も耳にしていなかったらよかったのに。ホチキスを探しに書斎へ向かわなかったら。子供たちが自分のホチキスを保管していたら。課題の締切が翌日でさえなかったら。でも、書斎へ向かったし、子供たちのホチキスは見つからず、締切は翌日だった。耳にしてしまった。一言一句《いちごんいっく》聞いた。ヘタルは心底震えていた。それはヘタルのなかにある何か、自分のなかにあることを知らなかった何かを目覚めさせた。もどれない道へと歩みださせたのだ。

ヘタルはドレッサーの上に置かれていた、ランジャンと新婚旅行でトルコへ行ったときの額入り写真に目をやった。気が短くて自己中心的なランジャンは、ヘタルが甲状腺機能の低下で一気に体重が増えはじめて以来、ろくにヘタルを見なくなった。ヘタルは美人ではない。美人というのは、妹を言い表わすときに使われることばだ。背が低くて太りぎみのヘタルは、よくてまあまあというところだろうか。一番の長所はせいぜい、たっぷりとした豊かな髪だ。だが両親は、二十二歳、つまり神が若者に与える移ろいやすい輝きをヘタルがまとっていたころに、なんとかランジャンとの縁談をとりまとめた。絶対に認めたくはなかったが、ヘタルはマンジュがこの縁談に賛成する理由を知っていた。ヘタルの両親は、ランジャンが診療所を設立するための場所を買う資金を援助すると申し出ていたのだ。断じて、持参金ではない――〝進歩主義の〟マンジュがそこまでへりくだることはないだろう。だが、ヘタルの両親がこっそり未来の婿の手助けをしたいと言うなら、マンジュとてその邪魔をすることはない。

テンプルヒルに建つ洒落《しゃれ》た千五百平方フィートの診療所のおかげで、新しい家族のなかでヘタルが尊敬されることになると考えるのが普通だろう。ところが、物事はそううまくは運ばなかった。ヘタルの親の援助を受け入れたために、なんともひねくれたことに、マンジュはヘタルのことを悪く思っているようだった。最初のうち、ヘタルは義母の愛情を勝ちとろうとしたものの、それがうまくいかなかったので、互いへの敬意に基づく関係が築ければいいと思っていた。しかし、マンジュはヘタルと打ち解けようとはしなかった。でも、いまとなってはどうでもよかった。そんなことはだれも気にしていなかったから。

ラディはサンジャナを相手に、午後じゅう持説について話をした。他に説明ができないか、ああでもないこうでもないと検討する。殺人事件だなんて、滑稽で現実感がなく、ボリウッド映画か何かのようだ。お互い口に出して認めたわけではなかったが、それが起こった可能性をどこかで信じてはいた。ただそのことは、ふたりの胸のなかだけにしまっておこうと決めていた。少なくとも、もっと情報が集まるか、さらによいのは、キルティ・カダキアの死についてもっと受け入れやすい説明が見つかるまでは。

ふたりはカダキアの家にもどっていた。弔問客《ちょうもん》が増えていたが、サンジャナは気持ちが落ち着かず、肉体的にも限界だったので、長いあいだじっとすわっていることができなかった。ふたりは、サンジャナが横になれるようにマンジュの部屋に退いた。

マンジュの部屋は居間に似て、何度もの休暇中に手に入れたさまざまなものであふれ、すべてがていねいに配置されていた。壁には絵やポスター、皿が飾られ、いくつもある棚には、骨董品やマグカップ、時計が置かれている。見た目がラージャスターン風の整理箪笥に、孫たちの作った作品が自慢げに飾ってあった。〝世界一のおばあちゃんへ〟と書かれたカードが一等地を占めている。ドレッサーにはあらゆる種類の香水やクリームの他に、さまざまな形や色のビンディー（インドの女性が額に施す装飾）が大量に並んでいた。ラディがサンジャナの背後にいくつか枕をあてがったところに、カマルが石鹸水のはいったバケツとモップを持ってはいってきた。

「あ、知らなかったものですから……」

カマルが立ち去ろうとしたが、ラディはそれを止めた。「いいの、いいのよ。終わらせてしまって。かまわないから」

「すぐにすませます、ディディ」カマルはしゃがんでモップをバケツのなかに入れると、水をかたく絞ってから、床を拭《ふ》くためにその液を広げた。

その様子を少し見たあと、ラディは尋ねた。「カマル、その日、キルティおじさんとそもそも話をした？」

それからカマルの怯えたような顔を見て、付け加えた。「わたしたちはただ、おじさんが何かに動揺していたかどうかをたしかめたいだけなの」

「わかりません、ディディ。旦那さまとほとんどやりとりはありませんでしたから。あの朝、あたしは忙しくミルクをあたため、水のボトルを満たして、みなさんのぶんのお茶とコーヒーを作っていて、バワニは朝食をこしらえていました」

「じゃあ、午前中ずっとキッチンにいたわけね」

「はい、いいえ。ええと、そうです……みんなキッチンに出たりはいったりしていましたが、旦那《バーイー》さまとは話をしませんでした。一度、奥さま《バービー》から、ブラウスが見つからないと言われて階下《した》へ見にいきました。干しているあいだに飛ばされたんじゃないかとおっしゃって。守衛にも訊いてみてくれと言われて。それからバワニも出ていきました、車を洗うためと、ランジャンさま《バーイー》に買ってきてくれ、と……あの、ランジャンさま《バーイー》の……」

カマルが心配そうに顔を見ると、サンジャナがあとを引きとった。「煙草を買いに？」

カマルはうなずいた。言うべきでないことを言わずにすんだことにほっとしている様子だった。

「階上《うえ》にもどると、奥さま《バービー》が旦那《バーイー》さまのアームラスを作り終えて、ミキサーを片づけていたところでした。まもなくお仕事に出かけられましたが、そのときヘタルさま《バービー》がキッチンに来て、ちょっとした騒ぎを起こしたんです」

「どういうこと？」

「新しいセットのグラスがひとつ、見つからないと言って。棚や抽斗《ひきだし》を全部調べはじめて、あたしに部屋という部屋を探すようおっしゃったんです。あたしには見つけることができませんでした。すると、皿を洗っているときに割ったんだろうと言いだしたんです！　断じてちがうと申しあげたんですが、信じてくださいませんでした。割ったなら割ったと認めれば許してやる、とおっしゃって。けれど、何も割ってなんていないのに、どうして認めることができるんです？　旦那さま《バーイー》に呼ばれて、書斎へはいって行かれました」

「キルティおじさん、なんの用だったのかしら」

「知りません、ディディ。放っておいてもらえて、あたしはうれしかっただけです」

「で、そのあとは？」

「そのあと、ソーナルさま《バービー》がキッチンにいらっしゃいました。いつもみんながキッチンでの作業を終えるのを待って、それからご自分とアミットさま《バーイー》用にジンジャーティーを二杯作り、ご自分のお部屋でそれを飲んでから、お仕事に出かけられるんです。あたしがソーナルさま《バービー》の作るお茶がほんとうに好きなのをご存じで、あたしにもコップ半分残していってくださるんですよ。

　掃除をしようと居間にはいったときには、全員がお仕事に出かけられたあとで、旦那さま《バーイー》は書斎にいらっしゃいました。家じゅうの掃除が終わったあと、最後に旦那さま《バーイー》の書斎にはいりました。そのときは、電話で何かお話しされていました」

サンジャナが身を乗り出した。「電話で何を話してたのか聞いた？　怒ったり動揺したりしてなかった？」

「さあ、わかりません、ディディ。大きな声で話しておられましたが、たいてい大きな声で、早口でお話しになるので。いつもとちがうところはありませんでした。それに、話していることばの大半がグジャラート語だったので、あたしにはよくわかりませんでした。会話の内容に注意を払ってもいませんでしたし。床を掃いただけで、部屋から出ていきました」

カマルはマラータ族の出で、ムンバイにいる多くの使用人と同様、西ガーツ山脈に点在する小村から都市に出稼ぎにきている。カマルが話せるのはマラーティー語と、少しのヒンディー語だけだ。

「その後、キルティおじさんとまた会ったのはいつ？」ラディは訊いた。

「三十分……いえ、一時間後くらいだったでしょうか。洗濯にいくと報告にいったんです。そしたら、お茶を二杯用意して、そのトレーをダイニングテーブルの上に置いておいてくれ、と言われました」

「二杯のうち一杯はだれのため？」

「わかりません。あたしはすぐに出かけたので」

「バワニはどう？　だれか来たか見たのかしら」その問いの答えはすでにバワニから聞いていたが、カマルの口からも確認したかった。

「バワニに訊いたんだけど」サンジャナがことばを挟んだ。「父さんから、銀行に行くよう言いつかったみたい。だから、来客がだれかは見てないんですって。午後〇時三十分ごろもどったときには、もうティーカップはどちらも空《から》になっていたそうよ。父のためにロティ（小麦粉を使った無発酵パン）を焼いて、午後一時に昼食を給仕し、自分も食事をとったあと、一時三十分ごろに出かけた」

ラディはサンジャナがカマルの代わりに質問に答えなければいいのにと思った。サンジャナに意味ありげな視線を送ったのち、メイドのほうへ向きなおる。「洗濯からもどったのはいつ？」

「バワニが出ていこうとしているときでした。玄関広間で会ったんです。あたしが使用人用の鍵を持っていたので、それを使ってはいりました。居間に立ち寄ったら、からっぽでした。旦那《バーイー》さまの昼食のトレーがダイニングテーブルに置いてあって。あたしはそれを片づけて、食器を洗い、昼食をとったあと、昼寝のために自分の部屋へもどりました」

「カマル！　ここにいたのね」マンジュが室内にはいってきた。「居間をすぐに掃除してちょうだい、お客さまがいないうちに」

怯えたウサギの表情がカマルの顔にもどった。「かしこまりました、奥さま《バービー》」足早に寝室から出ていった。

「どこに置いたっけ？」マンジュは半ば自分に向かって言うようにつぶやいた。自分のワードローブのところへ行って、中を探したのち、ハンドバッグを取り出す。

「何、母さん」サンジャナが尋ねた。

「きのう書いた死亡記事……」マンジュはバッグのなかを探っている。

「アミットがこれから新聞社に届けにいくところで……なのに、どこに置いたか思い出せなくて……」

マンジュはベッドに腰かけ、ハンドバッグの中身を取り出して、自分の前に全部並べはじめた。ラディはこまごまとしたものが整然と増えつづけていくのを見ていた。エルメスのオレンジ色の革財布、ヘアブラシ、コンパクト、刺繍《ししゅう》入りのほっそりした眼鏡ケース、濃い紫色のペーパークリップ付き日記帳、ユニボールの黒ペン一本、カシューナッツとレーズンのはいったビニールの小袋ふたつ。鍵束が二組あって、ひとつは貝殻の分厚い房に、もうひとつは色とりどりのガラスと羊毛で作ったキーホルダーについている。最後に、マックの口紅一本。マンジュのバッグにはよけいなものがいっさいはいっていなかった。

女性のハンドバッグは持ち主の心理状態を正確に表わす、と読んだことがあった。〝新年にあたって、〝あなた自身について変えるべきこと〟というファッション雑誌の適当に編集されたまとめ記事だったが、言っていることは妥当だった。ラディは溜めこみ屋だ。人生のあまりに早い時期にあまりに多くを失ってきた。それで物を捨てることが苦手になったのだ。ラディのハンドバッグにはいつも大量の物がはいっている。請求書、領収証、輪ゴム、ブロードウェイのショーのプログラム、最後に旅した街のさまざまな地下鉄路線図、お菓子や包み紙、しばしば別の国の通貨が交じっている小銭、そして何より重要な、新聞や雑誌の記事用のメモやアイデアを慌てて走り書きした紙やティシューの切れ端。ハンドバッグの底で何カ月、ときには何年も萎《しお》れている数々の物。

そのまとめ記事を読んだとき、ラディは心の整理に役立つかどうかたしかめるため、ハンドバッグのなかをきれいにしようと決めた。結果的に、役立った。奇跡かと思うほど。けれども、その状態を維持するのがむずかしいことに気づいた。いま、ラディはミセス・カダキアが持ち物をハンドバッグにおさめているのを見つめながら、インドでの生活の新局面を迎えるにあたり、もっと軽いハンドバッグが必要だと決意した。

「どこにあるのかしら。ちゃんとしまったはずなのに」マンジュは立ちあがってベッドサイドの抽斗を調べながら、小声でつぶやいた。

「あった！」マンジュは抽斗から折りたたんだ白い紙を取り出した。みずから書いたものに目を通し、自分にうなずく。

「母さん」サンジャナがやさしくささやいた。「父さんがこんなことをしたなんて、信じられない」

マンジュは苦い表情で、長いあいだ娘を見た。「お父さんには、あなたが信じられないようなことがたくさんあったの」そのことばをやわらげるかのように、サンジャナの頭をやさしく叩いたのち、部屋から出ていった。

ラディはサンジャナに両眉を吊りあげてみせた。

サンジャナがため息をついて言った。「ふたりはここ何年も、最高の関係とは言えなかった。現に、アミットから聞いた話によると、最近はいつも以上に喧嘩《けんか》が絶えなかったみたい」

「喧嘩ってどういう？」

「正直言って、なんでも喧嘩の種になった。父さんの運転の仕方。使用人への態度。母さんの本や書類がつねにダイニングテーブルを覆っていたこと。このあいだなんて、父さんがカスタードアップルに払った値段について言い争ってたのよ！　母さんに言わせると、父さんはなんにでもお金を払いすぎるんだって。父さんに言わせると、母さんは父さんを学校の生徒のひとりみたいに扱うって。父さんがどんなに頑固になれるか知ってるでしょ

——議論に負けるのがきらいで……」サンジャナはまるで父親の話を現在形でしたのに突然気づいたかのように、途中で口をつぐんだ。サンジャナの目にまた涙がこみあげる。

「だけど、さっきの、おばさんの最後のことば、何を言いたかったんだと思う？」ラディは答えを知りたいというより、サンジャナの注意を父親のことからそらすために言った。

「さあね。ふたりとも〝感情〟について語るタイプじゃないから」宙に引用符を描きながら話す。「でも、昔はこんなふうじゃなかったのよ。覚えてるでしょ？」

ラディはうなずいた。

「最初は、ふたりとも物事がうまく運ぶようつとめてたと思う。父さんは教師っていう母さんの仕事に協力的で、〝働く〟嫁を望まないおばあちゃんと対立してでも、母さんの望むキャリアが得られるよう頑張ってたの。そして実際、母さんはあたしたちを育てるのに最善を尽くしてくれた。簡単なことじゃなかったはずよ。だって〝マーシ〟（母方のおばの意）……つまり、伯母から突然母親になるんですもの。あたしには絶対に無理だわ。あたし、アミットとランジャンの子供たちのことは大好きよ。でも、母親としての責任や不安をすべて背負いこむことになるでしょう？　そりゃとっても大変だったにちがいないわ。たぶん、父さんも母さんの努力を見て、敬意を表してた。だけど、それが愛に変わることはなかったんだと思う。少なくとも、あたしの実のお母さんに向けたような愛情ではなかった。それが母さんを苦しめたんじゃないかな」

サンジャナが顔を歪め、それから背後の枕をいじった。「最初、母さんは、何事も変化する、じゅうぶんな時間さえあれば、ふたりの関係も以前の結婚生活の影から抜け出せると思ったはず。だけど父さんが前妻を忘れることはなく、それが母さんにはとてもつらかった」

ラディカは友が落ち着くまで、気遣うように見守った。「でも、おばさんは責められない。だって結婚して何年経ったの？　二十五年、いや三十年？　次善の策を実らせるにはじゅうぶん長い時間だもの」

「ええ、それはわかってる。だけど、あたしには父さんも責められない。本気で母さんを愛そうとしてたから。それがうまくいかなくて、父さんはすごく後ろめたさを感じてた。でも、父さんが後ろめたく思えば思うほど、母さんは憤慨した。そして父さんは、怒りにうまく反応していない――しなかった」サンジャナは言いなおした。「怒鳴られたら、もっと大きな声で怒鳴り返すだけだったの。かくして、怒鳴り合いの喧嘩になる」

ラディは眉をひそめた。「ごめん。家族がそんな大変なことになっているとは知らなかった。どうして話してくれなかったの？」

「最初のうちは、そんなふうじゃなかったから。事態が悪化したころには、あたしたちはかなり大人になってて、それぞれの生活で忙しかったの……それに、あなたにはあなたの両親の死っていう問題があった」

サンジャナは快適な位置を見つけようとしてまた枕をいじりはじめ、あちこちへ動かした。「どうしたらいいかな、ラディ。あたし、忘れては思い出してを繰り返してるの！思い出すたびに、はじめて知るのと同じくらい恐ろしくて！」

ラディはなんと言えばサンジャナの気が楽になるのかわからず、沈黙したままだった。

サンジャナが背中から枕を抜いて床に投げ出し、今度は仰向けに寝そべろうとした。

「湯たんぽをあてたら背中が楽になるかも」ラディは立ちあがりながら言った。「カマルに用意してもらえないか訊いてくる」

サンジャナがうれしそうにうなずき、ラディは部屋から出ていった。居間では、マンジュが数人の来訪者に囲まれてすわっていた。マンジュの手を煩《わずら》わせたくなかったため、ラディは静かに歩いてキッチンへ行った。そこにはだれもいなかった。

使用人部屋のドアが少しあいていたので、カマルを呼んでみた。返事はない。ラディはキッチンを出て、書斎のすぐ斜め向かいにある寝室のドアをノックした。アミットがドアをあけた。

「ああ、やあ」アミットは驚いた顔をして、部屋から出てきながら、ドアを閉めた。

「こんにちは。ソーナルを借りてもいい？　背中が痛むってサンジャナが言うんで、湯たんぽを用意してあげられないかと思って」

「ソーナルね、うん……あまり調子がよくなくて。使用人がそこらにいなかったかい？」アミットが先を歩いてキッチンへ行く。だれもいないのを見てとると、言った。「待ってて、ぼくが代わりにやるよ」

「ソーナル、どうかしたの？」ラディは、アミットが湯を沸かすのにじゅうぶんな大きさの鉄鍋を見つけるのにふたつの抽斗をあけるのを見ながら言った。

「なんか……頭が痛いとか。横になるように言ったんだ」鍋に水を満たしたのち、またいくつか抽斗をあけてライターを探す。

「それで、あなたはだいじょうぶ？　お父さんと仲がよかったのよね」

アミットはその質問について考える様子を見せ、それから答えた。「そうだね、それなりに」

ラディが待っていると、ようやくアミットがつづけた。「父さんとの関係は、簡単なものじゃなかった。正直言えば、ランジャンもぼくも、父さんといい関係は築けなかった。知ってのとおり、ランジャンは親父と瓜ふたつだ。短気で衝動的で。ふたりは機会があるごとに衝突してた。一方、ぼくは父さんとはめったに口論しなかった。ぼくと父さんが似ていたからでも、すべてにおいて意見が合致していたからでもない。とんでもない、正反対だ」その考えの馬鹿馬鹿しさに笑う。「ぼくは対立するのが好きじゃなかった。我慢できない。耐えられなかったんだ」

ラディはうなずきながら微笑んだ。アミットが静かな少年で、顔をビデオゲームの後ろに隠し、耳はヘッドフォンに覆われていたことを思い出した。いつもキックやパンチを繰り出して戦っていたが、それはいつもビデオゲームのアバターとしてだった。現実では絶対にそんなことはしない。

「父さんはずいぶん長いあいだ、ぼくのそういうところを理解してなかった。ランジャンはわかってた。サンジャナもね。ディディがどんなかは、きみなら知ってるだろ。ことばを濁すことがない。父さんと同じで頑固でさ。でも、父さんはずっと、ぼくを強くする必要があると思ってた。それがいやでいやで。ぼくのことを軟弱だと思っているのがいやだった。そこが姉弟《きょうだい》とはちがうところだった。そう、父さんに認めてもらうためだけに、実際にジムに行って体を鍛えはじめたんだ。そうとも」ラディの表情を見て付け加える。

「よくわからない理屈だよな」

いつの間にか、火にかけた水が沸騰《ふっとう》していた。アミットは手をあげて、戸棚からピンクのゴム製の湯たんぽを取り出した。蓋をあけて、注意深く湯たんぽに湯を注《そそ》いだあと、きつく蓋をしめた。

その湯たんぽをラディに渡す。「この数年、ぼくたちの関係はたしかに変化してた。ぼくというより、父さんがね。少しまるくなった。タフにもいろんな種類があるってことがわかってきたんだと思う。知ってたかい、最近はチェスをするようにもなってたんだ」

「そうなの」ラディはにっこりした。「それはよかったわね！　で、どっちが勝ってたの？」

アミットの目が不可思議な感情で輝いた。「ぼくだよ！　それを父さんが気に入らなくて！」

ラディは湯たんぽを抱きかかえた。「これをサンジャナに渡さないと……ありがとう」

ラディはキッチンの入口に向かって歩きはじめた。もしそのとき振り向いていたら、アミットの顔に浮かんだ表情に驚いていただろう。アミットは父親との最後の会話について考えていた。

「何事なの」ソーナルはベッドにすわり、ノートパソコンを前にしていた。顔がむくみ、鼻が赤い。

「ディディが湯たんぽが欲しくて、ラディが使用人を見つけられなかったらしい」

「そうよね。何かしてほしいことがあるときは、みんなあたしのところに来る。そんなことでもなかったら、あたしが死のうが生きようが、だれが気にしてくれる？」

「おいおい、頼むよ……いつまでむくれてる気だ？」

「いいじゃないの」ソーナルが怒っているのは明らかだ。「いつもあとまわしにされるのは、ほんとにもううんざり。お義父さんは盛大な晩餐会を計画してた。なのに、そのことをだれもあたしに教えようとは思わなかったの？　実家の両親は磨くような銀食器を多くは与えてくれなかったけど、あたしには何も知る資格はないわけ？」

アミットは隣りにすわり、片手を妻の肩にまわした。「ソーナル、いい加減にしてくれよ！　何もわざとやってるわけじゃない。だれも意地悪で――」

「わかってる！」ソーナルは夫の腕をはねのけた。「だからよけいに悪いんじゃないの。そういうぞんざいな扱いがわざとだったら、それはつまり、あたしを傷つける方法を考え出すのにわざわざ時間とエネルギーを費やしたってことでしょ。いっそそっちのほうが気分がすっきりするわ！」

「わかったから。言ってることが支離滅裂になりはじめてるぞ」

「あらそう、アミット。あたしはこの家族になじもうとして八年も無駄に費やしてきたの。あなたの大事なテンプルヒルに溶けこもうとしてね！　正直言って、結婚したときは、それがこんなに大変だとは夢にも思わなかった。それらしく見えさえすれば、その役を射止められると思ってた。

あたしが行った滑稽な値段のデザイナーやサロンのことを考えてみて！　つい先月、月給の半分を小さなクラッチバッグに使ったばかりなのに！　クラッチバッグよ、アミット！　ああもう、あたし、なんて愚かだったんだろう！」ソーナルが両手で顔を覆って、泣きはじめた。

「シーッ……もういい、だまって」アミットは両手で妻を抱きしめた。「そんなこと、ぼくが気にしないってわかってるだろ？　きみのことを愛してることも。いいかい、ソーナル、あとのことはどうでもいいんだ」

「食べ物にやたらとこだわる、ろくでもないグジャラート人たちめ」バワニは料理をしながら、小さな声で毒づいた。「家族に死人が出たんだ。悲しみのためとは言わないまでも、礼儀を守り、いつの日か簡素なキチディ（米と豆で作ったインドの粥。グジャラート地方の伝統料理）を食べるようになると思うだろう。だがそうじゃない。あいつらは毎日、ご馳走が必要だというんだ！」

バワニの心はその両手と同じくらい激しく動いていた。なぜ多くを持つ者と少なくしか持たない者がいるのだろう。なぜ連中は、持っているがゆえに自分たちのほうがすぐれていると考えるのか。バワニはほとんど、自分自身と自分の運命に対して腹を立てていた。それと自分に強いられる選択に対して。それに、自分の前に立ちはだかる出来事に対して。バワニには、しかるべき計画が必要だった。遅かれ早かれ、ここの愚か者から質問されるようになる。いまされている無意味な質問ではなく、正しい質問を。そうなったら、こちらもそれらしい答えを返さなくてはならない。だがいままでのところ、そんな答えはなかった。

バワニが握るナイフがまな板の上を巧みに動いて、赤と黄色のパプリカを細く、ほとんど同じ三日月形に切っている。目の前のコンロの上で、フライパンがジュージューと音を立て、生のバナナと合わせて野菜のコロッケが焼かれている。その横の火口《ほくち》では、三つ目の火口で作りはじめたスープに入れるハーブの効いたキューブのパニール（インドのカッテージチーズ）を同時にフライパンで焼いていた。

バワニはてきぱきと仕事をした。スープと炒《いた》め物はヘタルとランジャン用。マンジュとアミットのために他の料理を作る。そのふたりは伝統的なグジャラート料理を好む。だからキビのはいった小麦粉で作ったロティと、ユウガオとエンドウ豆の野菜カレーを作るつもりだ。子供たちがいたら、スライスしたパンとチーズのまんなかに野菜コロッケをはさんで、それをハンバーガーだと説得できないかぎり、ホワイトソースのパスタなど三食目の準備をする羽目になる。いつもならバワニは、何食も料理を作るのは気にならなかった。それこそがカダキア家が住みこみのコックを雇い、家族の需要に対応させている理由だ。けれどもきょう、バワニはストレスを感じていた。

「くそっ！」カレーのために準備した調味料から、熱いマスタードシードが音を立ててはじけ飛び、バワニの目にはいった。

カマルが横目でバワニを見た。カマルは昼に残ったロティをローストして、パリパリで薄いカーカラ（モスビーンで作る薄い円盤状のクラッカー、朝食に供される）にしている。バワニに何があったのだろう、とカマルは何度も考えた。この家の主人が亡くなってから、バワニの行動はどこか変だ。尋ねてみようとしたが、きっと答えないだろう。いまカマルが心配しているのは、この愚かな男がトラブルに巻きこまれたのではないかということだ。そしてそれが、自分の秘密が明らかになることにつながるのではないかと恐れていた。

7

翌朝、ラディはミセス・マニアルの家での朝食に向かうべく、慌てて準備をしていた。

「じゃあ、一時間後くらいにあなたの実家で会いましょう」

サンジャナは厳《いか》めしい顔でうなずいた。やつれて緊張した様子だ。

ラディは居間を突っ切り、友を抱きしめた。「心配しないで。真相を突き止めよう。とにかく体に気をつけてね」こんな状態は、妊婦のサンジャナによくない。

サンジャナは弱々しくうなずきながら、ハグを返した。「ありがと、ラディ」

A棟にあるミセス・マニアルの家へ向かう途中、ラディの電話が鳴った。

「あんたがアメリカに住んでたときのほうが頻繁に話してた気がする」姉のマダヴィが電話の向こうから不平をこぼした。

「ごめん、姉さん。サンジャナといたの……荷ほどきもまだ終わってないくらいで」

「わかった、わかった」マダヴィがため息をつく。「サンジャナの体調がよくなることを願ってる」

「ええ。きょうジャイッシュがもどってくるから、力になってくれるはず」

「そう、それはよかった。そうそう、よく聞いて――夕食よ。あす。わたしの家で」

「待ってよ、ディディ。人付き合いは勘弁して……二、三日は自分のアパートメントでゆっくりしたいの。あんまり人に会いたくない」

「そんなこと言わないで、ラディ。お義母さんが街にいるの。で、友人のパルルおばさんとその息子さんの他に、イラ伯母《カキ》さんとプラチを夕食に招待していてね。料理をふるまいたいと思ってるみたい」プラチはラディとマダヴィのいとこで、イラの娘だ。「ふたりだけでも大変なのに、ふたりを一緒に相手にしなきゃならないなんて想像してみて！」ラディはマダヴィがイラ伯母さんと自身の義母のことを話しているのだとわかっていた。マダヴィの夫アンシュルの母親は、鼻持ちならない横暴な人で、自尊心が肥大化し、さまざまな健康問題を抱えていた――その大半は想像の産物にすぎなかった。

「楽しそうじゃない！」ラディは笑いを浮かべた。

「あんたが来てくれたら、楽しくなるわ！」マダヴィの声は明るかった。「それに、パルルおばさんの息子さんのニシャントは、すごくいい人でね。前に会ったことがあって。それに、叔母《フィア》さんも呼んでるし！」マダヴィはラディが自分たちを育ててくれた叔母を慕っていることを知っていた。

「わかった、わかった、行くわよ。わたしに売りこみをする必要はないから。姉さんのやさしいお義母さんだけで、行く動機にはじゅうぶんよ」

マダヴィがうなった。「お願いよ、ラディカ。おとなしくしてるって約束して」

「もちろんよ、姉さん」ラディの声がサッカリンのごとく甘くなる。「じゃあ、またあとで」

ミセス・マニアルのアパートメントに到着して、ラディはドアベルを鳴らした。すぐにのぞき穴に片目が現われた。それからドアがさっと開き、ミセス・マニアルがラディカをハグした。タルカムパウダーとパラシュート社のココナッツオイルのにおいがする。

「会えてうれしいわ」ミセス・マニアルはラディが靴を脱いでから家にはいるのを見ていた。

「時間ぴったりね。時間を守る人は好きよ。コックにイドゥリとサーンバル（サーンバルと呼ばれる野菜と豆のスープに、イドゥリと呼ばれる蒸しパンを入れた料理）を作るよう頼んでおいたから。あなたには、海外生活が長すぎて、スターバックスのベーグルとチャイラテには何もかなわないと不平をこぼして残りの人生を送る人にはなってほしくないの！

うちの下の息子がそういうふうでね。いつも驚かされるわ。自分の子がジャレビ（シロップ漬けの甘菓子《いお》）をいやだと言うなんて思いもよらなかった。想像してみて。ジャレビよ！」たっぷりの油で揚げて砂糖漬けにした、プレッツェルに似た形の菓子を思い浮かべてラディは舌を鳴らした。

「〝どうして朝っぱらからこんなに油っぽいもんを食べられるんだ？〟って言うのよ。夜より朝のほうがいいじゃないのよ、ねえ？　それに、ピザのほうがその倍、油っこくない？　だけど、あなたは分別のある女性に見えるわ。あんまりしゃべらないのね」

ラディカは微笑んだ。その気になれば口を挟める、とでもいわんばかりに。

メイドがひとり、部屋にはいってきて、食事の準備ができたと告げた。

「こっちよ、さあ、食べましょう」ミセス・マニアルはラディを食事スペースに通した。テーブルには、清々《すがすが》しい月下香《チューベローズ》の花が高く生けられ、そのまわりに、真新しいコーニングウェアと思《おぼ》しきボウルと皿に盛られた料理が並んでいた。

「おばさん、こんなに多すぎるわ！」ラディはイドゥリとサーンバルの他に、胡椒をきかせ、たっぷりの油で揚げたメドゥ・ワダ（豆から作られた、甘くないココナッツ風味のドーナツ）や、セモリナを使った、カルダモンのにおいのするシーラ（インドの伝統的な菓子）が並んでいるのを見て驚いた。

「えっ……そんなでもないわ」ミセス・マニアルがうれしそうに顔を輝かせ、ふたりはともに椅子に腰かけた。

「さてと、聞かせて。久しぶりね、元気にしてた？　お姉さんのマダヴィはどうしてた？　まだ幼い娘さんがふたりいるのよね？」ミセス・マニアルはラディにイドゥリをふたつ勧めた。いい香りのする蒸したライスケーキはふわふわで、信じられないほどやわらかかった。

ラディカはうなずきつつ、飾りつけられた熱いサーンバルをボウル一杯よそった。それからレンズ豆をベースにした、香辛料のきいたスープにイドゥリを浸し、大きくひと口齧《かじ》った。昨夜飲んだ薬がきいているようで、実際空腹を感じていた。

「お友達のサンジャナはどうしてる？　だいじょうぶだといいんだけれど。でも、正直言うと、あたしが考えてたのはサンジャナのことじゃないの。ランジャンのこと。どんな気持ちなのか、想像すらできないわ」

「それはどうして？」ラディは嚙むのをやめた。

「あら、知ってるとばかり思ってた！」ミセス・マニアルは、ラディカが明らかに驚いているのを見て、喜びを隠そうとしたが、うまくいかなかった。

ミセス・マニアルがラディの皿にドーナツ形のメドゥ・ワダをふたつ載せた。「ねえ、べらべらしゃべるのはあたしの性分じゃないのよ。よけいな穿鑿《せんさく》は好きじゃない。根も葉もない噂話をするのもね。ほんと冗談じゃないわ。ヴィシュヌ神の化身クリシュナに注意を払わないと。もしいま宗教をおろそかにしたら、天国でのあたしの居場所はなくなるもの！　何を言う気もなかったのよ。でも、あなたはサンジャナのほんとうにいいお友達だから、きっと知ってると思ってたの。子供たちがあたしと同居せず、別々に暮らしている幸運に感謝することがあるわ。そりゃ、ちょっとさびしいときもあるけど、あたしたちのあいだには多くの愛情と敬意があるし……ほんとうに幸せだと思う。実際、このあいだなんて、あたしから――」

「おばさん、お願い」ラディは穏やかに口を挟んだ。「何があったの？」

「あら、ごめんなさい、ベータ。話が長くなっちゃって。でも、正直なところ、話すべきかどうかわからないの。いまは大変な時期で、ひとことでもまちがえたり、誤解されたりしたら、火に油を注《そそ》ぐことになる。あたしの言ってることとわかるでしょ？」

ミセス・マニアルはジンジャーティーを飲んだが、自分の皿の上の食べ物には手をつけていなかった。ミセス・マニアルが握っているゴシップのほうが、コックが慌てて作ったどんな料理より、うまみがありそうだ。相手は話したくてうずうずしているが、その情報を引き出すにはちょっとちがったアプローチが必要なはずだ、とラディにはわかっていた。

「そうですよね、わかります。わたしの友達やその家族について話すのを勧める気なんて、全然ありません」ラディは請け合った。「ただ、ランジャンがだいじょうぶならいいな、と思って。ランジャンのお母さんとしては、ランジャンに頼り甲斐があってほしいと思っているから……わっ、このサーンバル、ほんとにおいしい。このちょっとぴりっとする味、何を使ってるんですか。タマリンド？　それともレモン？」

予想どおり、ミセス・マニアルは話題を変えたのが気に入らないようだった。ラディは、老婦人が会話を元にもどそうとするのを、おもしろがって見ていた。

「うちでは両方使うの。タマリンドもレモンも！　ぴりっとした風味がはっきりするでしょ。上の子のプラティックがサーンバルを大好きでね。幼いころ、プラティックとランジャンは親友だったの、覚えてる？」

ラディがうなずくと、ミセス・マニアルはつづけた。「プラティックに言わなくちゃ、ランジャンに電話をして、お悔みを言うようにって。かわいそうに。ほんとうに気の毒だわ」

「何があったんですか、おばさん」ラディは、今度こそミセス・マニアルはこの機会を逃さないだろう、と確信しながら尋ねた。

老婦人はいまだ話すべきか決めかねているかのように、芝居じみた顔で間をとった。それからため息をついて言う。「成人した息子と父親のあいだでよくあることよ。ランジャンが父親とひどい喧嘩《けんか》をしたの。ランジャンの声が大きいのは知ってるでしょ。そりゃ、大変な喧嘩だった。悪口を言い合って、ランジャンが拳で壁を叩いたりもしてね……ガンガンって」ミセス・マニアルは片方の手のひらを胸にあて、その音を真似た。「想像できると思うけど、あたし、とってもショックを受けたわ！」

「それはいつ？」

ミセス・マニアルはラディの皿にスプーン一杯の甘いシーラを載せた。「火曜日……いや、待って。火曜日だったかしら。キルティさん《バーイー》が亡くなったのはいつだっけ？」

「水曜日です」

「そうだわ。じゃあ、火曜日ね。火曜日の朝」

ラディカはフォークにイドゥリを刺したのを忘れて、身を乗り出した。「喧嘩の原因は？　おばさんの耳に届いたんですか」

「いいえ、ラディ。あたしはすぐに居間を離れて、入浴しました。盗み聞きなんてできないわ。ご家庭の事情ってもんがありますからね。そんな話に耳をそばだてる筋合いはないもの。もちろん、ことばがいくつか漏れ聞こえてしまうことはあるけれど……何もつなぎ合わせることはできなかった」

ミセス・マニアルはティーカップを胸に引き寄せ、椅子の背に体を預けた。ラディはこれ以上の穿鑿は無駄だと察した。ミセス・マニアルはゴシップ好きかもしれないが、それとは比べ物にならないほど自分自身の理想像を愛している。喧嘩の一部始終を聞くために近くにいたことを認めることはないだろうが、きっとそばにいたはずだ。

「だから、あたしがこの知らせを聞いたときランジャンのことを思い浮かべた理由も想像できるでしょ」ミセス・マニアルはつづけた。「きっとランジャンはひどい気分よ。父親とひどい別れ方をしたんだから。一生悔いが残る」その声にはまちがいなく、険しい響きが混じっていた。

「たぶん、そのとおりでしょうね、おばさん」ラディは数口ですばやく食べ終えた。

ミセス・マニアルはラディの皿に追加でイドゥリを入れようとしたが、ラディは瞬時に両手で皿を覆った。

「もう結構です！　おなかいっぱいよ、おばさん！」ラディは椅子を後ろに押しやった。

声が聞こえるところに控えていたメイドが、皿をとるべく前に出て、ラディにティシューの箱を差し出した。

ラディは両手を拭《ふ》き、立ちあがった。「朝食をごちそうさまでした、おばさん。これまで食べたどんなベーグルより、ずっとおいしかったです」

「待って、もう行ってしまうの」ミセス・マニアルはがっかりした顔をした。「せめて、もう一杯お茶を飲んでったら？」

「いいえ……ほんとにもう行かなきゃ。きょう、家具が届くんです」正確に言えば、嘘ではなかった。もっと遅い時間の予定だが、家具はその日のうちに配達されることになっている。

重い足どりで、ミセス・マニアルはラディを玄関まで送った。「それなら、そのうちまたすぐ来るって約束して」

ラディカは微笑んだ。「もちろんです」

ミセス・マニアルはラディが靴を履くのを待っていた。そしてその場に立ったまま、ラディがロビーを渡って短い距離を進み、カダキア家のドアベルを鳴らすのを見ていた。ラディカは自分の背中に向けられた好奇の目を無視して、いまの話を反芻《はんすう》していた。

バワニがドアをあけたとき、ラディカを見て、迷惑そうな顔をした。昨夜のラディからの質問が気に入らなかったのはたしかだ。バワニはラディをアパートメントのなかへ招じ入れた。ラディは、まいったなと思った。まだあとで訊きたいことが二、三あるのに。

中にはいると、サンジャナとマンジュが居間で忙しそうに、数人の弔問客《ちょうもん》の相手をしていた。ラディカはサンジャナに小さく手を振ってから、キッチンへ向かった。二回目の薬を服《の》む時間だったので、水が必要だった。キッチンにはヘタルがいて、お茶を淹《い》れていた。

「それ、手伝いましょうか」ラディは、ヘタルの手でからっぽのティーカップが並べられたトレーを指さして言った。

ヘタルはラディに気づき、微笑んで言った。「だいじょうぶ、もう終わるから……サンジャナが来てくれたし。お茶をどうですか」

ラディはかぶりを振った。「ありがとう、でも結構よ。いま飲んできたところだから……みんなはどこに？」

「きょうは遺体を引きとるみたい。アミットとランジャンが手続きをすませに警察署に行ってる」

「それで、最後の儀式はいつになるのかしら」ラディはヘタルを見ながら訊いた。

「あしたの朝になりそう。ジャイッシュの飛行機が定刻どおりに着けばいいんだけど。お茶じゃなくて、コーヒーはいかが？ みんなのお茶を作ったら、自分のためにコーヒーを淹れるつもりなの」

ラディはほんとうは欲しくなかった。胸やけがようやくおさまり、カフェインは避けたいところだったが、カップ一杯のコーヒーはヘタルのもとに少しとどまって話をするには、完璧な方法に思えた。ランジャンの喧嘩について何か知っているかどうかをサンジャナに訊こうと思っていたが、ヘタルのほうがよく知っているかもしれない。ヘタルがこちらに心を開いてくれればの話だが。

「コーヒーがあればうれしいわ、ヘタル。ありがとう」

ヘタルがトレーを持ってキッチンから出ていったので、そのあいだ、ラディはグラスに水を入れて、キッチンのスツールにすわり、錠剤を服んだ。キルティおじさんの食事に何かを混ぜることは、文字どおりだれであっても簡単だったはずだと気づく。キッチンは居間から一番離れた端にあり、だれの寝室からも視界にはいらない。キッチンの入口に立たないかぎり、中で何がおこなわれているのか、まったくわからない。その日、キルティおじさんが飲み食いした他の何かに薬を盛ることは、じゅうぶん起こりえた。その朝会いにきた謎の人物が、おじさんのお茶に薬を混ぜることとさえ可能だった。けれども、そのタイミングでは無理だ。薬がお茶に入れられていたのだとしたら、昼食時までにおじさんは完全にノックアウトされていただろう。

ヘタルがもどってきたとき、ラディはまだ、もし薬を服まされたのだとしたら、どういう方法を使ったのだろうと考えていた。

「だれかと一緒にコーヒーを飲めるのは、いつだって最高だわ」ヘタルはそう言いながら、コーヒーメーカーのフィルターをきれいにして、豆をセットした。「ここではみんなお茶を飲むの、あたし以外はね」

「あら、ジャマイカの豆、大好き!」ラディはヘタルの持っているコーヒー豆のパックを見て、大きな声で言った。

「知ってます？　結婚したとき、この家にはコーヒーメーカーもなかったの。コーヒーならインスタントのを飲めばいい、って義母に言われたわ。ひとりのためにコーヒーメーカーを買うのは、〝実用的〟じゃないって。インスタント・コーヒーよ！　想像できる？」

ヘタルは顔をしかめた。

　ラディはわかるわ、といわんばかりに笑みをたたえた。

「あいだにはいって、ってランジャンに頼んだけど、断わられたの。〝台所戦争〟に首を突っこむのはごめんだ、って。ランジャンらしいわよね」ヘタルは首を振りながら、コーヒーの抽出口の下にマグカップを置いた。「いつも楽な道を選ぶ。あのころのあたしは新参者でね、自分でコーヒーメーカーを買って義母のキッチンに置くようなことをして、真っ向から対立したくはなかったの。それで丸六カ月、インスタント・コーヒーで一日をはじめていたわけ」身震いしながらマグカップを取りはずし、底を拭いた。「砂糖は？」

「ええ、お願い。ひとつで」

「それから灯明の祭り《ディワーリ》（インドの宗教的祭日）を迎えるにあたって、一計を案じた」ラディのマグカップに砂糖を入れて混ぜる。「実家の親に頼んで、コーヒーメーカーをプレゼントしてもらったの。結婚してはじめてのディワーリだから、金のイヤリングをくれるつもりだったらしいんだけどね、〝ううん、要らない。イヤリングを手に入れる機会はたっぷりあるけど、モーニングコーヒー抜きじゃもう耐えられない〟って言って。コーヒーメーカーがいったん家に届けば、義母にもさすがに使うのを禁止することはできなかった」ヘタルが満足しているのは明らかだった。「場所をとりすぎるってちょっとぼやいてたかな。あと、使用人たちが手入れするのが大変だ、とも。それに、毎日飲むにしてはコーヒー豆が高すぎるって。だけど義母には、それ以上のことはできなかった。うちの両親からの贈り物だから、キッチンにコーヒーメーカーを置く場所をとらないのは失礼になるでしょう。義母はそんな非礼なことはしない人だから。そういうところ、すごく律儀なのよ」ヘタルはにっこり笑った。そしてうれしそうに自分のコーヒーを飲んだ。

ラディは笑い返した。「共同生活ってむずかしいわね」

「あら、むずかしいどころの騒ぎじゃないわ！　みんなの性格や機嫌、好き嫌いに合わせるのって……ああ、最初のころが一番大変だった」

「そうよね……キルティおじさんはむずかしい人だったにちがいないもの」

「話せばきりがない！　ひどく気むずかしくて、頑固で、恐ろしくせっかちな人だった。扇風機《ファン》をつけたまま部屋を出たり、子供の服にしみがついていたりしたら、かならず叱りつけるの。あたしが結婚したてのころ、おばの家にみんなで昼食をとりにいくことになって、あたしの準備が遅かったの。居間をうろうろ歩きまわってる義父をあなたにも見せたかった。すごく怒っていたから。あたしにひとことも話しかけなかった。新たに家族になったばかりだったから、義父の沈黙はよけいに恐ろしかった。車内でだれもひとことも声を発しなかったのを覚えてる。みんな父の逆鱗《げきりん》にふれるのがこわかったの！」

ラディカは同情するように微笑んだ。これでじゅうぶんだとわかっていた。たいていの人は、自分の話に対する反応を実際には望んではいない。それより、ただ聞いてもらいたいだけなのだ。自分の立場からものを見て、どう感じるかを理解してもらいたいだけ。どんなときに何も言わないでいいのかわかるというこの直感的な性質は、記事を書くために人に取材をするさい、非常に役に立つ。

ヘタルは振り返って背後の戸棚をあけ、フェヌグリークのスパイスをきかせたプーリー（全粒粉の生地の揚げパン。カレーと一緒に供される）のはいった、スチールの容器に手を伸ばした。その平たい円形のパンをラディに勧めてから、自分用に二枚とる。「歯ざわりのいいものをいつもコーヒーと一緒にいただくの。低脂肪だから安心して」ラディが断わると、ヘタルは言い添えた。「あなたはカロリーを気にする必要はないと思うけど」

ヘタルはひと口齧ったのち、口のなかに物がはいったまま話しつづけた。「だけど、義父には長所がひとつあった。この家で義母に対抗できるのは、義父だけだったの。実際、義母には立ち向かう必要があって。こんなことは言うべきじゃないけど、今回のひどい事件から生じるいいことのひとつは、義母が傲慢な態度を改めざるを得ないんじゃないかってこと。だって、最初は義母にまず確認しないかぎり、使用人に指示ひとつ出せなかったんだもの……とにかく、縄張り意識が強くて！」

ヘタルがまたプーリーを勧めてきたので、ラディは今度はひとつもらった。

「それがキッチンだけなら、威張り散らしてたってきっと気にしなかったわ。でも、義母はなんにでも一家言《いっかげん》あるわけ！　やれ、うちの子供たちはどこの学校にかよわせるべきだとか、やれ、なんの課外活動に参加させるべきだとか。しまいには、どこで子供たちの誕生日会を開くべきだとか言うのよ！　ねえ、あたしだって、学業が義母の得意分野だってことはわかってる。でも、あの子たちはあたしの子供なのよ。もちろん、ランジャンには何ひとつ言えない。だって母親を英雄視しているもの。太陽であり、月であり、星であると思ってるの！」

あまりにも悲痛な訴えだったので、ラディはヘタルが気の毒になった。ランジャンの注目を引こうとしてつねにマンジュと争っているのは、とても大変にちがいない。これはラディが待ちわびていた糸口だった。ヘタルがランジャンのことを話しているので、例の喧嘩の件を訊けそうだ。

「でも、ランジャンとキルティおじさんはそれほどうまくいってなかったんでしょ」

ヘタルは首を振った。「ええ。似すぎてて、ふたりとも頑固すぎて、うまくいかなかったんだと思う」

「でも、おじさんと喧嘩してたことはきっと後悔してるんでしょうね」ラディは穏やかに促《うなが》した。

ヘタルはコーヒーを飲んだマグカップを洗っていたが、一瞬その手が止まった。

「喧嘩？　喧嘩ってほどじゃないわ！　使用人がそう言ってたの？　ほんと、ゴシップが好きなのよね！　それにずいぶん誇張してる！　ほんとは、ちょっとした言い争いにすぎないの。父親と息子のあいだによくある……意見の相違みたいなもの。喧嘩なんてとんでもない。あたしもその場にいたんだから！」

ラディは迷った。ミセス・マニアルは格別信頼できる情報源とは言いがたく、よりおもしろくするために話を誇張することだってできただろう。でも、ラディは自分の問いかけがヘタルを動揺させたのを見てとり、ヘタルが何かについて率直に話していないのではないかという気がした。

「もちろん、わかってる。家族にはよくあることよね」もっと話してくれればいいと期待して、ラディはわざと励ますようなことを言った。だが、ヘタルの話は終わったようだった。

「あの」ヘタルが抑えた低い声で言う。「家族のだれにもこの喧——ええと……話し合いのことは言わないでいてもらえるとありがたいんだけど。みんなにとって、ほんとうにつらい時期でしょ。些細なことを大袈裟《おおげさ》に騒ぎ立てるだけだから」

「心配しないで。話すことは何もないから」

ヘタルがラディに微笑んで、感謝の意を表わした。

部屋の外で、ドアベルが鳴った。

「カマルだわ」ヘタルは冷蔵庫の脇にかけてあった布巾で両手を拭《ぬぐ》った。「最後の儀式に参列する年配の弔問者たちのために、ロビーにプラスチックの椅子をいくつか用意してくれって言っといたの」

ラディカはヘタルについてキッチンから出て、居間にはいった。ヘタルがドアをあけてカマルを入れているあいだ、ラディは帰り支度をはじめていたサンジャナの義理の両親に挨拶をした。

またドアベルが鳴り、今度はカマルが応対に出た。アイロンがけをしてくれる洗濯業者《ドービー》だった。プレスのきいた服の束を持ってもどったカマルは、アイロンをかける必要がある洗い立ての服をとりに洗濯場に行くから待っているように、と洗濯業者に言った。しばらくすると、カマルがもどってきて、赤いブラウスをマンジュに差し出した。「どうぞ、奥さま《バービー》！ 奥さまのブラウスです」

サンジャナの義母と話していたマンジュは、話すのをやめた。呆然とカマルを見つめている。

「覚えておいでですか、あたしを探しにいかせた日、あの……あの日のこと」カマルは、その問題の日が、雇い主が亡くなった日だと気づいて口ごもった。

マンジュの顎が引き締まった。夫を亡くした身で鮮やかな赤色や緑色を着るのは不適切だと見なされる。「いまこの色に用があるように見える？」

サンジャナは片腕をマンジュの肩にまわして、やさしく抱きしめた。華奢だが元気そうで、豊かな白い巻き毛をまとめたサンジャナの義母は、マンジュの手をとり、撫でた。それから厳粛に、別れの挨拶をした。

「何かあったら、わたしは自分の部屋にいるから」マンジュはサンジャナの義母が出ていったあと、言った。「ヘタル、バワニが書斎の用意をすませているかどうか見てきてもらえない？」ヘタルはうなずき、部屋から離れた。すぐにマンジュがつづいた。

ふたりきりになると、サンジャナはラディに向きなおった。「書斎用のお線香をとりに家にもどらなくちゃいけないの。今夜は父をそこに安置するから」声がかすれる。「ああ、ラディ。とにかく、あの日何があったのか突き止めないと。頭が変になりそう」

「落ち着いて」ラディカはなだめた。「突き止めよう……まずはリストを作って、その日、おじさんとしゃべった全員に話を聞くことからね」

サンジャナはゆっくりとうなずいた。ラディはランジャンとその父親との喧嘩をサンジャナには話さないことに決めていた。少なくとも当面のあいだは。とりあえず、もっと事情がわかるまで待つことにしよう。もしヘタルの話がほんとうで、すべてでっちあげの作り話だとしたら、すでに神経が張りつめているサンジャナを心配させるほどの価値はない。

「聞いて」ラディは携帯電話をチェックし、メッセージに目を通した。「もう行かなくちゃ。家具が配達されることになってるの。また二時間後に会いましょう、いい?」

サンジャナはまたうなずいた。

ラディはドアのそばで立ち止まった。「ここにあるのはだれの鍵なの?」壁に掛かっている象の形のキーホルダーを指さす。象の鼻に、三組の鍵束がぶらさがっていた。

サンジャナはもっとよく見ようと、近寄ってきた。

「これは、うちのスペアキー」サンジャナはまず、真鍮の輪にとめられた二本の鍵を指さし、それからピエロを模した毛糸のキーホルダーにつけられた一本の鍵を指した。「これがここの玄関の鍵。バワニやカマルが、使いに出るときに使うの。万一、家にだれもいない場合に備えてね。そしてこの最後の鍵は」銀の〝S〟の文字にとめられた一本の鍵を身ぶりで示した。「これは上のソランキ家の鍵。共働きで、緊急時に備えてここに鍵を保管してる」

「危険じゃない？　鍵をこんなふうに無造作に置くのって。たしかに子供のころ、うちの母も運転手が洗車なんかをするときのために鍵をドアのそばに置いていたものだけど、それって、スペアキーを手に入れられる者はだれでも、この家にはいれるってことでしょ？　毎日おおぜいの人が訪ねてくるのを見たわ。野菜売り、洗濯屋、宅配業者……」

サンジャナは顔をしかめた。「それはそのとおりね……でも、考えたこともなかった。昔からずっと鍵はここに掛けてたから」

ふたりは顔を見合わせた。心配だし、恐ろしかった。鍵がまちがった人間の手に渡ったらどうなるのか、そのことに突然気づき、ふたりは互いに途方に暮れた。

8

ラディカはかつて両親の部屋だったところに立ち、壁に額装された精巧な刺繡画《ししゅう》を見ていた。ジャイナ教二十四代目にして最後のティールタンカラであるマハーヴィーラ神（ジャイナ教の開祖）の母、トリシュラ・マーターの刺繡だ。

すべてを処分しなければいけないとリラには言っていたのに、母親が労を惜しまず八カ月をかけてみずからの手で刺繡したものといざ別れるとなると、ラディには捨て去ることができなかったのだ。

その刺繡は、王室で従者たちに囲まれてベッドに横たわる、女神の母親を表わしたものだった。その上に、小さな金色の雲があり、マハーヴィーラ神を身ごもったときに見た、十四の縁起のいい夢が描かれている。象、雄牛、水を満杯に溜めた金色の壺、蓮の池、ライオン、月、太陽、白鳥の天球儀、宝石の山、天から降る一対の花飾り、大きな旗、海、女神ラクシュミー（幸運と美と富の女神）、そして最後に、煙の出ていない火。その人の息子が、あらゆる精神的指導者のなかで最も偉大なティールタンカラになることを予言する、神秘的な組み合わせだった。

子供のころ、ラディは両親のベッドの上で、夢を見るトリシュラ・マーターの顔に浮かぶ至福の表情をながめて過ごしたものだった。ここを書斎に変えたため、ラディはこの額縁の下に書き物机を置くつもりだった。かつてのように、執筆に喜びの影を見いだせることを願って。いまのように、心がずたずたに裂けていなかったときのように。マッキンゼーがまだ自分の人生の一部だったころのように。

マッキンゼーのことを考えたら、いつもの痛みに胸が締めつけられて、息をするのが苦しくなった。マッキンゼーに対してひどく腹が立った。それでも、彼と過ごした数年は、一生のなかで人生観を変えるほどの時期だった。

両親が亡くなったあと、ラディは自分の一部を遮断し、心のあちこちの隅を犯罪現場のように巧みに封鎖した。そして、封鎖の赤テープをくぐって越え、ほんとうはどんな気持ちなのかを探りにいこうとはしなかった。まるでその部分を回避することで、その記憶が存在しないことにできるかのように。ラディのなかには、後ろめたさでどんよりとした空間があり、それを暗闇のなかに放置し、カーテンを閉じ、窓を閉めて、ドアを施錠し、鍵を隠していた。そうして明るく照らされた場所で日常生活を送り、パーティを主催したり、友達を作ったり、恋に落ちさえした――まちがっても、だれもその暗い空間に偶然はいってくることなどなかった。結婚していたころに、カーテンがずれて、元夫がその空間を垣間見そうになったことが一度だけあり、それは口論したときだった。けれどもラディカは、意地悪なことばで応え、カーテンはさっと元どおりに閉まり、それ以来、永遠に開くことはなかった。

マッキンゼーの場合はちがった。はじめから暗闇を感じとり、受け入れたのだ。けれどもマッキンゼーは、その周囲をまわり、のぞきこめそうな裂け目を探すことはしなかった。現場を封鎖したテープを投げ捨て、松明《たいまつ》を片手に、蜘蛛の巣まみれの暗闇を照らしながら、立ち入り禁止区域にまっすぐ足を踏み入れたのだ。ラディが怒って抗議したにもかかわらず、マッキンゼーはあちこちをつつきながら、苦しい話の断片を聞き出し、やがて一気に話を迸《ほとばし》り出させた。ラディはその午後のことをよく覚えている。涙を拭《ふ》いてくれた彼の、苦悶に満ちたやさしい表情を。それ以降、二度とふたりでその話をすることはなかった。必要がなかったからだ。まだ闇は存在していたが、以前ほど濃くはなかった。

「ディディ?」居間から、家具の組み立てを監督しているリラの声が聞こえてきた。「こっちはもうすぐ終わりです」

ラディは苦労して現実にもどり、歩いて居間にはいっていった。目に飛びこんできた光景に、ラディは満足した。家具はすべて、その空間に自然におさまっていた。すでに部屋は一変していた。

「ディディ、カーテンは?」リラはラディの隣りに立っていた。

「きょう、このあと届くから。あの、ひとつお願いがあるの。ラムザンさん《バーイー》に車をまわすように伝えてくれる? 白いクルタを買いにいこうと思って。いつまでもこんな恰好じゃカダキア家に顔を出せないから」丈の短い白いTシャツとジーンズを身ぶりで示す。

「承知しました、ディディ」リラはにっこりと笑った。

その午後、ラディがカダキア家のアパートメントに着いたとき、家族が居間で弔問《ちょうもん》客と話をしているのを見た。一ダース以上の人がいて、ラディはしかるべく、ラクナウ(インド北部、ウッタル・プラデーシュ州の州都)の伝統的手刺繍のはいった白いクルタを着てきてよかったと思った。サンジャナがラディを見つけて立ちあがり、廊下を進んでマンジュの部屋へ向かった。

「わたしのことは気にしなくていいから」ラディは言った。「お客さんへの挨拶をすませてきて」

「ううん、いいの。あたしはとにかく横になっていないといけないし」サンジャナは枕をいくつか立て、ベッドに足を伸ばしてすわった。「それに」声を落としてつづける。「あの人たちは、どれほどショックだったかを延々としゃべってる。父は自分で命を絶つタイプではなかった、とかね。父さんはそんなことしない、って立ちあがって叫びたい気分よ。だからもろもろを考えると、ここでじっとしてるのが一番なの」

「キルティおじさんは家にもどったの？」

「ええ、書斎に。あすの朝、火葬場に運ばれる。そのころには、みんなここに集まるわ。ジャイッシュと子供たちを含めてね」

ドアベルが鳴り響いた。

「ねえ、ココナッツ売りかどうか確認してもらえる？　ココナッツ売りなら通してくれって、警備員にお願いしてあったの。婦人科のお医者さまから毎日ココナッツウォーターを飲むように言われてて」

ラディが通路から居間にはいると、トマトがいくつかはいった籠を手にカマルが玄関ドアから出ていくのが見えた。マンジュの部屋にもどり、サンジャナの隣りに腰かける。

「野菜売りだと思う。おじさんがその朝だれに話しかけていたか、わかった？」

「ましになったと言っていいかな。父の携帯があるの」サンジャナが注意深く立ちあがり、マンジュの化粧台へ向かった。一番上の抽斗《ひきだし》からサムスン・ギャラクシーS7を取り出して、ラディカに手渡す。「警察が遺体を返してくれたときに、それも返してくれた。パスワードはＵｒｍｉｌａ」

ラディはいぶかしげに片方の眉を吊りあげた。

「そう。母の名前」

「どうしてわかったの？」

「アミットから。父がパスワードを設定するのを手伝ったんだって」

ラディは、マンジュは知っているのだろうか、どう感じるだろう、と思った。携帯電話の電源を入れる。壁紙はキルティの孫たち四人の写真で、一番下の子の誕生日パーティのときのものだった。小さな男の子が、〝4〟という数字の蠟燭《ろうそく》を一本立てた、モンスタートラックを模した青いフォンダンケーキの前に写っていた。他の三人の子供たちが、その笑っている男の子の顔にケーキを塗りたくっている。ラディカは通話履歴を表示した。

「これ、メモして」ラディは自分の携帯電話を渡して、サンジャナの準備ができるのを待った。

「朝、あなた宛に電話。そのあと午前十時七分にヘメンドラ氏《バーイー》から不在着信、その直後にもう一件、発信者不明の固定電話から不在着信……それから十時十分にヴィノッド・シャーに十三分間電話をかけ、その後、十時二十四分にランジャンに電話、十分二十五秒の会話、十時四十三分にＫ・ポダールに二十秒かけてる」ラディはサンジャナが携帯に打ちこむのを待った。

「そのあと、同じ発信者不明の番号から着信があって、やはり一分以内で通話を終えてる……そしてまた別の不明な番号から着信、二十七秒の通話……最後に、午後一時十分に着信、マンジュおばさんからで三十二秒通話してる」

「すると、父さんと最後に話した人物は母さんなのかも」サンジャナはすべての電話の相手と時間をメモしていた電話から顔をあげ、物思いにふけりながら言った。

ラディカはうなずいた。「ヴィノッド・シャーってだれ?」

「父さんのブローカーだと思う」

ラディカは履歴を改めて見た。「K・ポダールっていうのは、このアパートメントに住んでる人?」

「ええ、そうだと思う。ふたりはシー・ミストの自治会仲間なの――だったの。よく話してたわ」

ドアを軽くノックする音がして、アミットが顔をのぞかせた。

「これ、頼んでたのか、ディディ?」

「ああ、ありがとう、アミット。中へはいって。ちょうど話があったの」

アミットはドアを押し開けて、姉のところまで歩き、背の高いグラスに入れたココナッツウォーターを手渡した。それからワードローブにもたれ、話を促《うなが》すような顔で待った。

サンジャナがココナッツウォーターを飲んで言った。「父さんのブローカーの名前は、ヴィノッド・シャーよね」

「そうだよ、その――」

「ヘメンドラってだれ？」サンジャナは言い終えるのを待たずに尋ねた。

アミットは探るように姉を見た。「知らないな、ディディ……どうしてそんなことを？」

「あの日、父さんが話をした人全員と話したいの。父さんが何を考えてたのか知りたくて」

アミットはまるでサンジャナを思いとどまらせるかのように、首を振った。「そんなことしてなんの役に立つのさ、ディディ」

「父さんの？　もちろん、立たないでしょうね！　だけど、あたしにとっては？　めちゃくちゃ役に立つわ！」

「心配することが、どうして役に立つんだよ。特に、こんなときに」アミットは助け舟を求めてラディのほうを見たが、ラディは何も言わないままだった。

「なぜなら、知らないよりはいいからよ。何もわからないよりは。そうでしょ、アミット。

ただいぶかしがって、推測したり願ったりするだけより、ずっとましじゃない！」サンジャナは手に持っていたグラスをぞんざいにサイドテーブルに置いた。ココナッツウォーターが少しこぼれたが、サンジャナは弟《バーイー》の顔から目を離さなかった。

「ランジャンがきょう、ヴィノッドさんと話した」アミットが静かに告げた。「父さんに連絡がつかなかったから、電話してきたんだ。父さ――父さんが亡くなったことを知らなかった……去年父さんは市場で数千万ルピー失ったらしい」

サンジャナの顔から血の気が引く。「えっ？」

「そうなんだ。あした葬儀のあとで、ランジャンと一緒にヴィノッドのオフィスに行って、よく話を聞いてこようと思ってる」

「そんな。それが理由で――」

「ディディ、ぼくらはみんなそのことで動揺してる。でも、心配――」

「だれも知らなかったの？　母さんも？」

「ああ。でも、心配しないでくれ。父さんがなぜあんなことをしたのか、姉さんがこだわっていると知らなければ、たぶん何も言わなかっただろう……すべてが失われたわけじゃない。父さんは保険にはいってた。それで――それで負債の大半を賄《まかな》えるだろう。もういっぺん言っとくけど、心配しないで。姉さんは自分の世話だけしてればいいから。わかった?」

サンジャナはゆっくりとうなずいた。アミットが満足した様子で、部屋から出ていった。

「あたし、どうしてこんなに目をふさいでいられたのかしら、ラディ」サンジャナは打ちひしがれた表情を浮かべていた。「父さんは一年前に計画していたアラスカクルーズをキャンセルしたんだけど、人手が足りなくて休めないからだって言ってた。二十年以上家族でお世話になった、アショクというおつきの運転手を手離して。その二、三カ月後、案内広告を書く手伝いをしてほしいと言ってたの。半分は自宅で仕事をしていたから、オフィスの一部を貸し出したいと考えてたみたい。

兆候はあちこちにあったのよ、ラディ! 父さんはトラブルに巻きこまれてた。あたしが自分の人生にばかりとらわれず、もっと注意してたら!」サンジャナは両手に顔を埋めて、すすり泣きはじめた。

「サンジャナ」ラディは友を抱きしめた。「サンジャナ……あなた、忘れてることがある。薬のことよ。キルティおじさんはどうやって薬を服《の》んだの? みずから砕いて、自分の食べ物のなかに入れたとはどうしても思えない! 何かトラブルに巻きこまれていたのかもしれないけど、おじさんが自分で命を断つとは思えないの」

サンジャナは涙に濡れた顔をあげた。ラディはつづけて言った。「あの日、おじさんが話をした人たちに連絡する必要がある」

　サンジャナはうなずき、濡れた頰をドゥパタ（肩から頭までを覆う大判のショール）で拭《ぬぐ》った。「番号を教えて」

　それからの数分で、ラディが数字を読みあげ、サンジャナが名前の横にそれを書きとめた。サンジャナはそのリストのスクリーンショットを撮って、ラディに送った。

「家に帰って、連絡してみる」ラディは言った。

　サンジャナは悲しげな笑みを浮かべた。「ありがとう、ラディ。あなたをこんなことに巻きこんで、ほんとうに申しわけないと思ってる。帰国して最初の週なのに」

　ラディは笑みを返した。「こっちこそ、自分の問題にずっとあなたを巻きこんできたのに！ それにこの一件に集中することで、あなたも知ってのとおり、たくさんあるわたし自身の問題をくよくよ悩まずにいられるの。だからわたしに感謝することなんてないからね」

　サンジャナはココナッツウォーターを飲み干して、ベッドからおりようとした。「このグラスをキッチンにもどしにいく」

「ほら、任せて。あなたは横になってて」ラディはサンジャナの手からグラスをとって、部屋から出ていった。

キッチンへ行くと、マンジュがシンクにもたれて立っていた。片方の手には、水のはいったグラスを、もう一方の手には、ピルケースを持っている。

「こんにちは、おばさん」

「こんにちは、ベータ。何か要るものが？」

「水が欲しいだけです」

ラディカはサンジャナのグラスをシンクに置いた。

マンジュが振り返って背後の戸棚をあけるあいだ、ラディはマンジュのピルケースにはいっているピンク、青、黄色の錠剤を見た。ああいう性格だから、強い女に見られがちだが、六十四歳のマンジュにこの悲劇はかなりこたえているはずだ。

グラスをひとつとって、戸棚のドアを閉めようとしたそのとき、マンジュは何かに気づいて、またドアをあけた。

「これ、どうしたのかしら」ラディにというより、自分に言っているようだった。花柄が刻まれている厚いガラスの大皿を取り出す。

「カマル、これは新しく仕入れたものなの？」マンジュは、ちょうどキッチンにはいってきたカマルに尋ねた。

カマルはガラスの皿を手に持ってまわし、調べたあと返した。「わかりません、奥《バービー》さま。

見たことありませんね」

「どうせまた、ヘタルがオンラインショッピングで買ったんでしょう」マンジュは自分に向かってつぶやき、大皿を持って居間にはいった。ラディはあとにつづいた。

いつの間にか客の大半は帰っていた。ヘタルは母親と覚しき年配の女性とすわって静かに話をしていた。

「ヘタル、このお皿のこと何か知ってる？」マンジュは皿を差し出しながら尋ねた。

ヘタルは大皿をちらっと見て、首を振った。「いいえ。なぜそんなことを？」

「これがキッチンの、ガラス戸棚にあったの。新しく買ったものなのかと思って」

ヘタルがふたたび首を振った。今回ばかりはマンジュがまちがっていることを、明らかに喜んでいる。

「ラディカ」マンジュはラディに向きなおった。「サンジャナが家から持ってきたものかどうか、たしかめてくれる？」

ラディはサンジャナのもとへ大皿を運んだ。

そしてすぐに大皿を持ってマンジュのところへもどった。「サンジャナのものではないそうです」

「バワニ、ちょっといいかしら」マンジュは、キッチンへ向かう途中通りかかったバワニに声をかけた。「これはだれのお皿？　ソーナルが手に入れたものかしら。知ってる？」

　バワニは皿を手にとり、調べた。

「カスタード皿だと思います」

「カスタード皿？」マンジュは困惑しているようだった。

「あの日、四階の奥さま《バービー》が届けてくださったフルーツカスタードが盛ってあった皿です」

「どの奥さま《バービー》？　スタリア？　それともポダール」

「ポダールさまです」

「それはいつのこと？」

　バワニは数秒考えたあと、陰鬱《いんうつ》な面持ちになった。「水曜日です。みなさんがお仕事に出かけられたあと。十一時三十分くらいですかね。旦那さま《バーイー》に、お召しあがりになりますかと尋ねたところ、旦那さまは――」

「〝要る〟と言った」マンジュはそっとあとのことばを引きとった。「あの人、フルーツカスタードに目がなかったから」そう言って自分の殻に引きこもってしまったようだった。

「十三日の法要が終わったら、お皿をお返しして」うわの空でコックにそう指示しながら、ソファにすわる。忘れずに、グーグラース（ココナッツの甘い揚げ菓子）かグル・パブディ（口のなかでとろける甘い菓子）、なければプーリーでもいいわ、お皿にいっぱい盛って返して。絶対に空《から》で返しては駄目よ」

ラディはサンジャナの部屋にもどり、物思いに沈んだ表情で尋ねた。「キルティおじさんはミスター・ポダールと仲がよかったの？」

サンジャナはその質問に驚いたようだった。「ええ……そう思う。つまり、アパートメントの自治会の一員として、ときには意見の相違もあった。たとえば、父さんはミスター・ポダールがビル改築のために選んだ業者には賛成しなかった。それに、最近ふたりが言い争いをしてたのも知ってる。でも、それがこの件とどう関係があるの？」

ラディは大皿の話をした。「錠剤をつぶしてカスタードに混ぜてあったとしたら？」

サンジャナは顔をしかめた。「でも、どうして？　ちょっとした意見の相違だったのよ。とても殺す動機にはならない！　それに、どうして父さんがそれを食べると確信できたの？　家のなかのだれにも、食べる可能性はあったはずよ」

「わからない」ラディは認めた。「ポダールは例の通話履歴に名前があった。しかも、彼の家からカスタードが届けられてる。そしてそのどちらも、おじさんが亡くなった日に起こったのよ……このふたつは、ポダールに話を聞きにいくじゅうぶんな理由になる」

9

「サンジャナ？」マンジュは小さくノックをして部屋にはいっていった。「今夜のジャイッシュのフライト、何時に到着だった？」ベッドのほうへ歩いていって、サンジャナのそばに腰をおろす。「ランジャンかアミットに空港まで迎えにいってもらおうと思って」

サンジャナは首を振った。「いいえ、母さん。ふたりに面倒をかけないで。ふたりともいまは手一杯のはず。もう運転手に迎えにいってもらうよう頼んであるから」

「あらそう、よかった」マンジュラはベッドに両脚をあげ、ヘッドレストにぐったりともたれながら、漂わせていた目をつむった。

「おばさん、あすは何か手伝いましょうか。必要なら、早めに来ますけど」

「もう大いに力になってもらってるわ、ベータ」マンジュラは一瞬目をあけてラディを見た。「あなたはサンジャナの、とってもいい友達ね」

「サンジャナも、きっとそれと同等以上力になってくれたはずです、おばさん。でも、穴談じゃなく、もし用事があれば、遠慮なく言ってくださいね」

マンジュがうれしそうに微笑んだ。「ええ、でも、あしたじゃなく……祈禱会当日は、手伝ってもらう必要があるかも。そのときは知らせるわね」漂わせていた目をまた閉じる。

三人とも無言で、それぞれが物思いに耽《ふけ》っていた。しまいにサンジャナが小声でいった。

「母さん、知ってた？」

マンジュラは目をあけ、なんのことを言っているのかわからないといった顔でサンジャナを見つめた。

「父さんの金銭問題のこと」サンジャナは言った。「負債の件」

「だれから聞いたの？」マンジュラが体を起こして言う。「心配させたくないって、あなたの弟たちに言っといたのに」

「なんでこんなことになったのか、理解する必要があるのよ、母さん。お願いだから話して」

マンジュラはためらったのち、首を振った。「いいえ、駄目よ」

「どうして？　気づきそうな兆候がいくつもあった、そうでしょ？　父さんだって何か話をするか、ちがった行動をとっていたはずじゃない？」

マンジュラはため息をついた。「あの人、今年はわたしが参加してるチャリティの行事、

〝ヘルピング・ハンズ〟に寄付してくれなかったの。全財産を投資に注《つ》ぎこんでるって言ってた。わたしは今回で七年、このバザーを主催してる。わたしにとってどれだけ重要な行事なのか、知ってるはずなのに。少しむかっとしたわ。でも、わたしの学校の新しい保護者が多額の寄付をしてくださってね、ほんとうに助かった。だからあの人に催促はしなかった。そんなことをしたら、また言い争いになるだけだもの」

「アラスカクルーズをキャンセルしたときのことは？」

「そもそもあの人、わたしになんの相談もなく予約したのよ！　だれと計画したか知ってる？　ネイナおばさんとニレシュおじさんよ……わたしがあのふたりと付き合いを避けてたのを知ってたくせに。それだけじゃないわ。あの人の選んだクルーズの日付は、たまたまわたしの毎年恒例のブリッジ・トーナメントと重なっていたの。アーシャおばさんとガディアリ姉妹と楽しんでるのを知ってるでしょ？」

サンジャナはうなずいた。

「あの人がキャンセルすると決めたとき、わたしはとにかくうれしかった！　あまり質問はしなかったわ。正直言って、そのことをあまり考えもしなかった」

ドアをそっと叩く音がした。ランジャンが首を突っこんで言う。

「母さん、パルルとラタおばさんが会いにきてる」

「すわって相手をしてて」マンジュラは指示をした。「二、三分で行くから」

マンジュはランジャンが出ていくのを待って、サンジャナのほうへ向きなおり、悲しげな顔で言った。「ねえ、ベータ。わたしは何よりも、あの人がこんな形で死ななければよかったと思ってる。彼を失うよりずっとつらいのは、あの人がどんなに絶望したかを考えること。わたしに話してくれればよかったのに、と思ってる。わたしがもっと話しやすければ。心身ともに接しやすければよかったのに、って。でも実際は、わたしとあの人の人生は、平行線をたどっていた。

夫は〝分かち合う〟タイプの人ではなかったし、わたしはプライドが高すぎて、穿鑿《せんさく》するような真似はできなかった。彼の思いを深く考えもしなかった。そうしたくなかったの。たとえば二カ月ほど前、カンダラの農家を買ったときに組んだローンの毎月の固定支払い《EMI》を払ってくれなかったの。だれかにお金を貸して、返却されるのを待ってるんだとか言ってた。で、今回は出してもらえないかと訊いてきたのよ。だから、わたしが払った。こちらからは何も尋ねなかったわ。あの人と対立するのを避けたかっただけ。お互いにひどく骨の折れることだったから。だけどいまになって思えば、もっとよく掘りさげておけばよかった」

マンジュは泣いていた。あるべきだったすべてに対して、涙がとめどなく流れている。

感情が珍しいほどあらわにされ、見ていて気持ちのいいものではなかった。

　サンジャナは母親を抱擁した。「しーっ、母さん……泣かないで」

　ラディは自分も何かしなくてはと思い、ベッドから腰をあげた。「おばさんに水を持ってくるわ」

「いえ……いいの……どうぞかまわないで。だいじょうぶだから」

　マンジュはサンジャナから体を離して、サリーのパッルー（華やかな模様の施された端の部分）で顔を拭《ぬぐ》った。そしてベッドから立ちあがり、化粧台の前に立って、鏡を見た。深呼吸をして、まとめたお団子からほつれた髪の束を耳にかける。テーブルの上の箱からティシューを一枚引き抜き、目の下のにじんだ黒いアイライナー《カージャル》を拭《ふ》きとった。

　元どおりに身支度を整えると、サンジャナに向きなおり、娘の腕にそっと片手を置いた。

「わたしのことは心配しないで。いまは自分の面倒だけみていればいいから」それから最後に軽くサンジャナの腕を叩き、来客の相手をするために部屋から出ていった。

「母さんに教えるべきだったんじゃない、ラディ！」サンジャナはドアが閉まると、いきなり言った。「母さんはただただ自分を責めてる！　気の毒に！　あたしたちの疑いを話すことはできるでしょ？」

「いまはまだよ、サンジャナ。お願い」ラディはそんなことを言ってしまうと引き起こされかねない混乱を恐れていた。「まだ〝殺された〟とは言えない。それこそ、証拠がないんだもの！」

サンジャナはやるせない顔でため息をついた。

ラディは急いで言った。「さっきメモした番号すべてに、まず電話をかけてみよう。家にもどってからかけるわね……で、何かわかったら連絡する。それでいい？」

サンジャナは明らかにしぶしぶうなずいた。

ラディはベッドから立ちあがった。「じゃあ、またあした。よく休んで」

その夜、ラディは自分のアパートメントへもどれるのがうれしかった。家具のセッティングをしていた作業員たちはみな、すでに帰宅していた。リラは息子と時間を過ごすためにその夜は休みをとっていた。せわしない一日のあと、アパートメントは静かで平穏だった。クリーム色に、緑色のオウムとルリジサの花のにぎやかな柄がはいった新しいカーテンをあけ、夕日のピンク色の光をとりいれた。朝から煙草が喫《す》いたくてたまらなかった。ハンドバッグのなかを掻きまわして、フォー・スクウェアの箱と、金色の不死鳥の飾りがついたライターを取り出した。このライターはもともとマッキンゼーのもので、手離すことができない唯一の品だった。煙草に火をつけて、深く喫いこむ。

煙のぬくもりが胸にひろがるにつれ、気持ちが落ち着き、空腹だったことに気づいた。カダキア家と自分の家を行き来しているうちに、昼食を取り損ねてしまった。

何も指示していなかったけれど、リラが何か作っておいてくれたのではないかと期待して、キッチンへ歩いていった。カウンターはピカピカに磨きあげられ、鍋もフライパンもなければ、料理した痕跡ひとつなかった。

「自業自得ね」

シリアルに牛乳をかけて食べようと思って冷蔵庫をあけたが、ガラス容器が三つ、積み重ねられているのが見えてうれしい驚きを覚えた。それを取り出してカウンターに並べたあと、戸棚や抽斗《ひきだし》をあさって、皿を一枚とカトラリーを見つけた。黄色いレンズ豆のダール（挽き割りの豆、あるいはそれを煮こんだカレー）と玄米、カシューペーストとパニールで作ったクリーミーな野菜料理を皿に盛る。それを電子レンジにかけ、熱くなった料理を持ってソファのところへ行き、リラのことを愛《いと》おしく思いながら、ほんの数分で料理をたいらげた。「彼女の魂に神の御加護を！」

部屋を見まわすうちに、新しいテレビを買う必要があることに気づいた。ラディは食事をしながらドラマ・シリーズ《名探偵モンク》を観るのが好きだ。トニー・シャルーブがみごとに演じる風変わりなアメリカ人の探偵が、ちょっとした巧みな謎を解き明かしていくのを観るのが好きだった。古いテレビはまだ問題はなかったが、二十年以上使っていたので、スクラップ業者に売り払ってしまうようにと言った。すると、リラから息子のためにテレビを持ち帰ってもいいかと訊かれ、そのときはじめてリラの家にテレビがないことに気づいたのだった。ラディはこれからはもっと気を配ろう、リラの息子の学費や教育費を引き受けようと思った。ラディとしてはもっと早く、もっと多くのことをしてあげたかったが、リラは自立し、人の力を借りずに子育てをしていることに自負を抱いていた。ラディは友に特別に手を貸すにしても、徐々にうまくやらなければいけないと心得ていた。アマゾンの携帯アプリをスクロールしていろいろな型のテレビを見ていったが、選択肢の多さに圧倒されてしまった。技術に関して、ラディはある程度の理解しか持ち合わせず、興味の点でいっても、同じことが言えた。ラディの通常のやり方《モダス・オペランディ》をするなら、売られているなかで最も高価な品を選んだだろう——最新の技術であればあるほど高価なはずだ、というのがラディの持論だった。それからラディは、友人のリッシーのことを思い、衝動的にメッセージを送った。

いま買うならどのテレビ？
あした、チャイでも飲みながら話さない？

彼から数分後にメッセージがもどってきた。

午後四時十五分、ワーリの〈ブルー・ベアード・カフェ〉でどう？

了解、とラディは返信した。あす、旧友と会えると思い、思わず微笑む。

携帯電話がまた電子音を発した。エージェントのジョージから、どうしているかと尋ねるメールだった。ラディは完全に逃げ出したことに罪の意識を覚えた。ジョージはよい友達であり、ちゃんとした説明を受けるに値する。携帯での入力作業が好きではないため、自分の部屋へ行って、Eメールにアクセスしようとノートパソコンを取り出した。前のメッセージで尋ねられたことにも、まだ答えていない。

執筆のほうはどうですか。

いまは何に取り組んでいるんですか。

海外に住む女性作家による短篇アンソロジーの編集に興味はありますか。

最近は何を書きましたか。

見せてもらうことはできませんか。

一段落でも、一ページでもいいです、何かありませんか。

けれども、どの質問にも答えは用意できていなかった。少なくとも、ジョージが喜ぶような答えは。それでも、〝どうしてる?〟という問いには、はっきりと答えられる。だからそうすることにした。

結局、ここまでの帰国後の様子を語る長いメールを書いた。大がかりな〝お帰りなさい〟パーティのこと、古いアパートメントへの引っ越しのこと、ミスター・カダキアの死のこと。キルティおじさんの死にまつわる疑惑も含め、エージェントにすべてを語った。

正直言って、ジョージ、そういうことはテンプルヒルでは起こりません。だからよけいに受け入れがたい。犯罪がゼロというわけではないけれど、ここでは暴力的な犯罪はめったにないのです。テンプルヒルに住むグジャラート人の大半は、わたしと同じ、ジャイナ教徒です。かなり裕福で平和を愛する人ばかり――インドで最も豊かな人たちとさえ言えるでしょう。ガンジーとの絡みでジャイナ教のことを耳にしたこともあるのではないでしょうか。非暴力の生き方を勧める宗教でしょう? いずれにしても、ここにいるだれもが聖人だというわけではありません。むしろ、それとは程遠い。ジャイナ教はおもにビジネスで栄えてきた共同体であり、それはつまり、資金洗浄《マネーロンダリング》、脱税、贈収賄、株価操作……そういったことが常習化しているということです。でも、殺人は？　虫を殺すのも厭《いと》うような人たちなのに！　全体として考えれば、馬鹿げています。でも、それが唯一、意味が通る解釈なのです。けれど問題は、だれがそんなことをするのかということ。それになぜ……

メールを送ると、妙に心が軽くなった。久しぶりに何かを書くという行為だけでも、すばらしい気分だった。メールという形ではあったが、二千語をひとつひとつ紡ぎ合わせていくことには、治療の効果がある。

ハンドバッグを引っ掻きまわし、クリーム色に金色の水玉模様がはいった日記帳を取り出した。通常は、新しい物語のアイデアや、ふと耳にして自分の作品で使いたいと思った会話の断片を書きとめるのに使っている。けれどもこの手帳は、一年じゅうどこへ行くにも持ち歩いていたのに、まだ真っ白のままだった。

一ページ目の一番上に、〝キルティ・カダキア〟と書いた。その下に、キルティの通話履歴から名前と電話番号を書き写し、これから電話をかけるにあたり、なんと言おうかと考えた。

午前〇九時五〇分――サンジャナに発信（二分）
午前一〇時〇七分――ヘメンドラ氏《バーイー》から（不在着信）
午前一〇時〇八分――発信者不明の固定電話から着信（不在着信）
午前一〇時一〇分――ヴィノッド・シャーに発信（十三分）
午前一〇時二四分――ランジャンに発信（十分二十五秒）
午前一〇時四三分――K・ポダール（二十秒）
午前一一時〇〇分――着信――一〇時〇八分のときと同じ番号（五十秒）
午後一二時三〇分――発信者不明の番号から着信（二十七秒）
午後〇一時一〇分――マンジュおばさんから着信（三十二秒）

ラディは最初の番号に電話をかけた。短い呼び出し音が二回鳴ったあと、ヘメンドラ氏《バーイー》が電話に出た。その声は、がさがさしていて中年っぽかった。
「もしもし」ラディは言った。「ヘメンドラさん《バーイー》ですか。わたしはラディカと言います。キルティ・カダキアさんの代わりに――」

「カダキアはどこにいるんだ？」電話の向こうから大きな声がした。「金を送る、と水曜日に言ってたのに、とんずらしやがって！　電話の電源も切ってるし！　近ごろはだれも信頼できないんだ。自分で電話をかけてこいと言ってやってくれ！」

ラディはキルティの死についてまだ何も言わないことにした。その代わりに、こちらから尋ねる。「すみません、なんのお金ですか」

電話の向こうの声はかんかんに怒っていた。「どういう意味だ、なんの金かって？　ジョークかなんかのつもりか。ちょっと待て、あんたはだれだ？　もちろん、あいつに貸した百五十万ルピーのことを話してんだ！　利子の二十万ルピーを送ってくることになってた。なのに、おれは何を受けとった。何もだ！　ゼロだよ。何もなし《サンガ》だ！」

「ヘメンドラさん《バーイー》」ラディカは相手が少し落ち着くのを待ってつづけた。「ミスター・カダキアは水曜日の午後、亡くなったんです。あすの午前中に葬儀がおこなわれます」

ショックを受けたのか、沈黙がおりた。ラディカはいまの情報を相手が処理するあいだ、辛抱強く待っていた。

「し――死んだ？」愕然としているようだった。

「はい。あす午前七時にご遺体が火葬場に運ばれるそうです」

「おれの金は――」ことば尻が消え、きまり悪そうにだまってしまった。

「なんですか」

「いや。なんでもない。参列するよ。住所はわかってる」ヘメンドラは電話を切った。

ラディは考えこみながら電話を置いた。すると、キルティは借金をしていたのだ。ヘメンドラだけだろうか、と思う。他にも借りていた相手がいるのではないか、それがキルティの死に関係しているのではないだろうか。

ヘメンドラの名前の上に線を引き、それから次の着信先、発信者不明の番号に電話をかけた。

また相手はほとんど即座に電話に出た。聞き覚えのある声だった。

「あの……ヘメンドラさん《バーイー》ですか」ラディは確信が持てないまま尋ねた。

「ああ、そうだよ」

「失礼しました……これもヘメンドラさん《バーイー》の番号だと知らなかったので」ラディは小声で言って、電話を切った。

キルティが電話に出なかったので、ヘメンドラは別の番号からかけたら出るかもしれないと思って、もう一度試してみたのだろう。キルティはうっかり二本とも電話に出損ねたのか、それともわざと出なかったのだろうか。ラディはその番号も線を引いて消し、リストの次の名前、ヴィノッド・シャーに電話をかけた。このブローカーはキルティの死をすでに知っているので、不意討ちの要素はない。それでも、ヴィノッドと話すことで何かわかるかもしれないと感じていた。

「もしもし、ヴィノッドさん《バーイー》ですか」ラディは相手に尋ねた。

「そうだが《ジー》」ヴィノッドが認める。

「わたしはラディカ・ザヴェリ、ミスター・カダキアの代わりに電話をしています」

「なんの用かね」すでに警戒している声だった。

「実は、サンジャナの友人なんです。彼女、お父さんが亡くなって、とても動揺しているので、お父さんの行動を理解する助けになるようなことを、なんでもいいから教えていただけないかと思って」

「悪いね、マダム。勝手にクライアントとそのビジネスについて第三者に話すことはできないんだ。キルティの息子さんにはすでに、彼が知りたかったことはすべて話した」こちらが応えるのを待たず、「失礼するよ」とヴィノッドが言い、電話を切った。

　ラディは顔をしかめたのち、リストにあるヴィノッドの名前を丸で囲った。ヴィノッド氏《バーイー》が自分と話したがらないことを責めたりはしなかった。ヴィノッドもあすの葬儀に参列するだろうが、話すチャンスがあるかどうかわからない。他の機会を探すしかないだろう。

リストのそのあとには、ランジャンとミスター・ポダールの名前が並んでいた。ラディは、ミスター・ポダールに電話するのではなく、四階まで直接おりていって話すことはできないかと考えた。実際に会って話すほうが、少しは気まずくないかもしれない。時計を確認した。午後八時三十分。ラディカは運を試してみることにした。

10

ラディカはポダール家の玄関ドアを目にして驚いた。古くてくたびれて見える。かつてはベージュ色だった化粧板は、色褪《あ》せて汚れた灰色になり、ドアまわりの壁を塗ったペンキはひび割れて剝がれかけている。鋼鉄の格子窓の金色の塗装膜は剝げ落ち、錆びた金属が露出していた。〝カウシャル・ポダール《KAUSHAL PODDAR》〟と記された表札から〝H〟の文字が消え、ドアにかすかにその輪郭が残っていた。

ラディはその状況を見て疑問に思った。かつてポダール家は、このアパートメントのなかで最高の車を所持していることで知られていた。フォードがおしゃれで車長の長いエスコートを発売したとき、ポダール家は真っ先にそれを入手し、アパートメントじゅうの少年たちが乗せてくれと頼んだものだった。ポダール家は、グジャラート人ばかりのこのアパートメントのなかで、二軒しかいないマールワーリー（ラージャスターン州のマールワール地方出身者）のひとつだった。もう一軒がアガワル家だ。かつて両家は栄えている鉄鋼工場を所有し、絶えず競合関係にあった。だが、アガワル家が輸出に乗り出し、アフリカで確固たるビジネスを築きあげた一方、ポダール家はそれほどうまく事が運ばなかったようだった。

ラディはドアベルを鳴らした。居間のテレビでクイズ番組《コウン・バネーガー・カロールパティ》（イギリス発祥の世界的クイズ番組のインド版）が流れている音が聴こえてきた。若いメイドがドアをあけた。

「カウシャルおじさんはいますか」ラディは尋ねた。

「タリカ、どなたなの？」ミセス・ポダールの聞き覚えのある声が居間から流れてきた。

「ラディカ・ザヴェリです」メイドにそう告げ、気をきかして付け加えた。「八階の住人の」

メイドが少しのあいだ姿を消したのち、ミセス・ポダールがドアまでやってきて、不安げな笑みを浮かべながら、まぶしそうに外をのぞいた。

「ああ、あなたね」ラディカを見て、声を張りあげる。「はいって、はいって……何年ぶりかしらね！」

「お元気ですか、おばさん」ラディは玄関でスリップオン式の靴を脱ぎ、ポダールの家にはいっていった。

「神のお恵みがあれば、すべてうまくいくわ」

まだ遅い時間ではないのに、ミセス・ポダールはもうネグリジェ姿だった。青色のペーズリー柄の地味でゆったりした服で、フリルのついた襟元までボタンがとめられていた。細心の注意を払って染められた黒い髪の、小柄で感じのいい女性は、つねに準備した笑みをたたえていた。

「おじさんはご在宅ですか」

「髪を切りにいってるけど、そろそろもどってくるわ。どういうご用件かしら」顔に好奇の色を浮かべながら、短い廊下から居間へとラディを案内した。

室内はきちんと片づいていたが、ラディの記憶とはまったくちがっていた。かつては鮮やかな深紅色だった四人掛けのベルベットのソファは、いまや擦り切れ、座部はくすんだえび茶色になっている。テレビは九〇年代の古いモデルだ。吊り天井は、かつてシャンデリアが吊るされていたところが穴になっていた。窓辺の壁には、雨漏りのせいで大きな滲《し》みができていて、剥がれかけた漆喰の上に醜い気泡ができている。

ミセス・ポダールがきまり悪そうに笑った。「あなたが覚えている部屋とは、少し様子がちがっているかもしれないわね」

ラディはばつが悪くなった。じろじろ見ているつもりはなかったからだ。「ネハルの誕生日パーティがすごく楽しかったなって考えてたところなんです」ポダールの娘は、ラディやサンジャナのふたつ歳上だ。毎年、豪勢な誕生日パーティを催《もよお》すので、参加しそこなった子供はその年の一大イベントを逃したような気分になったものだ。

「ええ、楽しかったわね」ミセス・ポダールはラディが覚えていたのがうれしい様子だった。「あなたたち子供を招待するのが大好きだった。もちろんいまは、みんなただホールを予約し、プロの司会者がすべてを取り仕切る。でも当時、子供たちのために用意した料理はすべて手作りだった。〈サヴール〉のマハラジに電話をして」街で最も人気のあるベジタリアンレストランで働くシェフの名前を口にした。「メニューにある料理をすべて作ってもらったものよ。だけど、子供たちの関心を集めたのは、ふたつのものだけだった。チーズ・ナチョスと――」

「バニラアイスを添えたチョコレート・ファッジ・ブラウニー」ラディはにっこり笑いながらあとを引きとった。

ミセス・ポダールはうれしそうに声をあげて笑ったものの、その顔にさっと影がよぎった。

「いまは何もかも変わってしまった。娘のネハルは夫と子供たちとオーストラリアに住んでる。娘家族は二、三年に一度帰省するけど、それ以外は夫とわたしのふたりだけ。だから夫には何度も言ってるの。このアパートメントを売って、もっとこじんまりしたところに移りましょう、って。寝室が四つあったって、なんの役に立つわけ？　ここを維持するのだってむずかしくなってきてるし。前みたいにお手伝いの類は要らない……もう必要ないのよ……料理とお掃除だけなら、ここにいるタリカでじゅうぶんだもの」ちょうど水のはいったグラスをトレーに載せて持ってきた若い女性をちらっと見る。

「そうですね」

「あたしったら、自分のことばかり長々としゃべって……あなたはどうしてたの？　夫に会いたいなんてなんの用があるの？」

ここに来た理由を説明しかけたときに、ドアベルが鳴った。数秒後、ミスター・ポダールが居間にはいってくる。手にはビニール袋にはいったバナナを持っていた。

ラディは立ちあがり、小さく微笑みながら挨拶をした。「お元気でしたか、おじさん」

ミスター・ポダールは、見知った相手だとわかっているものの、それがだれだかわからないといったふうに、改まった表情で微笑み返してきた。

「ああ《アレ》、こちらはラディカ。覚えてる？　八階のサミール・ザヴェリの娘さん」ミセス・ポダールが言った。

ミスター・ポダールの顔が瞬時にぱっと明るくなった。わかったというふうにラディに微笑みかけたが、まだぎこちなかった。ミスター・ポダールが知っているのは幼い少女のころであり、いまやラディは大人の女性だ。ミスター・ポダールは数秒間、ラディに対してどういう行動をとればいいのか、わからない様子だった。オフホワイトのクルタに、かつては白かったであろうパジャマを着た姿は、年齢とともに縮んだように見え、ラディの記憶にある、大きな声で笑う男の面影がほんのわずかしかなかった。髪は、油を塗って、煤《すす》っぽい黒に染められている。自分で髪を染めたのだろう、染料が生えぎわから垂れ落ち、額《ひたい》の縁を汚していた。

「そうだそうだ、すわって！　この十年、どうだった？　元気かね」

「ラディカ、何を飲む？　紅茶？　コーヒー？　冷たいものがいいかしら」ミセス・ポダールは、ラディが答える前に割りこんだ。

「要りませんよ、おばさん。夕食を食べたばかりなんです。どうかおかまいなく」

「おかまいなんてとんでもない。なんの手間でもないわ。ピンクローズ・ミルク（牛乳に薔薇のエキス、シロップを加えた飲み物）を持ってくるわね」ミセス・ポダールは急ぎ足でキッチンのほうへ消えた。

ラディはミスター・ポダールに注意を向けた。「はい、おじさん。なんとか元気にやってます。こんな時間に、こんなふうに押しかけてきて、すみませ——」

「ここはきみがいたアメリカじゃない」ミスター・ポダールが遮って言う。「インドでは、隣人同士こうするものだ。前ぶれもなく突然立ち寄る。きみは、そういうことを忘れてしまったようだね。若い人たちは、海外に留学し、堅苦しくなってもどってくる。ネハルにも、どう子供を育てるか慎重に考えるよう伝えている。〝ありがとう〟と〝すみません〟は大変結構なことだが、それは親密な人間関係を妨げないことが前提だ。わかるね？」

ラディは同意の意味をこめてうなずき、また邪魔がはいらないうちに慌ててことばをつづけた。「ご存じかもしれませんが、おじさんはキルティさんが最後に話した数人のなかのひとりなんです、キルティさんが——亡くなる前に」

ミスター・カダキアの名前を聞いて、ミスター・ポダールの笑みが消えた。「ああ……気づかなかったよ」

「ご想像のとおり、サンジャナはとても動揺しています。彼女はただ、その朝の父親の気持ちを理解しようとしているだけなんです。わたしたちは、おじさんが何を話していたのか気になっていて」

「ふむ……ええと……」クルタのポケットから大判のハンカチを取り出して、額を拭《ぬぐ》いはじめた。

「タリカ！　エアコンのスイッチを入れてくれないか！」ミスター・ポダールが声をかけた。

「エアコンは二カ月前から動いてませんよ」ミセス・ポダールがキッチンから叫び返した。

「だったら、窓をあけるよう言ってくれ！」

タリカがトレーを持ってキッチンからやってきた。トレーには、黒いバジルの種が浮いたローズミルクのグラスがふたつ載っていた。タリカにグラスをひとつ差し出され、ラディは笑顔でそれを受けとった。

ラディはタリカが居間の窓を次々とあけて、キッチンへもどっていくまで待って、先をつづけた。「その日、キルティさんはそんなに多くの人に電話をかけたわけじゃありません。どんな感じでした？　普通でしたか。それとも、不安そうだったとか？」

ミスター・ポダールは少し目を見開いた。「電話？……ああ、いつもの電話だった……おもにシー・ミストの自治会の件でね。二階のバティアが駐車場の利用を申請し、同じく二階のパレクも申し出た。先に申しこんだのはバティアだが、すでに二台ぶん使用していて、パレクのほうは一台ぶんしか使ってない。それでどういう割り振りにすべきかと悩んで……

他に何があったかな……そうだ、年次総会が来月に迫っているから、その日に話し合う項目のリストを作った。自治会のメンバーには、会議の議題についてあらかじめ知らせておかないといけないからね。このどこかにあるはずだが」目の前のテーブルに置かれたファイルをめくる。「ああ、あった」紙を一枚はずし、ラディカに渡すと、ラディカはざっと目を通し、それを返した。

「そうだったんですね」

「ああ……声の調子は、完全にいつもと同じだったよ。それと、議会でのモディ（二〇一四年に就任したインドの首相）の最後の演説についても、インド人民党《BJP》が再選するだろうというお互いの考えについても話した」ミスター・ポダールは、亡きキルティとの最後の会話を思い返して、無言になった。

ラディは薔薇風味の牛乳を飲んだ。必要な砂糖の量の三倍はある濃さだった。でも、ふるまわれた以上、飲み終えないのは論外だった。大きく二回、口に含んで飲みこむ。

ミスター・ポダールは首を振った。「そのすぐ直後に自殺するなんて、だれに想像できただろう」

「あと、カスタードの件は？　お礼を言ってましたか」

ミスター・ポダールはぽかんとした表情でラディを見た。

「おばさんがその朝、カダキア家にカスタードを届けたのでは？」ラディは尋ねた。

「ああ、そうか！」突然思い出したように言う。「そうだった。彼の好物だったんだよ」

ラディは微笑んだ。「わかりました。おじさん、お忙しいのに、お話を聞かせてくださって、ありがとうございます。カダキア家の人たちにとっては、とても意味のあることだと思います」

ミスター・ポダールがはじめて心の底からの笑顔を見せた。「重ねて礼を言うよ――シャンクユーだったかな。さっきも言っただろう。こういう堅苦しいのは、わたしたちのやり方じゃないって。とにかく、役に立てたのならうれしいよ」

ラディは立ちあがりつつ、猛烈に頭を働かせた――ある重要なことに気づいたのだ。ミスター・ポダールにすばやく別れを告げ、ミセス・ポダールにまたすぐに立ち寄ると約束をした。

八階にもどると、ソファへ急ぎ、水玉模様の日記帳を開いて、ミスター・カダキアが亡くなった日に話した人のリストのページを見た。そこで目にしたものは、ラディの疑念を裏づけるものだった。ここまでにわかったことを話そうとサンジャナに電話をかけたが、つながらなかった。あすまで待つしかないだろう。

ラディはふたたび日記帳を手にとった。リストにはまだひとつ、まだわからない発信者不明の番号が残っていた。電話をかけたものの、つながらなかった。時計を見ると、午後九時だ。その番号を丸で囲み、あすもう一度かけてみることにした。それから新しいページを開き、ポダール家を訪れたときのことを書きはじめた。ポダール夫妻との会話をくわしく記し、帰宅後に浮かんだ大きな疑問で締めくくった。

それは奇妙で厄介な問題だった。

11

ミスター・ポダールはベッドにはいり、カピル・シャルマ（インドのスタンドアップコメディアン、司会者）の深夜番組を観ながら、テレビのなかの笑い声に合わせて笑っていた。そのかたわらでは、ミセス・ポダールが小さくて分厚い経典を読んでいた。唇が静かにすばやく動いている。彼女は神に、問題を少しだけ解決してくれるのと引き換えに、その経典を百八回読むと約束していたのだ。まだ二十六回しか読んでいないが、経典のことばはすでに強力な効果を現わしていた。ミセス・ポダールは、テレビのコメディアンが言ったおかしなことばに反応して太腿を叩いた夫にちらっと目をやり、微笑んだ。

ミスター・ポダールは自分のほうに向けられた視線に気づいた。「なんだ？」

「別に。あなたが息抜きにリラックスしている姿を見れてよかったわ。神がようやくあたしの祈りにふたたび耳を傾けてくださるようになったのね」

「いいか、これに関してはおまえの神のおかげだとは言えない」

「ああそう《ア》、それじゃだれのおかげ？　あなたがすこぶる賢い人なのは認める。だけど、あなたは神の単なる代行者なの。わかるでしょ？」

ミスター・ポダールはテレビ《レ》を消して、妻のほうへ向きなおった。「ほう、そうか。じゃあおまえも今度からは、ニンジンのハルバを作ったときに、褒めことばを待ってテーブルのそばでうろうろしないほうがいいな。おれはこれから、礼は直接、神に言うから」

「もういいわ。いまあたしの言ったことはすべて忘れて。あなたはときどき、融通がきかなくなることがあるわね！」ミセス・ポダールは持っていた本を閉じて、サイドテーブルにいらいらとぞんざいに置いた。それから、それが神の書であることに気づき、本を持ちあげて、額《ひたい》に三回ふれ、謝罪のことばをつぶやいた。

「詭弁《きべん》だな。だが、宗教が本質的に何をしてきたかはわかるだろう？　人を責任から免除するんだ。何もかもを神のせいにすることはできないのに。わたしのビジネスが失敗したのは、わたし自身の愚かさのせいだ。製造業に徹するべきだった。地元の小売業に参入しようとするのではなく――市場のことがまったくわかってなかったんだな。やめておけとだれもが助言をくれたのに、わたしは聞く耳を持たなかった。それは神のせいであるわけがないだろ？」

「おお、神よ！　あなたと、あなたの考え方と言ったら！」

「ほら、また神を持ち出す！」ミスター・ポダールが小さく笑った。それから妻の怒りに満ちた顔を見て、付け加えた。「わかったわかった、聞いてくれ。早いうちに、素敵なディナーパーティを開こうじゃないか。昔やったようなやつを。このアパートメントのだれでも好きな面子《めんつ》を招待すればいい。来月なら、カダキアの家のあれこれも忘れられているだろうし。どう思う？」

ミセス・ポダールは口を開いて何かを言いかけたが、また口を閉じた。しかし、夫は妻の気持ちがわかっていた。自分の失敗が妻を犠牲にしたことは知っていた。最初はわからなかった。ビジネスが失敗した当初、ミスター・ポダールは貯金で余生を送れると信じていた。ふたりにはこの家があったし、娘は結婚してうまくやっているから、他にはなんの責任もないと思っていた。人員を削減し、フルタイムで働くふたりのみにして、やがてそれもひとりに絞ったうえ、三台あった車を二台売り、ふたつあったガレージもひとつに減らして、充実した、しかしシンプルな生活を送ろうと決めた。なんと愚かだったことか。ここがテンプルヒルであることを忘れていた。ここでシンプルに暮らすには、それなりにお金がかかった。

すぐにはわからなかったし、最初ははっきりしなかった。はじめのうちは、妻に気のせいだと言っていた。取るに足らないことだ、と。二階のバティアが孫の剃髪式をして、それに招待されなかったとき、ミスター・ポダールは妻に、きっとこぢんまりと内輪の式にしたいのだろうと言った。B棟のカジャリア夫妻が、灯明の祭り《ディワーリ》の贈り物にいつもの大袈裟《おおげさ》な籠詰めではなく、普通の菓子箱を送ってきたときは、糖尿病だから甘いものは少ないほうがいいと妻に言い聞かせた。どうせ籠の半分以上は使用人たちに配らなくてはならないのだ。しかし、徐々にディナーの誘いが減り、いつの間にか警備員が飛びあがって車の扉をあけてくれるのをやめるにいたって、ついにふたりは、テンプルヒルに住みながら、そこでの暮らしを支えるすべを持たないことが、いかに大変であるかを理解した。

「どうだい?」ミスター・ポダールは妻にまた訊いた。「おまえの友人が話していたとかいう新しくできたイタリアンレストランのシェフを雇えばいい。居間の家具をいくつか変えたっていい。どうだろう」

ミセス・ポダールは涙で目を輝かせつつ、うれしそうにうなずいた。ミスター・ポダールは微笑みながら妻の腕にふれ、テレビと明かりを消した。

暗闇のなかで、ミスター・ポダールは睡眠薬の瓶に手を伸ばした。でも、しばらくして、その瓶をもとにもどした。この錠剤は、まさに自分の命を救ってくれた。妻でさえ、どれほど夫がこの薬を頼りにしているかを知らない。残っている数錠を、ほんとうに必要な夜のために残しておくことに決めた。今夜はこの数年なかったほど、気分が軽い。運がまた向いてきた。ミスター・ポダールはそう肌で感じていた。

ラディはベッドで睡眠薬の瓶をもてあそび、今夜一錠服《の》むかどうか決めようとしていた。薬はあと幾晩しか持たないだろう。

いつかは鎮静薬をやめなくてはならないとわかっていた。だが、まだ心の準備ができていない。睡眠薬を服まないと、夜中に覚醒し、昼間は食い止めていた不安が、邪悪な捕食者のように襲ってくる。暗闇のなかで、その襲撃は獰猛で無慈悲、そして的確だ。普段は潜在意識に沈んでいるあらゆる思考、疑念、憂慮が表面に浮かびあがり、周囲を取り巻き、不快な恐怖の渦《うず》さながら迫ってくる。胸が締めつけられて不安でいっぱいになり、横になっていることができなくなる。アパートメントのなかを歩きまわるか、居間のソファで丸くなって本を読んでいるうちに、運がよければ、また眠りに落ちることができる。

いや、鎮静薬は必要だ。ラディはドクター・ビハリがこれ以上睡眠薬を出してくれるかどうか、と思った。新しい医者を見つけるか、あるいはドクター・ビハリに勧められたセラピストの予約をとるかだ。

翌日、ラディは午前六時四十五分までにアパートメントのロビーにおりた。カダキア家の親戚や友人たちもすでに到着しはじめていた。ミスター・カダキアの遺体が、ロビーの中央の棺台に安置され、白いシーツと灰色のショールで首まで覆われていた。遺体の額には白檀のペーストが塗られ、首のまわりには白檀の花飾りが巻かれている。ジャイナ教徒は、葬儀に生花《せいか》を使わない。花は魂を持った生き物であり、あらゆる生命体を可能なかぎり生《い》かすというのが教徒のつとめだと考えるからだ。遺体の隣りに置かれた低いテーブルには、白米で吉祥《きっしょう》の印《しるし》である卍《まんじ》が大きく描かれていた。卍の四本の腕は、存在の四つの状態を象徴している。デヴァ（半神）、マヌシャ（人間）、ナラキ（悪魔）、ティリアンチャ（動物、植物、微生物）。ジャイナ教徒は、人のカルマ、すなわち現世でのみずからのおこないによって、来世での存在の状態が与えられるかが決まる、と信じている。

米で象《かたど》った卍の上には、丸ごとのココナッツがひとつと、縁までオイルのはいったランプが置かれていて、遺体が火葬されるまでその火は絶やさぬよう燃やしつづけられる。また一角には線香の束があり、プルメリアの花の香りで周囲を清めながら静かに燃えている。ミスター・カダキアの目は閉じられて、小さくあけた口に白い花が挿されていた。ロビーは白い服をまとった女たちで埋めつくされていたが、夫に先立たれたマンジュラだけは、その日、色つきの服を着ることが許されていた。男たちもみな白い服を着て、ロビーの外の敷地内に立っていた。男たちは遺体と一緒に火葬場まで行き、遺体が完全に焼かれて灰になるまでそこにとどまる。その後、それぞれ家にもどり、何かにふれる前に清めの入浴をしなくてはならない。

サンジャナは、ロビーの前に置かれたマンジュの椅子のそばに立っていた。ラディはそっちへゆっくり向かっていった。アパートメントの住人の大半が出席していて、すれちがった数人の女性に見覚えがあった。ミセス・ポダールとミセス・マニアルが、二階の住人であるミセス・バティアとその義理の娘と一緒にいた。ミセス・マニアルが厳粛な場であるにもかかわらずラディににっこりと笑いかけ、ラディはぎこちなくうなずき返した。アミットの妻ソーナルが、ランジャンの妻ヘタルの隣りに立ち、うなだれて小声で何かを話していた。泣き叫んでいる人はいなかった。サンジャナはもう涙も涸《か》れてしまったようだった。いまはただ、疲れているように見える。

ミセス・カダキアは静かに落ち着いて椅子にすわり、夫の頭上の一点に視線を釘づけにしていた。泣いていないのは、驚くことではなかった。ミセス・カダキアが悲しみを表に出せば、人々を動揺させるだろう。

「おはよう」ラディはサンジャナに小声で挨拶した。サンジャナは悲しそうな笑みをそっと返した。

ラディが男たちのいるほうに目をやると、ミスター・ポダールが思案げにこちらを見ていた。目が合うと、ミスター・ポダールは瞬時に笑みを作り、それから顔をそむけた。ラディは、アミットとランジャンが近親者と立っているほうを見た。アミットは胸の前で腕を組み、このあとの儀式の意味を説明する賢者の声に耳を傾けているようだった。ミスター・カダキアの長男として、アミットは火葬用の薪に火をつけることになっている。ランジャンは弔問客《ちょうもん》のひとりと深刻に長々と話をしていた。

「あれはだれ？」ラディはサンジャナに訊いた。

サンジャナがラディの視線を追って言う。「ヴィノッドさん《バーイー》よ」

ミスター・カダキアのディーラーであるヴィノッドは、背が低くずんぐりした男だった。白い髪がひと房、禿げあがった頭を縁どっている。

「あの人と話をしたいんだけど……ゆうべ電話をかけたとき、あまり話してくれなかったから」

「全員に電話をかけたの？」サンジャナは驚いたようだった。

「だいたいはね」

「それで？」

そのとき、だれかが最後のお別れの時間だと告げた。遠近を問わず、ミスター・カダキアの親戚がひとりまたひとりと、遺体のまわりを三周する。別れを惜しむように白檀の花の飾りをミスター・カダキアの首に掛けながら、それぞれがジャイナ教の力強いナヴカール・マントラを唱えている。

最後に、男性陣が前に進み出た。息子ふたりが遺体の乗ったストレッチャーの前の両端を持ち、ジイッシュともう一人の親戚が後ろの角を担当した。四人の男が神の名を唱えながらストレッチャーを持ちあげ、建物の門のほうへと歩きはじめると、他の男たちもあとにつづいた。葬列は数分間つづくが、そのあと遺体はアパートメントの建物の外で待機している車に移されることになる。他の者たちはみな自分の車に乗り、遺体を受けとるときまでに火葬場に到着する。

男たちが行ってしまうと、女たちが散り散りになりはじめた。近親者や友人はいったん家に帰って入浴したあと、またカダキア家にもどって食事をとる。

女たちが去りはじめたとき、ラディはサンジャナにそっと話しかけた。「一分待って」

「サンジャナ？」マンジュがひそひそ声で言った。「家に帰って入浴する？」

「ええ、母さん。三十分後に寄るわ」

マンジュラはうなずいた。通りすぎるときにラディの肩にふれ、ラディは小さな笑みを返した。

ロビーの反対側で携帯電話をもてあそんでいる警備員ひとりを除いて、若い女性ふたりだけが残った。ラディはサンジャナに向きなおり、ミスター・ポダールとミスター・カダキアとの会話について話した。

「すると、父さんは完全にいつもどおりだったということ？」

「たしかなところはわからない……だけど、わたしたちにわかるのは、ミスター・ポダールが嘘をついてたってこと」

サンジャナはそのことばに驚いたようだった。

「駐車場の問題、自治会の議題、選挙の話、それにモディの演説の話までできたわけがない。通話はたった二十秒で切れてるんだから」

サンジャナが目を見開き、ラディはつづけた。「それに、水を向けてみたら、キルティおじさんにカスタードの件で感謝された、って言ったの。そんなわけがないのよ。カスタードが届いたのは、電話の一時間ほどあとだったはずなんだから」

「ひどく妙ね」サンジャナは思考に耽《ふけ》った。「どうして嘘なんかつくの？」

「それを考えてるの」

ふたりは一時間後にカダキアの家で再会することにして別れた。サンジャナは自分の棟へもどっていったが、ラディカはまっすぐ家には帰らなかった。ミスター・カダキアが亡くなった日の、警備員の記録簿を確認したいと思っていたのだ。

警備員はまだひげもろくに生えていないような若者だった。ラディが近づいていくと、立ちあがり、颯爽《さっそう》と直立不動の姿勢をとった。

「いいですか」ラディは笑顔で記録簿を指さした。

警備員は顔を真っ赤にして、記録簿をラディのほうへ滑らせた。ラディはそれを手にとり、すばやく水曜日の記録を見た。

アパートメントを訪れた全員の記録があり、それぞれがはいった時間と出た時間が記されていた。そこには、訪問客や使用人、運転手の他にも、牛乳配達員や野菜売り、ココナッツ売り、洗濯業者《ドービー》などさまざまな売り子の他、自治会に毎日お供えの新鮮な花を届けている老婦人や、ほぼアパートメントじゅうにオンラインショッピング中毒者を養い育てたいろいろな宅配業者までいた。すべての住人の出入りが記録されているわけではなく、また住みこみの使用人もそれぞれがＩＤカードを持っているため、記録簿を使う必要はなかった。

無理もないことだが、ラディの目から見れば、あまり役には立たなかった。その日、カダキア家には、いつもとはちがう来客はなかった。それでも、ひとつ、目を引いた記録があった。そのことを考えつかなかったのが意外なくらいだ。あとで調べてみよう、とラディは心に決めた。

「あなたのお名前は？」ラディは記録簿を相手のほうへ滑らせながら、若い警備員に尋ねた。

「プラシャントです、マダム」

「とてもていねいな字を書くのね」

「ありがとうございます、マダム」警備員はまた顔を真っ赤にした。

「今週はずっと勤務だったの？」

警備員はうなずいた。

「毎日？」

「はい」

「勤務時間は――」

「午前九時から午後七時……トイレへ行くとき以外は」

「お茶やランチは？」

「どちらもデスクでとります」

「たぶん、今週訪れたすべての人を見てる、ってことね？」

「はい。テラスのほうの入口からはいったのでなければ」

「テラス？」ラディカは驚いた。「つねに施錠されてると思ってた」

「この火曜日、エレベーターのメンテナンスのため、A棟とB棟をつなぐテラスが開放されたんです——A棟がメンテナンス中は、住人はB棟のエレベーターを使って最上階までのぼり、テラスからA棟にはいることができる。B棟の場合も同様です」

「それで、テラスはいまも開放されているの？」

「いいえ。きのうからまた施錠されています。通常は、その日のうちに閉められるんですが、最上階のドーシーさま《サー》が雨の前にテラスで防水工事をしていたので、それまで開放していたんです」

「テラスの入口には、だれか警備員を配置していないの？」若い警備員が答えるまでもなく、ラディには返事が予測できた。

「その必要はありません、マダム。こちらのA棟からはいるときはわたしが、B棟からはいるときはシュクラさん《ジ》が、その旨を記載しますから。テラスに行くには、他に方法がありません」

警備員は興味津々といった目でラディを見ていた。なんの意図があるのかといぶかしんでいるのだろう。もしさらに質問を重ねるのなら、なんらかの言いわけが必要だ。さもなければ、おかしいと思われてしまう。

「ありがとう、プラシャント。とても助かったわ」

「どういたしまして、マダム」若い警備員は明らかに満足したふうで、さらに背筋を伸ばそうと胸を張った。

テラスの入口が開いていたことで、まったく新しい可能性が開かれた。ラディはサンジャナの住むB棟へ行ってあちらの記録簿をチェックしようと心に決めた。

B棟に着くと、ラディカは入口を受け持っている年配の警備員に微笑みかけた。

「チャーチャ（父方のおじの意。父親と同じくらいの年代の男性に対する尊称としても使われる）、記録簿を見せていただけますか」

さっきの若い警備員とはちがって、こちらの年配の男は何十年もこの職についている。

警備員は好奇心をわざわざ隠すことなく言った。「何があったんです、お嬢さん、何を見たいんですか。直接訊いてもらえれば、わたしがお答えしますよ。そのほうが簡単だ」

「注文してあった荷物があるんだけど、まだ受けとってなくて。宅配会社は配達したって言い張るの。どこかで行きちがいがあったんじゃないかと思って」ラディは即興で話をでっちあげた。「この棟への来客者はすべて記録しているの？」

「ええ、もちろん」警備員は記録簿を渡した。

ラディは暗くてよく見えないから明るいほうを見るふりをして、相手に背を向け、水曜日のページを見た。警備員たちの好奇心を刺激しないよう注意深く事を進めなくてはならない。キルティが死んだ日のことについてあれこれ質問しているという噂が広まるのだけは避けたい。

ヒンディー語で書かれた氏名と記載事項をひとつひとつ見ていくと、午後〇時三十分のところで手が止まった。

そこには、震えながらも読みやすい字で、真昼間にそこにいるはずのない人物の名前がまちがいなく記されていた――〝ランジャン・カダキア〟。

ラディは動揺を表に出すまいとした。ランジャンが真昼間にシー・ミストで何をしていたのだろう。しかもなぜB棟で？　別のランジャンがいるという可能性は？　警備員に尋ねたくてたまらなかったが、警備員は物問いたげな目でラディを見ている。荷物の行方を探しているというさっきの嘘をつきとおさなくてはならない。そうしなければ、不必要な噂話を広められかねない。ラディはそのページの残りの記載にすばやく目を通した。次のページを見る。けれども、探していたものは見つからなかった。ランジャンが何時にここを出たのかについては何も書かれていなかった。母親のマンジュが電話をかけた午後四時ごろに帰宅したことは知っていた。では、それまでどこにいたのだろう。胸のなかに疑問が飛び交っていた。サンジャナの家に行くことも考えたが、やめておくことにした。ラディはまだ葬儀用の服を着たままで、入浴する必要があった。それに考える時間も必要だ。

12

「おいしい」ラディはリラの作ってくれたマカイ・ポハをひと口食べて言った。米とトウモロコシを平たくつぶしたものに、レモンをたっぷりかけて味つけした料理だ。

リラが顔を輝かせた。

入浴したあと、朝食をとっていたラディは、このあとカダキアの家へ向かうことになっている。規則的な食事は、繰り返し起こる胸やけに効果覿面《てきめん》だった。ここ数日にないほど気分がいい。

「ディディ、きょうも荷物が届きますか」リラが訊いた。

「ええ」本が届く予定だった。

「段ボール箱をあけて、棚に本を並べはじめていていいですか」

リラが退屈しはじめているのはわかっていた。引っ越してきたばかりで、あまりやることがないのだ。でも、本を並べるのは自分でやりたかった。

「カンドヴィを作ってくれないかしら。もう何年も食べてないの！　ほら、レシピを転送するから。ヒンディー語のユーチューブの動画でね……これ……見れる？」

リラは携帯電話をチェックしてうなずいた。

カンドヴィはグジャラートの伝統的なサイドディッシュで、ひよこ豆の粉とヨーグルト、それにさまざまなスキルを使って作る料理であり、技術と経験と忍耐が必要な料理だ。

リラはうれしそうだった。やり甲斐のありそうな仕事だ。

カダキア家のアパートメントに着いたとき、ドアが少しあいていたので、ラディは玄関のベルを鳴らさずに中にはいっていった。居間にはだれもいなかった。サンジャナはまだ来ておらず、みんなもそれぞれの部屋で休んでいるのだろう。ラディはキッチンへ向かった。バワニとカマルに訊きたいことがあったからだ。

バワニはキッチンで膝を突き、カウンターの下の狭い戸棚の中身を慌ただしく調べていた。ビニール袋、黒いコーティングの剝がれた使い古したフッ素樹脂加工のフライパンふたつ、紙皿、アルミホイルの容れ物、プラスチックのカトラリーが、床に散らばっていた。戸棚に深く首を突っこんでいるので、ラディが近づいていく音も聞こえないようだ。

ラディは数秒間、バワニが必死で作業しているのを観察したのち、驚かせないように静かに声をかけた。

その気遣いは無駄に終わった。「バワニ？」即座にとったバワニの反応は残念なものだった。戸棚の天井に強く頭をぶつけたのだ。そのあと恐る恐る後ずさりして、立ちあがり、しかめっ面で振り返った。そこにいるのがだれだかを見てとり、さらに嫌そうな顔をする。

「ごめんなさい、驚かすつもりはなかったの」

バワニはその場にたたずみ、ラディをにらみつけた。

ラディはつづけた。「水曜日に、あなたかカマルが野菜売りに応対したかどうかを知りたかっただけで」

「野菜売り？」バワニは驚いたように繰り返した。「あったかもしれないけど……よくわかりません」

「思い出してもらえない？」

バワニはしばらくだまって考えていた。自分のいまの状況を判断しているようだった。バワニが決心した瞬間が、ラディには目に見えるようだった。自分に関する質問ではなかったので、答えたところで失うものは何もないと考えたのだろう。

「ありませんね。わたしがここにいたあいだには来ませんでした。カマルも同じでしょう。ニンジンをきらしていたので、野菜売りが来たら、買ったでしょうから」

ラディは返事を聞けて喜んだ。「ありがとう、バワニ。もうひとつだけ訊かせて。フルーツカスタードの件。キルティおじさんが全部食べたの？　それとも残した？」

バワニのガードが瞬時にあがった。これまでとは風向きがちがう。「残らずお召しあがりになりました。なぜそんなことを？」

「理由はないの。ランチと一緒に出したの？　それともランチのあと？」

「ランチの前です」バワニの目が細くなった。まるで、一連の質問が何を意図したものかを見極めようとするかのように。まるで罠じゃないかと恐れるかのように。

「奥さま《バービー》は旦那さま《バーイー》のランチにアームラスをご用意されました。なので、カスタードを先にお出ししたんです……でも、いつ召しあがったかは知りません……その後、旦那さまから言われて、わたしはすぐに銀行に行きましたので」

「それで、いつもどってきた——」

「いいですか、ディディ」バワニが途中で遮って言った。「いまなさっている質問には、どういう意味があるんです？　あなたはサンジャナ・ディディのお友達なので、わたしも敬意を払っています。でも、こんなふうにしつこく質問攻めにされるのは、好きじゃありません」

ラディは針路を変えることにした。グジャラートの有名な諺《ことわざ》に、まっすぐな指でギー

（牛乳や水牛の乳、無塩バターなどを煮詰め、水分、不純物を取り除いて純粋な脂肪分だけを集めた溶かしバターのこと）がとれないときは、指を曲げるとよい、というのがある。

「なぜ質問に答えるのがそんなに嫌なの、バワニ。誓って言うけど、カマルなら同じことを訊いても、躊躇なく答えてくれるはず。家族はあなたのことを暗黙のうちに信頼してるって、サンジャナは言ってた。でも、わたしのような部外者にとっては、あなたは隠し事をしてるように見える」

驚いたことに、バワニは何かを恐れているように見えた。しぶしぶ協力するか、激怒するかのどちらかだと思っていた。バワニがこわがっているのは明白だった。

「何かが必要なの、ラディカ」背後から声が漂ってきた。

ラディカは振り返り、そこに立っている人を見て驚いた。マンジュがキッチンのドアのそばに、機嫌の悪そうな様子で立っていた。いつからそこにいたのか、どこまで聞かれていたのか、ラディにはわからなかった。

「あの……ちがうんです、おばさん……ただ明らかにしようと……その……あの日のことを」

「なぜ？」

「サンジャナと話してたんですけど……その……すべてのことがサンジャナを苦しめて――

――」

「で、これはどういうこと？」マンジュラはラディの肩越しに、小さな戸棚の中身が床に散乱しているのを見て、バワニに尋ねた。

バワニはラディが来る前にしていたことをすっかり忘れてしまっていた。

「ええ、はい……プラスチックのスプーンを探していたんです。いまみなさんがいらっしゃったら、ランチに必要でしょう？」

バワニが嘘をついているのは明らかだった。戸棚の奥に頭を突っこんでいるバワニを見たとき、床にはプラスチックのカトラリーの大きな束が落ちていたからだ。けれども、いまはその話を持ち出すべきではない。

マンジュラはラディに注意をもどした。「ねえ、ベータ」ため息をつき、刺々《とげとげ》しかった声が幾分やわらぐ。「サンジャナの友人として、あなたにはこの状況を乗り越えられるようあの子を助けてやってほしいの。あと四カ月もしないうちに出産を迎えるわ。そのためには、健全な精神状態でいなくちゃ……今回のことをくよくよ考えていてはいけない」

「はい、おばさん……もちろん……おっしゃるとおりです」

マンジュラはラディの腕を叩いた。ふたりで揃《そろ》って居間までもどっていく。

「サンジャナはいったい何を心配してるの？」

ラディが答える前に、ソーナルが電話を持ってはいってきた。

「終わったそうで……いま帰ってきてるところです」ランジャンとアミットの他、火葬場に同行した男たちのことだ。

マンジュがうなずいた。「準備をはじめるようバワニに言っておくわ」それからラディに向かって言い添えた。「さっき話したこと、お願いね」

「はい、おばさん」

ラディはそれ以上追及されずにすんで、ほっとした。

マンジュラがキッチンへもどっていくまで待って、ソーナルに声をかける。「あの、十分でもどってくるってサンジャナに伝えてもらえますか。ちょっと家に用があるので」


家にもどったラディは、リラに椅子にすわるようにと言ったが、リラは床にしゃがみこんだ。何度も楽にしてもらおうと試みたのだが、リラはどの家具にもすわろうとはしなかった。そこでラディは、あきれたように目玉をまわしながら、床の上、リラの隣りに腰をおろした。ちょっとひらめいたことがあったのだ。使用人たちの巨大な情報網を利用し、リラの手を借りて、自分のできなかった質問をしてもらおうと思ったのだった。

テンプルヒルの使用人の情報網は、侮りがたい力を持っている。単に数の多さだけではない。アパートメントごとにベビーシッター、コック、掃除人、警備員、運転手、住みこみのメイド、忠実な召使いからなる小さな軍隊が常駐しているが、この軍隊がこれほど強力になったのは、雇用主の生活に見えない形ではいりこんでいるからだ。その情報網は、全員についてすべてを知っている。

家族のだれが、いつ、結婚式を挙げたのか。

よそ者の訪問者があったのはだれで、どこからの客なのか。

義理の両親が旅行しているあいだに、チキンを食べたのはだれなのか。

クローフォード・マーケットで買ったものを、高級品だと押し通しているのはだれなのか。

結婚生活に問題を抱えているのがだれで、なぜなのか。

寝室の抽斗《ひきだし》に、酒を隠しているのはだれなのか。

ダイエットをしているのはだれで、うまくいっているのかどうか。

休暇で出かけようとしているのはだれで、どのくらいの長さなのか。

多くの使用人が何年も同じ家族のもとで働いており、雇い主に関する知識は、あらゆるものを含むと言ってもいいくらい細部にわたる。しかし問題なのは、使用人たちはけっしてラディには話をしないことだった。少なくとも、正直には話してくれない。雇い主と雇われ人との溝は、あまりに広く、あまりに根深い。使用人同士の絆が、雇い主への忠誠心をも上まわることが多々ある。ラディにはそれを責めることはできなかった。互いに味方をする必要があるのだから。

「OK——カンドヴィ作りはキャンセルよ。あなたには別のことをしてもらいたいの。全部で三つ。第一に、バワニのことを少し調べてもらえない？　ここへ来る前はどこで働いていたのか。だれと友達なのか。評判はどうなのか。なんでもいい」

リラは驚いたようだったが、無言でうなずいた。

「第二に、四階のポダール家で働いてる女の子と話をして。若い子で、タイトなタルクを着て、顔にたっぷりタルカムパウダーを塗ってる……たしか、タリカって名前だったかと——」

「知っています、ディディ」リラが途中で言った。「でも、何を聞き出したいんです？」

「タリカが耳にしたかもしれない会話……なんでもいいの、何かおかしいと気づいたようなこと……」

リラは訊きたいことがいくつもあるようだったが、偉いことに、引きつづきだまっていた。ラディは心を決めた。自分が何を疑っているのか、それはなぜなのかを、短いことばで説明した。リラはショックを受けたようだった。

「どうして警察に行かないんですか、ディディ」

「行くわ。じゅうぶんな情報を得たら」

リラはうなずき、それからあくまで淡々とした口調で言った。「タリカと話してみます……心配しないでください、ディディ。彼女、あたしが探ろうとしていることには気づかないと思います……いつものおしゃべりみたいに」

ラディは険しい笑みを浮かべた。

「もうひとつ、あなたにしてもらいたいことが……」

カダキアの家にもどると、居間は白い服を着た人でいっぱいになっていた。ラディカは部屋の隅で数人のいとこと話しているサンジャナを見つけたが、邪魔はしないでおこうと思った。またバワニに会えるのではないかと、キッチンへ向かう。バワニとの話を終わらせておきたかった。ところが、キッチンにはソーナルがいて、まな板の上でトマトを刻んでいた。

「あら、どうも」ソーナルは驚いたような笑みを浮かべて挨拶した。「何か必要なものが？」

「実はバワニを探してるの」

「ああ、いま食べ物を受けとりにいってるわ。うちでは、ダールとライスしか作ってないの。あとの料理、サブジ（野菜を調理したもの。普通はインドのパンか米と食べる）をふたつとパラタ（薄焼きのパン）は人に頼んだ。伝統的なグジャラート料理の昼食《ティフィン》を専門に作っている女性がいてね。前にも試してみたことがあるの。できたてで、家庭料理みたいな味だったわ」

「なるほどね」ラディは淀みなく答えた。「そのほうが、お客さまと過ごす時間が増えるものね」

「ええ、義母もそう言ったわ」ソーナルはまたせっせとトマトを刻みはじめた。

ラディはしばらくソーナルを観察してから言った。「手伝うこと、ある？」

ソーナルは微笑みながら顔をあげた。「いいえ、実を言うと、忙しくしていたいからこのサラダを作っているの。あたし……ここには知っている人があまりいなくて。とにかく、知り合いがいないのよ。ここにこもってるほうが気が楽で」

ラディは微笑んだものの、何も言わなかった。ソーナルは結婚してから七、八年以上経っている。カダキア家の家族や友人と知り合うにはじゅうぶんな長さだ。

ソーナルは顔を赤らめながら、慌ててつづけた。「変なふうにとらないで。みんなほんとうにいい人だし、何も文句はないの。ただ、あたしがテンプルヒルの出身じゃなくて、みんなそのことをけっして忘れないだけ。みんなから距離を置かれていては、本物のつながりを築くのはむずかしいわ」

ソーナルがキュウリの皮むきに移り、ラディはグラスに水を入れて飲んだ。テンプルヒルがどこより開放的で人情味のある土地ではないことは知っているが、徒党を組んでいるのを自分の目で見たことはなかった。「わたしは気づかなかった」

「どういうことか、わかるでしょ？ あなたたちはみんな、昔からの知り合いなの。お互いのことを好きであろうとなかろうと、共有している歴史がたくさんある。噂話をするとき、そこには前後関係がある。ジョークを言うとき、そこには過去の背景がある。バクラヴァ（トルコ、中近東、中央アジアで食べられている甘いお菓子。パイ生地にナッツなどを入れて焼く）を出すお勧めの店を比べ合うとき、あたしは〝バクラヴァ〟をグーグルで検索しなきゃならない！ 冗談じゃない！ あたしは子供たちの世話と仕事で忙しすぎて、たとえビンゴ・ランチに招待されなくても、そんなことにはかまっていられない。だけど、こういう懇親《こんしん》の場は、ちょっと面倒で」

そう言われても、ラディには本心だとは思えなかった。ソーナルの声には、本人の意図しない苦々しい響きが混じっていた――本人が気づいているかどうかはさておき、テンプルヒルで受け入れられることがソーナルにとっては重要なのだ。それもきわめて。

ソーナルのことが気の毒になって、ラディは話題を変えた。「仕事はどんなことを？ アミットと同じでフィンテック（金融（Finance）と技術（Technology）を組み合わせた造語で、金融サービスと情報技術を結びつけた革新的な職場）？」

「それがちがうの。あたしはXKC。保険会社よ。本社はアンデリにある」

「うわっ！　毎日の通勤が大変じゃない！　渋滞は相変わらずひどいの？」

「悪くなる一方よ。毎日、家にもどるのに一時間以上かかるんだから！　お義父さんが亡くなった日は、幸い会議でこっちへ来てて。じゃなきゃ、アミットから電話がきたとき、ここに来るのにきっと間に合わなかった」

「ラディ？」サンジャナの声が漂ってきて、ドアのそばに本人が姿を現わした。「あなたを見た気がしたのよ。一緒に来てくれる？」

ラディはソーナルに別れを告げ、ふたりでマンジュラの部屋に向かい、開いた窓のそばに立った。

「ねえ、水曜日の午後、ランジャンがどこにいたか知ってる？」ふたりきりになると、ラディは訊いた。

「ええ、患者さんといたわ。どうしてそんなことを？」サンジャナは驚いた顔をした。

「その日の午後、そっちの棟のアパートメントの記録簿にランジャン・カダキアの名前が載っているのを見たの。この家のランジャンなのかな、と思って」

「ええ、きっとそう……こっちの棟のミスター・ガナトラが予約してたみたい。浴室で転倒して、股関節を骨折したそうよ。ランジャンはこの二カ月ほど、訪問診療をしてるの」

「そのあとはどうしたの？　家に帰った？　それとも診療所へもどった？」

「ワークアウトのためにジムカーナへ行ったあと、診療所にもどったって言ってたと思う……でも、どうしてランジャンのことをそんなに訊くの？」

ラディは間をとったのち、答えた。「心配させたくなかったから、何も言わないでいたんだけど……おじさんが亡くなる前の日、ランジャンがおじさんと大喧嘩《げんか》をしてたって知ってる？　ヘタルに確認してみたのよ。そしたら、ただの言い争いで、喧嘩なんかじゃなかったって言うの。だけど、それを信じていいのか確信が持てなくて。それに、ランジャンがその日の午後、あっちの棟にいたことがわかって……喧嘩の原因はわからないかしら」

「ラディ、そっち方面には向かわないで！」サンジャナが怯えたように言った。「あなたが言ってるのは、あたしの弟のことよ！　父さんとランジャンはいっつも言い争いをしてた。ふたりとも大声で短気だから、そうじゃなくても盛大に喧嘩していたように聞こえたんじゃないかな。でも、あなたが疑ってるのは……」身震いをして言う。「ちがう。絶対にちがうわ」

〝殺人〟というのは、醜いことばだ。緑豊かなテンプルヒルには、こぢんまりしたデザイナー・ギャラリーがいくつもあり、ケールや青梗菜など、ムンバイの他の地域では《マスター・シェフ》(料理対決をする番組)でしか見かけない輸入野菜を扱う、野菜に精通した商人がいる。そんな地域に、このことばは場ちがいに感じられる。前代未聞だ。もしサンジャナがあえてそんなことばを口に出したら、家族全員の人生に紛うことなき混乱がもたらされるだろう。サンジャナにはその覚悟があるのだろうか、とラディは思った。そんな覚悟をしている者がどこにいるだろう。

「ねえ、サンジュ」子供のころ使っていた呼び名で、やさしく言う。「わたしたち、こんな質問をする必要はないのよ。警察はやることをやっているし、わたしたちが何を発見したって、おじさんは生き返らないんだもの。その一方で、あなたは出産を控えているし、こんなふうに思い悩んでいるのは、お互いにとっていいはずがない。キルティおじさんと家族や友人、隣人、同僚との関係を深く掘りさげれば掘りさげるほど、ますます疑念は湧いてくるものだし、事態は不愉快になっていく。そこで質問なんだけど、あなたはほんとうにこっちの道へ行きたいの？　さらに重要なことを訊くけど、それは賢明なのかしら」

サンジャナはしばらくだまっていた。「やるわ。やらなくちゃ。あたしと、生まれてくる子供のためにも。娘として失格なら、どうして母としての自分を信じることができる？」目には涙がたまっていたが、声は相変わらず力強かった。

ラディはサンジャナの顔に、弱った兆候はないかと探したが、そんなところは微塵《みじん》もなかった。サンジャナはどんなに受け入れがたくとも、真実を追及しようと決意しているようだ。

「わかった」ラディはついに言った。「じゃあ、いまから言う疑問を解決するのを手伝って……ひとつ目は、大量の鎮痛剤を手に入れる方法。ふたつ目は、バワニはあなたの家族に仕える前は、どこで雇われていたのか。そして最後に、ランジャンはミスター・ガナトラの治療にどれくらい時間をかけたのか。施術後、記録簿にアパートメントを出た記載がないのはなぜ？　テラスを通ってA棟へ行くことも可能だった？」

「ランジャンの施術は通常四十分ほど。だから、午後二時十五分ごろ出たんじゃないかしら。もしそうしたほうがいいなら、本人にたしかめるけど」サンジャナは言った。「でも、その記録簿を調べるのはやめて。シュクラは午後のほとんどを、うとうとして過ごしてるの」サンジャナは自分の棟の警備員について言った。「よく居眠りしてるのを見かける。でも苦情を言いたくはないの。そんなことをしても、気の毒なおじいさんが仕事を失うだけでしょ」

「つまり、ランジャンが出ていっても、シュクラは気づいてもいなかったかもしれないってこと？」

「まあ、そういうこと。可能性は大いにある」

ラディとサンジャナは波の荒い灰色の海を見つめた。いつの間にか、空には暗雲が集まりはじめている。じきに雨が降りそうだ。

「ねえ、一番悲しいのは」しばらくして、サンジャナが意見を言う。「今回のことが起こったとき、母さんとランジャンはふたりともこの建物にいたってこと」

「あら、マンジュおばさんもここにいたとは知らなかった」

「そうなの。一階のパーティホールでおこなわれるサットサンガに参加するために、早めに仕事を切りあげてきたらしいわ。水曜か木曜の午後に開かれてるみたい」

「へえ！」ラディは驚いた。マンジュラは信心深いタイプには見えなかったからだ。たまに寺を訪れるか、礼拝《プージャ》をする程度だと思っていた。でも、毎週大きな宗教の集まりに出るには、関心はもちろん、特別な思い入れが必要だ。

「そうなの、かなり最近の話でね。そんな時間を捻出できることに驚いたものよ」

ラディはあとでじっくり考えようと、この新しい情報を頭の隅にしまった。突然、全員の行動が怪しく思えてきた。普段のマンジュからは、サットサンガに出るなんて考えられない。けれども、真実というのはそんなものなのでは？　ラディ自身にそういう経験はなかったが、それは年齢を問わず、人生のなかで最も必要な時期に訪れるものだと知っていた。もしかするとこれは、この先の試練にマンジュが備えられるようにする、宇宙のやり方なのかもしれない。

ラディもサンジャナもだまりこんだ。幼いころ、ふたりはまさにこの窓辺に立って船を見ていた。いつもそう思えたわけではなかったが、あのころの人生のなんとシンプルだったことか。

「男の子なのか女の子なのか、わかってるの？」

赤ん坊のことを口に出したとたん、サンジャナの顔の曇りがほんの少し晴れた。「ほんとうはいけないんだけど、超音波検査技師があたしの旧友でね」秘密を胸にしまうかのように、サンジャナの手が何げなくお腹にふれた。

ラディは微笑んだ。「名前は考えてあるの？」

サンジャナはうなずき、それから悲しそうな笑みを浮かべて言った。「父さんが考えてくれた」

13

「お名前は？」ラディカは目の前の男に訊いた。

いまは自分のアパートメントにもどっている。それまではサンジャナと二時間ほど過ごしていたが、ラディがいま一番会いたい人が自宅で待っている、とリラから電話があってもどってきたのだ。

「サントーシュ」野菜売りが言った。中年の男で、満面の笑みと、驚くほど大きな白い歯が目を引く。

ラディはけさ記録簿を見たときに、ミスター・カダキアが亡くなった水曜日の昼ごろ、そのアパートメントに野菜売りが行ったことに気づいていた。カマルもバワニも野菜売りにドアをあけていないのなら、ミスター・カダキアがあけたのかもしれない。とすると、サントーシュは生きているミスター・カダキアを最後に見た人物なのではないか。

「毎日あのアパートメントに行っているの、サントーシュ」

「はい、マダム。日曜以外は」

「今週の水曜日はどうだった？　いつもの時間に六階のカダキアの家に行ったの？」

サントーシュは少し考えたのち、自信を持ってうなずいた。「はい、マダム。どうしてそんなことを？　何があったんです？」

ラディはその質問を無視した。「だれがドアをあけたの？」

「だれも。ドアが少しあいていて、中から大きな話し声が聞こえてきたんで、そこにたっぷり十分ほど立ってたんです。だれかがドアをあけてくれるかもしれないと思ったんですが、だれもあけてくれませんでした」

鼓動が速くなった。ラディは興奮を抑えようとした。「だれとだれが話してたかわかる？　だれの声だかわかった？　なんて言ってたの」

「ひとりはまちがいなく、亡くなったミスター・カダキアでした。で、もうひとりは……そちらも聞き覚えのある、男の人の声だったんですが……だれの声かまではわかりません」顔をしかめて、思い出そうとする。

「なんの話をしてたか聞いた？　グジャラート語はわかる？」

「あまりわからないんですが、マダム、ふたりが話してたのはヒンディー語で……金の話をして、ミスター・カダキアがものすごく怒ってました」

ラディは驚いてサントーシュを見つめた。ヒンディー！　なんという幸運だろう！

「サントーシュ、もしまたその人の声を聞いたらわかると思う？」

「自信はありませんが、やってみます」

ラディは微笑んでみせた。「安心して……あなたはとても役に立ってくれたわ、サントーシュ」ラディはハンドバッグから五百ルピー紙幣を一枚取り出して、サントーシュの手に押しつけた。「このことは胸にしまっておいて、お願いね？」

「はい、マダム。ありがとうございます」サントーシュはうれしそうに言った。

「またあなたの助けが必要になるかもしれない」

「いつでもどうぞ、マダム」

リラはサントーシュを外へ案内したのち、ドアを閉めて言った。「わあ、ディディ、ほんとのボリウッド映画みたいになってきましたね！」

ラディが返事をしようとしたとき、ドアベルが鳴った。リラがドアをあけて、サントーシュを中に招じ入れた。

「どうしたの、サントーシュ」

「マダム、相手の男の声を聞き分けられるかどうかはわかりませんが、コラプリのチャパル（やわらかい革製のサンダル）はまちがいなく見分けられます」

言われてみればそうだ！　訪問者は玄関で履物を脱がなくてはならなかったはずだ。

ラディはにっこりと笑い、また五百ルピー紙幣を一枚渡した。「忘れないで。だれにも言わないでね」

サントーシュはうれしそうにうなずき、リラがアパートメントの外へ連れ出した。

リラが昼食を運んできた。熱い雑穀のロティに、パプリカとピーナッツのサブジをつけて数口齧《かじ》り、黒レンズ豆のダールをボウル一杯食べ終えてはじめて、ラディは自分がどんなに空腹だったかに気づいた。リラがキッチンへ行って、またもどってきたときには、手にトレーを持っていた。そこに載っていたのは、ダールのお代わりと、スプーン一杯のギーをかけた玄米のボウル、ローストしたパーパド（レンズ豆やひよこ豆の粉で作ったパリパリの平たいパン）、酢漬けのニンジンとからし粉《マスタードパウダー》で作った瓶入りの自家製ピクルスだ。リラは自分用に、濃いジンジャーティーのはいったカップを持ってきた。ラディは食事をするあいだ、リラにくわしく状況を説明した。

そして最後に、リラにもうひとつ仕事を与えた。

「ラムザンさん《バーイー》、そっちに着いたら、ワーリ・ナカで止まって。友達の娘さんに何かお土産を探したいの」

リッシーに会いにいく途中、ラディは運転手に言った。時刻は午後三時三十分だが、空はすでに暗い青味をおびた灰色に変わっている。

「はい《ジー》」運転手は応えた。「何か心あたりはあるんですか」

「パン屋があったら、カップケーキを持っていこうかしら……あるいは、果物か。いまなら桃かプラムが旬よね」

ラディはリッシーの娘の年齢を忘れていた。ついでに言うなら、名前も。記憶がひどく偏っている。無意味な雑学を大量に覚えていられるのに、社交を容易にする情報となると、いたく心許《こころもと》ない。

「ラジオをつけても？」ラムザンが言った。

「いいわ」ラディはぼんやりと答えた。

ラジオでは、みずからを〝愛の導師〟と称するディスク《R》・ジョッキー《J》が、次はシェーカル・カプール監督作品《ミスター・インディア》の曲をかけると告げた。この映画は、孤児院を経営し、透明人間になれる時計の力を借りて悪の軍団と戦う親しみやすい若者を主人公にした傑作だ。

驚いたラディが、ちがう局にしてくれと頼む前に、キショール・クマールの比類なきバリトンが車内に響き渡り、ラディは動けなくなった。記憶の洪水が情け容赦なく波となって打ち寄せ、喉にことばが詰まる。勝利と敗北、喜びと悲しみは、夜と昼のように否応なくめぐりくるものであり、それが人生なのだと語る、魂のこもった歌だ。

そしてそれは、両親が亡くなった日にカーステレオから流れていたのと同じ歌だった。父は曲に合わせて鼻歌を歌い、ラディは後部座席でピカピカの新しいトロフィーを抱えて、胡椒のきいたマカナ（蓮の花からとれる栄養価の高い種子。フォックスナッツとも呼ばれる。インドでは菓子や香辛料として使われる）を頬張りながら満足していた。

母は旅行に行くとき、かならず食べ物を用意した。どこへ行くにも、どのくらいの時間外出するにも、母はみんなに絶え間なく配れるように、ハンドバッグのなかに小分けのお菓子やスナックを欠かさなかった。アーモンドやカシューナッツを詰めたナツメヤシ、チッキと呼ばれる、ピーナッツとヤシ糖から作った手作りのブリトル（砂糖を煮溶かし、クルミ、ピーナッツなどを加えて平たく固めた糖菓）、旅に出るたびに空港でかならず買うリンツのダークチョコレートのトリュフ、フェヌグリークとコリアンダーの葉を使って作った全粒小麦のテプラ（グジャラート人の主食。平らなパン）にチュンドというスイートマンゴーのピクルスを塗り、ロール形にしたもの。

母のクリーム色をしたシャネルのハンドバッグから出てきそうなもののリストは長く、しばしば驚きをともなっていた。これらの軽食は、子供たちのためでもあったが、自分自身のためでもあった。家庭と仕事、子供たちふたりの世話はもちろん、社会集団でのさまざまな役割をこなす母はつねに忙しく、つねに走っていて、マルチタスクということばが現われるずっと前からマルチタスクをこなしていた。

ラディが持っている、母にまつわる最後の記憶は、窓の外を見つめながら、好物のチャットマサラ（スパイス《ミックス》）で味つけしたひよこ豆のローストを頬張っている姿だ。数分おきに、母は父の口にも数粒ずつほうりこんでいた。腹は減っていない、と父は抗議していたが、母はおかまいなしだった。ふたりは互いに完璧だった。そのふたりがいないいま、ラディは自分をけっして許さないだろう。

「ディディ、ディディ？」

ラディカはいきなり現実に引きもどされ、自分の頬が濡れていることを理解した。ラムザンはすでに音楽を止め、心配そうにラディを見ていた。

「だいじょうぶですか、ディディ。車を止めましょうか、それとも引き返しますか」

「だいじょうぶ」出てきた声は小さく、かすれていた。

「だいじょうぶ」ラディは繰り返した。今度は少し強めの声で。「平気だから」

ラディが涙を拭《ぬぐ》うと、ラムザンは納得がいかない様子で目をそらした。

ラディはコンパクトを取り出したのち、鏡に映る自分の顔を見た。ティシューで念入りに顔を拭《ふ》き、アイライナー《カージャル》を引きなおす。

ワーリ・ナカに着くと、ラムザンが車を減速させた。ラディカはパン屋がないかと窓の外を探した。道路の両側に、果物や野菜を売る露店が並んでいるが、どの店も、布をかぶせて紐で縛ってある。

「なぜどこも閉まってるの？　きょうは宗教関連の祝日？」

ラムザンは周囲を見まわした。「よくわかりません、ディディ」

どうしようか考えていたとき、あいている文房具店を見つけた。

「ねえ、ここで止めて」

ラムザンが車を止めたので、ラディカは店のなかへ駆けこんだ。リッシーの娘に画材を買おうと思ったのだ。いま使える年齢かもしれないし、今後のためにとっておいてもらってもいい。

カムリンのソフトパステルセットと、グリッターペンのパック、ペーパークイリングのキット、一ダースのステンシル、ギザギザ鋏《ばさみ》を何本かと、蛍光のポスターカラーをひと箱、キャンバスボードを何枚かと、さまざまなサイズの絵筆を、少し楽しみながらすばやく買った。

お金を払って車にもどっても、十分も経っていなかった。さらに十分、車を走らせ、カフェに着いた。リッシーはすでに席にすわって、ノートパソコンに向かっていた。シャツの袖をまくりあげ、長い指がキーボードの上を舞って、思考のスピードに合わせようとしている。リッシーは手がきれいだ。大学時代に、友人以上の関係に近づいたとき、長年バスケットボールをプレイしてできた胼胝《たこ》が彼の手のひらにあるのを感じ、その手が自分の体にふれるのを想像したことがある。

リッシーを見ていたら、長く忘れていた何かが自分のなかでうごめくのを感じた。ある思いが頭のなかに迷いこむ。ラディはそれを即座に払いのけ、自分自身にびっくりした。リッシーは既婚者だ。しかも、子供もいる。いまとなっては、ふたりの関係が発展する可能性はない。

それでもかつて、ふたりの名前を合わせた響きは完璧だった。リッシーとラディ。ラディとリッシー。友人たちはそう言って、丸一年ふたりをからかいつづけた。本人たちもまんざらでもなかった。けれども、ふたりとも臆病だった。互いにとってかけがえのない友情を台なしにするようなことは、なんであれしたくなかった。それでもある夜、リッシーはラディにキスをした。

大学の図書館で、ふたりして遅くまで勉強していた。雨が降っていて、ふたりとも濡れてしまった。ラディがシュリデヴィ・カプール（ボリウッドのスクリーンに最初に登場したインドの女性スーパースターのひとり）にあまり似ていないことを除けば、まさしく映画そのものだった。ラディの髪は頭に張りつき、アイラインは流れてしまっていた。ふたりで相乗りすることにしたタクシーに、ラディはくすくす笑いながら乗りこみ、雨を避けるために急いで窓を閉めた。スク・サーガルのスパイシーなパウバジ（ムンバイ発祥の屋台料理。パンに合わせて食べる野菜のカレー）を食べるにはぴったりの天気だと言おうとしたが、そこで口を閉ざした。リッシーが切望の目でこっちを見ていて、そのまなざしの強さにラディはリッシーのほうに身を寄せた。ふたりはキスをした。陶然とするようなキスだった。

いまでも思い出せる。コカインをきめたヘビーメタルバンドのドラマーのように、胸のなかで心臓がどんなふうにやかましく鼓動を響かせていたかを。胃のなかでまどろんでいた千羽の蝶が目を覚まし、どんなふうにせわしげに陶酔していたかを。キスははじまったときと同じくらい唐突に終わった。ラディのアパートメントに着いたのだ。ラディはタクシーからやみくもに飛び出した。さよならも言わずに。

リッシーのいるテーブルへと近づくと、膝の上にノートを広げているのが目にはいった。時折それをちらっと見ては、パソコンのほうへ目をもどしている。かたわらに、大きなコーヒーカップが置かれている。それを手にとり、飲もうとするが、カップが空《から》になっているのに気づいたようだ。ウェイターに合図を出したとき、ようやくラディに気づいた。

「やあ！」リッシーは顔を輝かせ、跳びあがってラディにハグをした。大学のときとまったく同じ、煙草とコーヒーとシナモンのにおいがした。

ラディは蠟染め模様のくしゃっとした踝丈のゆったりした青いスカートに、体にぴったり沿った白いタンクトップを合わせ、象の形をした銀色のイヤリングをつけていた。ドレスアップしようと努力した。測りしれないほどの長い年月をかけて、ようやくその気になったのだ。担当のセラピストは、これを進歩だととらえるだろう。ラディは微笑みながら、リッシーの向かいの席に腰かけた。「大きな事件なの？」眉をひそめて、リッシーのノートパソコンを見る。

リッシーは顔をしかめて、パソコンを脇へ押しやった。「大きくはない。ただ醜悪な事件だよ」

リッシーは国内有数の大手新聞社の編集主任だ。ふたりともコーヒーを注文すると、リッシーがいま手がけている記事について話しはじめた。二週間ほど前、修道女がジャランダルの司教のフランク・トーマスをレイプ事件で訴えた。ところがきのう、事件の重要参考人だったジェイコブ司祭が、パンジャブ州ダスヤの教会構内の自室で、遺体となって発見された。ジェイコブ司祭の家族は不審死だと言い立てたが、現場を検証した警察は、異状はなく、自然死だろうと主張した。

ラディはリッシーの気持ちを推し量った。「警察の見解に納得できないの？」

「そうなんだ」リッシーは認めた。「でも、人手が足りなくてね、探りを入れるために人を送ることはできないと思う」雑念を振り払うかのように首を振る。「仕事の話はたくさんだ！　きみのことを話そう。なんでこっちへもどってきたんだい」

ラディはうなった。「ほんとにその話、する？　そんなにおもしろくないけど」

リッシーが期待するかのようにラディを見つめる。

ラディはため息をついた。「長いバージョンの話は、いつかおいしい夕食でもとりながら話す。いまは、アメリカとの関係は終わった、とだけ言っておく。わたしを引きとめるものが何もなかったの」

リッシーは両眉をあげた。「仕事はどうなんだ？　友達は？　それに……マッキンゼーは？」

「仕事のほうは、ここ二、三年スランプに陥ってる。ちがう国に移ったほうが、執筆の助けになるかもしれない。それから、友人関係は今後も変わらない。こっちにも友達はいるでしょ？」ラディは旧友ににっこりと笑いかけた。

リッシーが微笑み返す。

「あと、マッキンゼーはもういない。それだけのこと」

ラディの目になんらかの表情が浮かんでいたのだろう、リッシーはそれ以上探ろうとしなかった。手がかりを求めてラディの顔を観察しているようだったが、リッシーはいつになくだまったままだった。

「あ、そうだ、忘れる前に渡しておく」ラディは手を伸ばし、テーブルの下から画材のはいった袋を取り出した。「これは、その……あなたの……お子さんに」

リッシーは笑みを浮かべながら、その袋を受けとった。「ありがとう。ほんとにこんなことしなくていいのに。ところで、娘の名前はアヌーシュカだ」

ラディはおずおずと微笑んだ。「アート好きだといいんだけれど。他にカップケーキとか桃とかも考えたのよ、でも、なぜかきょうはワーリ・ナカの大半のお店が閉まっていて」

「午後は閉めるんだ。二時から四時までね」リッシーが言う。「帰りにはたぶんあいてるよ」

「ええっ！」ある思いに駆られて、ラディカは顔をしかめた。

「どうした？」リッシーは訊いた。

ラディは首を振って言った。「別に」

ウェイターがコーヒーを運んできた。リッシーはシュークリームとオープンサンドイッチも注文した。

ラディはアボカドとニンジンとスパイシーマヨネーズのサンドイッチを選んだ。

「そう、ネハは元気？　結婚生活はどう？」ラディは食べながら尋ねた。

「元気だよ。うまくいってる」リッシーはもっと何か言いたそうな顔をしていた。

サンドイッチを齧りながら待っていると、数秒後、リッシーがつづけた。「結婚生活はむずかしいよ、大変な……労力を要する。でも、それはきみも知ってるだろう」

ラディは離婚したことを言われているのだと気づき、正直に答えた。「でも、わたしたちの場合は、結婚生活と呼べるものだったかわからない。ふたりとも若すぎたから。情熱と奔放さはあったけれど、自制が足りなかった。喧嘩《けんか》の最中、お互いの反応を見るためだけに、意地悪なことを言ったり、やったりしたことが多々あった。結婚生活を守るための努力をしなかったの。むしろ、その逆。お互いを苦しめる利口なやり方を考え出すのにエネルギーを使ってた」

ラディは笑って言った。「こんなふうに十年も前の出来事を長々と話したりして。わたしのことなら心配無用。いまやアーディルとはいい友達なの。むしろ、結婚していたころよりいまのほうが、ずっといい関係なくらい」

「ネハとぼくは、友達ではないね。一時はそうだったかもしれない。けど、いまはちがう。それでも、なんとかしようとしてるんだ。カウンセリングはもちろん、なんでもやってみてる。ネハもぼくと同じ気持ちらしい。ふたりともアヌーシュカを愛してるしね」

結局ラディとリッシーは三時間近くカフェで過ごした。ふたりであらゆることを話した――職場での力関係や、ネットフリックスの新しい番組について、最近の休日のこと、大学時代の共通の知り合いについて、ラディの執筆がひどいスランプに陥っていること、リッシーがいつか書きたいと思っている本のこと。リッシーが携帯電話を取り出して、父親そっくりのアヌーシュカの写真をラディに見せたりもした。

七時、リッシーは悪態をついて跳びあがり、慌てて勘定を頼んだ。「すまない。時間のことをすっかり忘れてた。ネハからきょうは七時半までに帰宅してほしいと言われていたんだ。金曜日だからね。両方の祖父母が来て、ディナーを一緒にすることになってる」

ラディは笑顔で言った。「わかった」

リッシーが笑い返した。「結婚生活は大変だと言っただろ?」

次に会ったときはラディのアメリカでの暮らしについて話すと約束して、ふたりは別れた。

「素敵なディナーを楽しみながら」

「素敵なディナーを楽しみながら」ラディは同意した。

何か違和感を覚えたことを思い出したのは、車に乗ってからだった。

車がワーリ・ナカに近づくと、ラディは外の道路から目を離さなかった。リッシーが言っていたとおり、店も露店もすべて開いていて、市場はにぎわっていた。ラディは日没前の光を利用しながら、値下げ交渉をしている、遅い時間の買い物客たちを見て、カダキア家とそのなかのひとりのことを考えた。そしてなぜ嘘をつく必要があるのだろうと思った。

14

リラはラディに水のはいったグラスを渡した。「おすわりください」

ラディはリッシーと会って帰ってきたところだった。居間には、十個以上の段ボール箱が、整然と二列に積み重ねられている。ラディは自分の本を見て、そわそわと興奮した。

リラはその視線を追い、ラディがいますぐ本の荷ほどきをしたがっているのだと推測した。「ディディ、あとにしてください」

「ところで」リラはラディの注意を引いたことを確信すると、言った。「バワニ・ラルが市場で新しい仕事を探していることがわかりました」

リラはアパートメントのロビーでうろうろして午後を過ごした。そして他のメイドたちとおしゃべりをした。それぞれ用事があるはずなのに、数分長居することを選び、噂話に花を咲かせつつ、リラが気をきかせて差し出した檳榔子《びんろうじ》のパーン（キンマの葉に檳榔子やスパイスなどを包んだ嗜好品。かつては王族のものだったが、いまは嚙み煙草や食後の口なおしとして使われている）を楽しんだりした。そういう会話のなかからリラは、バワニがカダキア家に根深い不満を抱いていることを知った。娘の結婚式のために十五万ルピーほどなら貸してくれと頼んだのだが、ミスター・カダキアは断わり、二万五千ルピーほどなら貸すと返事をして、そのことにバワニが激怒したという。

「十年近く仕えてきた報いがこれなのか。最も助けを必要としているときに、その相手を見捨てるなんて！　うちの娘の結婚式は、自分の娘の結婚式ほど重要ではないとでも？　二万五千ルピーごときでどうしろっていうんだ。残りの金をどう調達すればいい？　銀行でも襲うか。人をこんなふうに扱ってはいかんということを、あの薄情な糞野郎に見せつけてやる！」そうだれかに言っていたのを聞かれているという。

「それはいつ？」

「ミスター・カダキアが亡くなる一週間前です」リラが答えた。

「それでいまバワニは新しい仕事を探してるの？」

「ええ。聞くかぎり、かなり必死のようですね」

「どうしてそこまで必死に？」

「ある運転手に、当然ながら内密にこう言ったそうです。まともな家族との仕事なら、給料が減ってもかまわない。おわかりのとおり、そんなの戯言《たわごと》です。いくらまともな家族でも、進んで給料減を受け入れる者はいません。よほど必死でないかぎり」

「なるほど」資金繰りの苦しいミスター・カダキアがバワニの話を断わらなくてはならないわけも理解できたが、ミスター・カダキアのそんな事情を微塵《みじん》も知らないバワニが怒る理由もわかった。困っているときに、裏切られたと感じたにちがいない。問題は、どのくらいバワニが怒っていたかだ。

「ありがとう、リラ。よくやってくれたわ。ポダール家のタリカはどうだった？　何かわかった？」

リラは首を振った。「午後はずっとおりてきませんでした。あす改めてやってみます」ラディがうなずき、立ちあがろうとしたとき、リラが付け加えた。「ディディ、もうひとつあるんです。カダキア家で働いてる若い娘《こ》のことはご存じですか」

「ええ、カマルね」

「泣きじゃくっているのを見たんです。四階と五階のあいだの踊り場に近い階段にすわってました。あたしがあがってくるのを見て、ぴたりと泣きやんで。訊いてもいないのに〝おばあちゃんが亡くなったんです〟と言いました。そして、あたしの返事を待たず、勢いよく立ちあがって、涙を拭《ぬぐ》い、六階への階段を駆けあがっていきました」

「まあ……あなたはどう思――」

「いいえ……」リラはラディの考えを読み、質問の途中で答えた。「真実を語っていたとは思いません」

ふたりともだまりこんだ。

そのうちに、ラディが尋ねた。「どうして階段をのぼってたの？　エレベーターは動いてなかった？」

リラは恥ずかしそうに笑った。「いい運動《エクササイズ》になるんですよ、ディディ。独身女性は体形に気をつけなくてはいけないですからね」

ラディは声を出して笑った。「ええ、そうね」

その夜、バワニはキッチンでぶらぶらしていた。いつもなら、一家に夕食を供したあと、毎夜毎夜、他の使用人や運転手たちとティーン・パティ（三枚のカードで遊ぶ、ポーカーに似たカードゲーム）というカードゲームをするために、急いでガレージへ行く。自分のぶんの夕食は、プラスチックのランチボックスに詰めて持ち帰り、ずっとあとでひとりになったときに、お気に入りのトディ（ウイスキーなどに湯・レモンなどを加えた飲み物）と一緒に食べている。皿を洗って、キッチンカウンターをきれいにし、何もかもをあるべきところにもどすのは、すべてカマルの仕事だ。でも今晩は、キッチンの床に胡坐《あぐら》をかいて、カマルと一緒に夕食をとった。

「きょうはおれが片づけようか。疲れてるように見えるから。早く休んだらどうだ？」

カマルはけげんな目でバワニを見た。ここに勤めて五年になるが、仕事を代わってくれるなんて言われたのははじめてだ。何かおかしい。でも、尋ねることにも、うんざりだった。バワニはどうせ嘘しか言わないだろう。カマルは肩をすくめて、使用人部屋に引っこんだ。

バワニは居間から聞こえてくる音に耳を澄ましながら、皿洗いをはじめた。テレビが消され、家族がひとりひとり自分の部屋へ休みにもどってゆくのを待った。明かりがすべて消え、他に人がいないことがたしかになると、バワニは忍び足でキッチンから出た。カマルは水が流れる音や食器があたって鳴る音にずっと耳を傾けつづけ、その音がやむとすぐ、使用人部屋から出てきた。急いでキッチンの入口まで行って、バワニが何をしようとしているのかのぞきこんだ。カマルはとまどいつつ、若い顔を不安げにしかめた。

ラディは自分のノートパソコンをにらんだ。夜の十一時ごろ、ベッドにすわって、執筆を試みる。夜このあとはもうさがっていいとリラに告げ、プラティーク・クハードゥの最新のシングルを繰り返し聴きながら新しい本棚に本を並べるという幸せな数時間を過ごしていた。三十四箱、全部で九百五十冊ほどある。乾いた布巾で一冊ずつやさしく拭い、ジャンルごとに棚に並べていく。後ろにさがって見てみると、集めたミステリの冊数が多くて驚いた。昔から好きなジャンルだったが、こうして改めて全体を見ると、謎を解くのが好きなのだろうかと思う。だから、キルティおじさんの身に起こったことにこんなに興味をそそられるのだろうか。

本との付き合いには癒《いや》し効果があったらしく、ここ数日で一番気分が軽くなり、書いてみようと決めた。そうして一時間が経ったが、いまのところ、ページ番号とタイトル――〝ニューヨークのインド人ライター〟――しか書けていない。アメリカを発つ前に、出版エージェントのジョージが提案してくれたタイトルだ。大都市に住む作家という経験を、外国人としての視点から描いたらどうかと言ってくれた。ニューヨークが執筆にどんな影響を与えたのか。外国人であることで、創作の声《ボイス》や感性、書く題材は変わったのか。平均的なアメリカ人のインドに対するイメージに沿うべく、故郷であるインドに無意識下でエキゾチックな響きを与えたのだろうか。出身地がちがうというだけで、ラディの書くものが形はどうあれ、他の作家とちがっているのかどうか。

ジョージは、また小説に挑む前に、いくつか個人的なエッセイや物語を書いたらどうかと勧めてくれた。いいアイデアだった。インド人であること、ニューヨーカーであることが、自分にとってどれほど重要な要素であるか、そのアイデンティティの両方が、自分の執筆だけではなく、世界とのかかわり方においてどれほど興味深い作用を互いに及ぼし合っているか、ラディには語るべきことが山ほどあった。でも、書けなかった。どうやって三作もベストセラーを書けたのだろう。

ラディカはため息をついて、ファイルを閉じた。あきらめるのが次第にたやすくなってきている。昔は、すべきことを先延ばしにしている自分を責めたものだが、いまはちがう。落とせない差し迫った締切がないし、もっと重要なことに、完成した原稿を見せる相手、マッキンゼーがいない。マッキンゼーはいかなるときも正直だっただけではなく、ラディの良心だった。書けないと、マッキンゼーに対して罪悪感を覚えていた。いまはその後ろめたさがない。とにかく、行動を起こさせるような、恐ろしく意欲を高めるようなものがなかった。

パソコン上でワードを閉じ、メールをチェックした。ジョージからEメールが一通来ていた。

ラディ！　きみがどこぞの溝で倒れていなくて、よかった。もっと言えば、糞金持ちのダイヤモンド商人と結婚してなくてほんとうによかった。きみから連絡が来て、どんなにうれしかったことか！　友達がつらい思いをしていることには、お悔みを言うよ。でも、音沙汰がなくて、ものすごく心配したんだ。二度とこんなことはしないでくれ。けっして。いいね？

ところでこの状況、ほんのちょっとわくわくすると言ったら不謹慎だろうか。つまり、ある国から別の国へ移って、殺人ミステリのどまんなかに降り立つなんて、どこにでもある話じゃないじゃないか。いや、悪趣味なのはわかってるから、このへんでやめておくよ。しかし、まじめな話、なぜ警察に行かないんだ？　あと、だれに犯人の可能性があるのか、少しでも見当はつくんだろうか。

xoxoxo。

たくさんのキスとハグを

ジョージ

追伸　かわいそうな死体のことは、ほんとうに気の毒に思う。

追追伸　結局のところ、インドはそう悪いアイデアではなかったのかもしれないね。

追追追伸（こんな言い方あるかな）きみらしさがもどってきた！

ラディはにっと笑った。ジョージはこういうふうに芝居がかったことのできる人だ。ジョージはラディが帰国することに猛反対していた。

「まともな人間ならニューヨークを離れることなんてしないだろう？　かく言うこのぼくが言ってるんだ。ロンドンっ子のぼくがね！　祖国はぼくを反逆罪に問うだろうが、アーティストにとってここ以上の場所はない！　また眠れていないのかい。だれかに睡眠薬を処方してもらったほうがいいんじゃないかな。そうじゃないか？　ぼくに心あたりがある。えっ？　ちがうちがう。れっきとした医者だよ。きみはぼくのことをそんなに低く見てるのか？　とにかく、きみはこの件についてまともに考えたことがあるのかな。きみのキャリアについては？　すばらしい眺望の、豪勢なアッパー・イーストサイドに建つアパートメントについては？　自分自身で築いたこちらでの生活については？　きみはインドへ移り、残りの人生をいろんな人の結婚式に出ることで過ごすことになって、ぼくらへは二度と連絡も寄こさないんだ！　ここでの執筆がむずかしいなら、あのごたごたした街で書くことがどんなに大変か、想像してみてくれ！」

ジョージはおだて、懇願し、最も厳しい予測を立ててこわがらせもして、ラディを何週間もしつこく悩ませたのち、最終的にラディの考えに折れた。

ラディは返事をタイプしはじめた。

ジョージったらひどいわ！　あなたに会えなくて、もうさびしいなんて信じられない！　逃げてしまって、改めてごめんなさい。でも、こっちに来たとたん、恐ろしい状況のまっただなかにほうりこまれて。警察に相談することはわたしたちも考えたのよ。でも、なんて言えばいいの？　自殺のはずがない、なぜならこんな少量の水で大量の睡眠薬を服《の》めたはずがないから、って？　正直なところ、それではとても犯罪行為の証拠とは言えない。わたしはアガサ・クリスティーをたくさん読んでいるから、警察が動機や機会、容疑者なんかを求めることは知ってる。いまのところ、そういうものがわたしたちにはいっさいないの。ただ山ほどの質問があるだけ。尋ねれば尋ねるほど、疑問がどんどん湧いてくる。たとえば、キルティおじさんの食べ物か飲み物に鎮静剤を混入させただれかは、おじさんが意識を失っているあいだに、書斎にはいって、おじさんの頭にビニール袋をかぶせて首のところでとめなくてはならなかったはず。そもそも窒息を引き起こすのはビニール袋なのだから。もしわたしたちの考えどおり、これが自殺でなかったなら、ビニール袋をかぶせたのは、殺人犯（なんて邪悪で醜い単語なの！）だったにちがいない。これはつまり、その人物が簡単に家に出入りでき、しかもおじさんが鎮静剤を服んで意識を失う正確な時間をわかっていなければならないってことよ。これで犯人を絞りこめそうに思えるけど、実際はそうじゃない。なぜなら、共同家族《ジョイント・ファミリー》だから。同じ家に他に五人の大人が住み、使用人たちについても、おじさんの日課をなんとなく知っているうえ、各々が鍵の束を持ってた。使用人部屋にいて、他の者たちも鍵を手に同じ。そのうちひとりは、当日その時間に使用人部屋にいて、他の者たちも鍵を手に入れられる立場にいて、簡単にはいってこられた。カダキア家では、家のスペアキー一式を玄関ドアのそばにぶらさげてあるの。だから、使用人はもちろん、ドービー（アイロンがけをする人）や牛乳配達員など、戸口に定期的に現われる半ダースの人たちの、文字どおりだれもが鍵を勝手に使うことができた。でも、動機がないでしょう？　まったくわからない。

わかっているのは、おじさんが亡くなる数日前に、使用人のひとりと派手な口喧嘩《げんか》をしていたということ。あと、おじさんの息子とも喧嘩をしていたようなの！（そう、おじさんは付き合いやすい人ではなかったわけ）ちなみにそのふたりは、事件当時、同じアパートメントの敷地にいた。それに、おじさんが最期の数時間内に話した六人の人物のうち少なくともふたりが、なんらかの嘘をついてる。やっぱりそれについても理由がわからない。

最後に、無視するのは馬鹿げている事実——キルティおじさんには多額の負債があったの。それがどう絡んでくるのかまだわからないけれど、今後調べていくつもり。こんなことをあなたに打ち明けてごめんなさい。でも考えを整理する役に立ったわ。☺

それに、あなたから訊かれたからね。☺
キスとハグ《xoxo》を

ラディカがまだ疑問について考えているとき、携帯電話が振動した。執筆しようとするとき、煩《わずら》わされるのがいやでいつもよくするように、携帯電話は枕の下に隠してあった。リッシーからのメッセージだった。

きみはちっとも変わってなかった。きょうは楽しかったよ。
久々に話せてうれしかった。

ラディカは文字をじっと見た。言いたいことがたくさんある気がした。でも、返信したのは、スマイルマークだけだ。リッシーは結婚生活でじゅうぶんに苦労している。ラディカが避けたいのは、事態をより悪化させることだった。

15

「ラトナ・マンション、一四七B」ラディはつぶやき、住所を確認しようともう一度サンジャナのメッセージを見た。また雨が激しくなってきた。どちらの威力が強いか雨と競い合うかのように風が吹き荒れ、傘を懸命に立てて持つ。ラディは自分を責めた。そうするのは家を出てから百度目のような気がした。「なんてひどい日なのかしら、こんなことしなきゃよかった」

ラディはとりわけにぎわっている商業区域、カルバデヴィの狭い脇道を進んでいた。舗道の両側に露店や商店が並んでいて、どの店もブルーシートで覆われ、それが雨粒の落ちる音を増幅させて雷のように響かせている。姉のジャガーはこういう通りには大きすぎたので、運転手のラムザンに大通りで待っているように伝え、反対されたにもかかわらず、水浸しの通りを勇敢にも徒歩で進んでいる。

責めるべきは自分自身しかいない。リラは警告しようとした。「ディディ、土砂降りどころじゃない雨になりますよ。きょうは外に出ないほうがいいです」

でも、家を出るとき曇ってはいたが、雨は降っていなかったのだ。それに、ブローカーのヴィノッド氏《バーイー》に会うことは重要だと感じていた。そのブローカーがキルティの運命に関係していたかどうかはわからないが、キルティの死の根底に金があったことはほぼまちがいない。

ラディは倒壊しかけた三階建ての灰色の建物の前で足を止めた。ラトナ・マンションは高級アパート《マンション》とは名ばかりの建物だったが、ラディが探していた場所だった。建物のなかにはいりながら、警備員かエレベーター係でもいればいいのにと思った。そうすれば、何階まで行けばいいか訊ける。サンジャナからのメッセージには、階数が書いていなかったけれど、ラディとしては電話をしてサンジャナの手を煩《わずら》わせるのは嫌だった。

門のところに、だれもすわっていないスツールがあったが、警備員はどこにも見あたらなかった。そして、エレベーター係どころか――エレベーター自体がなかった。

ラディはあたりを見まわして、壁に小さなボードが掛かっているのを見つけた。オーナーたちの名前とともに、褪《あ》せたえび茶色のペンキで階数とオフィスの番号が書いてある。ヴィノッド・シャーという名前のついたオフィスは見あたらなかったが、三階に〈シャー株&証券〉があって、それが有望そうに思えた。

すぐかたわらの汚れた壁に飛び散った檳榔子《びんろうじ》の汁の滲《し》みにぞっとしながら、不潔な手摺りをさわらないように気をつけて、階段をのぼった。しかしラディは三階で驚いて足を止めた。ピカピカの白いオフィスに大きなガラス戸があり、新しいセラミックのネームプレートが、ラディが正しい場所に来たことを告げていた。会社名の下に、それより小さな文字でヴィノッド・シャーの名前が記されていたのだ。その下には来客に向けて、履物を脱ぐよう促《うなが》す表示があった。

階段とはちがって、オフィスの床はきれいに掃除されているように見えたので、ラディは白いスニーカーを脱いで、水滴の滴るバーバリーの傘をプラスチックの傘立てに差し、中に足を踏み入れた。真鍮のベルに付けられた色とりどりの木製のオウムがチリンチリンと音を鳴らし、来客を告げる。受付の雑用係が頭をあげて、驚いた顔をした。来客に慣れていないのか、それとも女性の客に慣れていないのだろうか、とラディは男性ばかりの小さなオフィスを見まわしながら考えた。

「ヴィノッドさん《バーイー》は？」ラディは、目あての男がいるといいのだが、と思いながら尋ねた。

事前にアポイントメントはとっていない。この前の電話での会話から判断すると、ヴィノッドにはお茶を飲みながらちょっとしたおしゃべりを楽しむためにラディを招じ入れてくれる気はなさそうだった。

「お名前をうかがっても？」受付の男がヒンディー語で尋ねた。

ラディはノートとペンを取り出して、そこに自分の名前を走り書きした。括弧内に〝ミスター・キルティ・カダキアの件〟と添える。

受付係は、四角いオフィスの向こう側の端にある、ドアの閉まった個室へ向かった。待っているあいだ、ラディはオフィスを見まわした。

従業員は八人、だれもが目の前のコンピューターに忙《せわ》しなく目を釘付けにしている。電話をしている者たちもいて、揃《そろ》いの小さなノートに走り書きをして、お茶を飲みながら、すばらしいマルチタスクの腕を披露している。ほぼ全員が机の上に空《から》のカップを複数置いている。ひとりは信じられないほど赤いケチャップの溜まった小さな皿から、チーズサンドイッチのようなものを食べ、別のひとりは大きな丸いタッパーウェアいっぱいに詰まった手作りのポップコーンを頬張っている。ふたりとも、自分の手に持った食べ物には微塵《みじん》も注意を払っていない。唯一顔をあげるのは、ふたりの頭上の壁に掛かっている二台の大きなテレビ画面を見るときだけだ。ふたつとも音はミュートされ、一台はＥＴ ＮＯＷ（インドのビジネス・金融ニュースチャンネル）に、もう一台はＣＮＢＣにチャンネルが合わされていて、画面の下のほうにトレードマークの株価のテロップが絶え間なく流れている。

個室のドアが開いて、三十代前半の若者が出てきた。受付の男を従え、決然と歩いてくる。

「奥さん」若者はラディのもとに着く前に挨拶した。「いま取引時間でして。父はだれとも会えません。どういう用事なのか、教えていただけますか。ぼくから父に伝えましょう」

「ミスター・キルティ・カダキアについてお話をしたかったんです。今週はじめに、亡くなりました」

「ええ、でもなぜ父に？　父はすでに息子さんに話をしましたよ。それに、関連書類などもすべて渡しました。警察もここに来て。父と話をしていました」

ラディはこれを予想していた。ヴィノッドと会うのはむずかしいと思っていたから、準備してきたのだ。「ほんの少し協力していただければ、お父さまに多額の投資をお願いするつもりなんです」

若者は明らかにそのことばを信じておらず、苛立った様子を見せた。「奥さん、実際ここではそういうビジネスのやり方をしないんです。お電話をくだされば、都合のいい日時を設定いたします」若者はドアのほうへ移動した。「では、よろしければ、いまは取引時間なので――」

「四十ラーク（一ラークは十万ルピー）」ラディははっきりと告げた。「ここに小切手帳があります。もしあなたのお父さんがわたしに話をし、質問に全部答えてくだされば の話です。わたしの提案を撥《は》ねつける前に、少なくともお父さまに確認する必要がありますよね」

その金額に、若者は思わず足を止めた。目を細めて、いぶかしげにまたラディを見た。

「もう一度、フルネームを教えてもらえますか」

「ラディカ・ザヴェリ。ザヴェリ宝石商のことは聞いたことがあるのでは？ グーグルで検索してみて」

「一分お待ちを」それから、明らかにラディカが本物かもしれないと恐れたらしく、受付の男に指示した。「とにかく、マダムに椅子をお勧めして！ 飲み物をお出しするんだ」指示を出したあと、また父の個室へ急いでもどった。

受付係がチャイとファンタを勧めたが、ラディがことわったそのとき、若者がもどってきた。さっきよりほんの少しあたたかい物腰で。

「こちらへどうぞ」

若者は先に立って廊下を進み、広々としたオフィスにはいっていった。どこもかしこも、安いが耐久性のある白いラミネートで仕上げられている。机がふたつあった。そのうちのひとつに、若者の父親がすわっていた。

「ぼくは別件があるので」若者はそう父に告げたのち、ドアを閉めた。

ラディは葬儀の日に、ヴィノッドに会っていた。でも、近くで見て、両目の下のたるんだ襞《ひだ》や、首まわりの肉の輪に驚いた。ヴィノッドは不思議そうな目を向けてきたが、どうやらラディの申し出にとまどっているようだった。あらゆる角度から検討し、なぜラディがここに来たのかを推し量ろうとしているのだろう。

ヴィノッドはほんの少し体を起こし、大きな尻《デリエール》をわずかに持ちあげて、礼儀正しく椅子にすわりなおしたのち、自分の向かいにある椅子を示して言った。「どうぞ、おかけください」

ラディは微笑んだ。「会うことに同意してくださって、ありがとうございます」

「あなたはなかなか魅力的な申し出をなさいましたからね、奥さん。それを断わるというのは愚かと言うものでしょう。ところで、どんな用事ですかな」

「キルティ・カダキアの件です。去年、大損をしたのはわかっています。その経緯を教えてもらえませんか」

ヴィノッドはラディを見つめながら、そんなことを知りたがる理由を訊くべきかどうか、考えていた。訊いたとして、ラディはほんとうのことを話すだろうか。以前の電話で、ラディはカダキアの娘の友達だと言っていた。けれどもそれは、ラディがここに来たことの説明にはならない。たいしたことじゃない、とヴィノッドは心を決めた。カダキアが損をした経緯は、国家の秘密でもなんでもない。四十ラークのために、内輪の秘密を漏らしてもかまわないだろう。

「キルティさん《バーイー》はベテラン投資家でした。でも、このビジネスには非常に多くの不確定要素があり、経験だけでつねに乗りきれるわけではありません。天災、政治的な要因、経済危機、映画スターの死など、コントロールはおろか、予測さえできないミクロおよびマクロのさまざまな影響力が働く」

「おじさんに起こったこととは、買った株の時期が悪かったっていうこと？」

「まあ……イエスでもあり、ノーでもありますね。キルティさん《バーイー》は大胆な行動をとるのが好きでした。ギャンブラー気質《かたぎ》の人で、ティーンエージャーのようにリスクを求めた。賭けに出ることを恐れなかったんです。実際、スキルや知識より、直感に従って動く生来の性向のおかげで、ここまでずっと成功してきた……うまくいかなくなる日までは」

おざなりにドアをノックする音がして、ヴィノッドは話を中断した。受付の雑用係が、湯気の立つジンジャーティーのはいったカップふたつと、半月形に並べられたビスケットの盛り合わせを持ってはいってきた。

ヴィノッドは、雑用係が出ていくのを待って、また話しはじめた。「これで役に立っているんですか。それとももっとくわしく知りたい？　キルティの息子に大半は話したんですよ。だからほら、彼に訊いてもよかったのに」

「詳細がわかれば最高です」ラディはバッグを引っ掻きまわして、ペンを一本と、金色の水玉模様のはいったクリーム色の手帳を取り出した。「それに、あなたの口から聞きたいんです」

ヴィノッドは不思議そうにラディを見たが、何も言わなかった。机の抽斗《ひきだし》から大きな台帳を出して開く。それから、中指を舐《な》め、台帳をめくりはじめた。

「うちの事務所では、何もかも電子化されているんですが、個人的にはコンピューターがあまり好きじゃなくて。わたし自身のクライアントについては、わたしの息子が、あ、さっき会ったやつですよ、コンピューターに入力する前に、自分の台帳に取引を記載するんです」

ヴィノッドはあるページで手を止め、音を立ててお茶を飲みながら目を通した。「ほら……去年の一月、キルティさんから二百二十ルピーの〈ブルー・グルー〉という技術会社の株を、二万株買《バーイー》うよう頼まれました。ある人物から、少なくとも三百ルピーに値上がりするという情報を得たと言って。二月、株価は二百七十に達した。ところがキルティさんは、わたしのアドバイスどおりに一部を売却してコストを賄《まかな》うのではなく、二万株を買《バーイー》い足した。〝ちょっと調べたんだよ、ヴィノッド。この会社は堅調だ、健全な数字を保ってる〟そう言ってね」

ヴィノッドはお茶を飲みながら、ラディが日記帳に記入し終えるまで待って、先をつづけた。

「しかし、同月のその後、株価が二十五パーセントほど下落し、二百ルピーになった。それでもキルティさん《バーイー》は、その株に固執しようとした。プロモーターのアジャイ・ミシュラがバンガロールの先端技術集積地域《テクノパーク》の株など、資産を資金調達のために売却していたことがわかりましてね。ミシュラはその売却で巨額の利益を得たという話でした。キルティさ《バー》ん《イー》は損失を出すまいと、この期に及んで五千株を買い足した。

この特別な取引のために、キルティさん《バーイー》が市場から金を借りていたなんて、当時は知りませんでした。勘づいていたら、きっと止めたでしょうね。少なくとも、いまはそう思います」

ヴィノッドは窓の外をながめ、どこか遠くを見ていた。サンジャナによると三十五年以上の付き合いがある男のことを考えているのだろうか、とラディカは思った。

ヴィノッドはまた紅茶を飲んだ。「その後、動きはまったくありませんでしたが、二週間後、株価は百七十まで下がった」

ラディは片方の眉を吊りあげ、手帳から顔をあげた。

　ヴィノッドがその表情を読んで言った。「そう。ただごとじゃなかったんです。ミシュラがある政治家から多額の借金をし、その返済を迫られている、と市場に噂が広まって、のちにそれが事実だとわかりましてね。他の資産を売却しても負債をカバーすることができず、ミシュラが〈ブルー・グルー〉の自分のぶんの株を売りはじめ、それがまた株価の急落につながった」

「そのときはキルティおじさんも売ったんですか」

「ええ、でも二百のときに買った五千株だけをね。すべて売却したら、八十ラークほどの損が出る。一夜でできる決断じゃなかった。そして翌朝、彼のためにその決断がくだされたんです。ニュース速報が出ましてね、ミシュラが自殺し、居間の扇風機《ファン》で首を吊っているのが発見された、と記者は言ってました。そういうことです。例の会社の株は百十ルピーまで暴落した。そのあとのことは想像できるでしょう」

　ラディは手帳を閉じ、思案しながら椅子に背を預けた。亡くなった男に黙禱《もくとう》を捧げるかのように、ふたりとも無言だった。

「この取引が彼の破滅を招いた」ヴィノッドは悲しそうにかぶりを振った。「さっきもいったとおり、われわれのビジネスでは、経験はパズルの一部にすぎず、その他は運ですから」

「どうしてそんな借金を背負うことになってしまったんですか」

ヴィノッドは眉をひそめた。「さあ、彼の金銭事情すべてに通じていたわけじゃありませんし。わたしはただ、株式投資の手伝いをしているだけですから。ただ、わたしの理解しているところによれば、この取引で金を儲けられれば、借金を返済して、なおかつかなりの利益をあげることができると見こんで、非常に高い金利で市場から金を借りていたようです。この取引が失敗したとき、元の貸し手に利子を払うために、他の貸し手から金を借りなくてはなりませんでした。それで彼は悪循環に陥ったんです」

「でも、そのぶんを賄える他の資産を持っていたはずでは?」ラディは言った。

「ああ、わたしの知るかぎりで、ナリマン・ポイントの事務所とテンプルヒルの家がありましたね。でも、まだ不動産は売りたくないと思っていたんじゃないかな。ほら、彼は他にもある製薬会社に多額の投資をしていて、遅かれ早かれ利益が出ると確信していましたから。そうなれば、債務者に完済できる。もちろんまだ損失を被っていたでしょうが、借金を背負うことにはならなかった。実際、彼は亡くなる当日まで、製薬会社からの利益を期待していましたからね」

「最後の電話で、そのことを話してたんですね?」

「ある意味では、そうですね」顔をしかめる。「政府は、製薬業界で広く使用されているいくつかの化学薬品の輸入関税を引き下げました。その日、そのニュースのおかげで、製薬部門全体の株価が上がった。それで彼は電話をかけてきたんですよ」

「どんな様子でした？」

ヴィノッドは最後の電話での会話を思い出しているのか、首を傾げた。「ええ、落ち着いてましたよ。落ちこんだ様子もなかったですね、そういうご質問でしたら。いいニュースのおかげか、むしろ少し陽気だったくらいです。まさかその直後にみずから命を絶とうとするようには思えなかった――」

ヴィノッドがテレビ画面の株価のテロップに突然注意を向けた。

「奥さん、すみません、ちょっとお待ちいただけますか。クライアントに一本急ぎの電話を入れなくてはならないので」

ラディは立ちあがり、片手を伸ばした。「かまいませんよ。ここに来た目的は果たしましたから。ありがとうございました。息子さんから電話をいただけますか。わたしのビジネス・マネージャーと連絡をとってもらうようにします。ご提案くださった投資についてはふたりで話してもらいましょう」

ヴィノッドは腰を浮かすだけではなく、今度は完全に立ちあがり、女性の手を握ることには慣れていないのだろう、ぎくしゃくとラディの手をとった。「一緒に仕事ができることを楽しみにしていますよ、奥さん」ラディに名刺を渡して言った。「わたしの直通電話です。いつでもご連絡ください」

「もしもし、話せる？」サンジャナはラディが電話に出ると言った。

「ええ、何があったの？」

ラディは泡だらけの温水の容器に左足を浸し、右足を美容師のほうへ伸ばした。その夜、姉のマダヴィの家で夕食をとることになっており、それに間に合うようにサロンでペディキュアを塗ってもらっている。

「婦人科医のところに毎月の検診に行ったら、同じ建物内にドクター・パリクの診療所があることに気づいてね。先生はうちのホームドクターなの。実際には、〝だった〟と言うべきかしら。いまはただ父の主治医なんだけど。わたしの知るかぎり、この三十五年ずっとそうだった。ともあれ、どんな種類であれ、父さんが鎮静剤を飲んでいたのかを訊いてみたの。あるいは、眠れないと訴えていたかどうか。または、ある種の鬱《うつ》状態に悩まされていたかどうか。そしたら先生は、どれもなかったと答えた。念のためにカルテを見てくれたんだけど、父さんが最後に診療所を訪れたのは、六カ月ほど前、ウイルスにやられたときだった」

「ということは、鎮静薬はおじさんのものではなく――」ラディは美容師に足をこすられ、くすぐったさを感じながら、それでもなんとかじっとしていようとして顔を歪めた。「つまり、ドクター・パリクを通して手に入れたものではなかった。インドで鎮静剤を入手するのはどのくらい大変なの？」

「そうね、一般の人にはむずかしいかもしれないけど、医師か、あるいは医療従事者、薬局なんかにコネがあれば、それほどむずかしいことではないわ」

「ふうむ……それじゃ絞りこめないわね、サンジュ」

「そうね」

「お願いがあるんだけど、おじさんの体内から発見された鎮痛剤の名前をメッセージで送ってもらえない？」

「いいわよ……ヴィノッド氏《バーイー》と会ったの？」

「ええ」ラディは、ブローカーと会ったいきさつについてサンジャナにすばやく説明した。「帰りの途中で改めて彼に電話をして、おじさんに最初にその会社の情報を教えたのはだれかを知っているのか、訊いてみたの。そしたら、名前は思い出せないけど、近所のだれか、同じアパートメントの人だと言ってた」

「まあ！　だれなのかしら」

ラディには考えがあったが、その仮説をたしかめる必要があった。いますぐ友に何を言っても意味がない。ラディがあしたの祈禱会の時刻をたしかめたのち、ふたりは電話を切った。

髪を洗ったばかりの中年の女が、親しげにうなずきながらラディの隣りの席にすわった。ラディは、ヘアスタイリストがゴム手袋をはめ、ヘアプロテインオイルと、ディープコンディショナーを混ぜてどろりとした白いクリームを作るのを見ていた。ゴム手袋を見たことで、別の記憶がよみがえり、別の考えが浮かんだ。自分にはあらゆる考えがあるのに、何が起こったのか、なぜそうなったのかをほんとうに説明することはできない、と不意に気づいた。金色の水玉模様の手帳をバッグから取り出して、急いでメモを書きとめる。

「髪のケアはいかがですか」

ラディが顔をあげると、スタイリストのひとりが、鏡に映ったラディに笑いかけていた。

ラディは自分の姿を見た。しげしげと。マッキンゼーと別れてから、自分の容姿にまったく注意を払っていなかった。サロンを訪れ、身だしなみに気をつけてはいたが、久しく自分の外見を整えることを楽しんでいなかった。伝統的な美人顔ではないが――母親譲りの尖った鼻と、父親譲りの広い額《ひたい》の持ち主だった――魅力的な顔だった。アイシャドーで縁どられた大きな目も加わって、人の目を引く顔だ。いま、ようやく、何カ月かぶりに、ラディは自分の見た目に注意を払った。

16

「どうしてこんなに何も変わらないんだろう?」ラディは青々とした広大な公園を見まわして驚嘆した。

アラビア海沿いにゆったりとひろがり、揺れるヤシの木に囲まれて、よく行く人たちがCGPと呼ぶ公園——コットン《Cotton》・グリーン《Green》・パーク《Park》は、テンプルヒルの住人たちが新鮮な空気とニュースを毎日仕入れにおりていくところだ。帰国して以来、ラディはCGPを散歩したくてたまらなかった。子供のころから痩せていたラディは、ジムのなかを見たこともなければ、エアロビクスのクラスをとったこともなく、昔から健康のために歩いていた。

かつては、公園を一周すれば、かならずだれかしら知り合いに会った。おば、おじ、友人、家族の友人、クラスメイト、隣人、教師——手を振ったり、足を止めて少し話そうと求めてきたりするので、こちらもウォークマンで流していた音楽を止めて、イヤホンをはずし、挨拶をしなければならなかった。いまでも注意して見れば、見知った顔が現われ、

「わあ！　何年ぶり？　変わらないわね！　こっちで何してるの？」と、十年間の不在を埋めようと質問攻めにされることはわかっていた。だからラディは、ウィンドブレーカーのフードをかぶり、人から目をそらして、塩辛い海辺の空気を大きく吸いこむことに集中しつつ、盗み見た表情の意味を読みとるよう恋人に促《うなが》すシュバー・ムドガルの素朴な歌声に耳を傾けていた。

まわりでは、クルタとサルワール（サルワールは、ゆったりしたボトムスのこと）にスニーカー姿の中年の女たちが、一糸乱れず足並みを揃《そろ》えて三列か四列になってきびきびと歩きながら、タマネギとニンニク抜きでグヤーシュというハンガリー風スープを再現する方法だとか、娘の最近の結婚式に友達はどれだけの費用をかけたかとかいう話をしている。ひとり用のベンチがいくつも置かれた一角では、退職した少人数のおじさん連中が、与党の明らかな欠点や、株式市場の予測のつかない変動について、百万回目の議論をしている。家から出て、妻から離れることができるだけで幸せそうだが、その妻たちも、ほんの二時間ほどでも、家とテレビを自分だけのものにできて幸せなのだ。

公園の右手奥にあるずんぐりした白い建物には、ジムのはいったフロアがあり、一階には大きくて風通しがよく、日の差しこむヨガスタジオがある。反対側は海のすぐそばで、ゆるやかな傾斜の坂道があり、そこから石の敷き詰められた道が延びてベンチが並び、その一部は低木に覆われて隠れている。日が落ちると、恋人たちがここにやってきて、控えめにいちゃつくものの、それ以上のことはしない。結びつきが密なテンプルヒルでは、自分の父親の知り合いの知り合いに見られている可能性がつねにあるからだ。

ラディが坂道をのぼっていくと、ひとりでベンチにすわり、打ち沈んだ様子で海をながめている女性に目が引き寄せられた。その女性に見覚えがある気がした。さらに近づいていくと、ランジャンの妻のヘタルだとわかった。まだ歩きつづけたい気持ちもあった——懐かしい公園の景色や音が楽しすぎて、足を止めたくなかった。けれども、自分のなかの頑固な部分、つまり結び目がほどけて真実が明らかになるまで辛抱強くこだわりつづけられる気質《きしつ》が、ヘタルが無防備にひとりになった瞬間をとらえる貴重な機会を無駄にするなと訴えていた。

ベンチに近づいていって、話しかけようとしたそのとき、ヘタルがイヤホンを使って電話で話していることに気づいた。

「ええ」ヘタルは言った。「計画どおりに進めたい」

ヘタルが話すのをやめ、相手のことばを聞いた。「いいえ、タイミングは完璧」そして別れの挨拶をしたあと、イヤホンをはずした。

ラディは咳払いをした。「あ……ヘタル？」

ヘタルは驚いて顔をあげた。緊張している。それを振り払うように明らかに努力をしてラディに向かって微笑んだが、ラディはヘタルの表情の変化を驚きの思いで見ていた。物思いに沈む、陰鬱《いんうつ》とも言える表情は消え、いつものヘタルらしい生き生きとした顔に瞬時に変わる。

「まあ、髪を切ったのね、素敵！　そんなに短くする勇気はないわ」ヘタルは大きな声で言いながら、ベンチの端へ移動し、ラディがすわるスペースをあけた。

「歩かなくちゃいけないの」ヘタルはつづけた。「一日最低でも一時間は歩きなさいって食事療法士に言われててね。それも早歩きで。最初は効き目があって、なんとか体重も減らせた。でも、ここに二週間ほど停滞期で。やる気を失いかけてるの」

ラディは同情するように微笑んだ。「別なことを試してみたら？　たとえば、ヨガのクラスにかようとか。同じような運動ばかりだと、体がそれに慣れるっていうし」

ヘタルは渋い顔をした。「あなたのように痩せてる人が憎らしい。これまで生きてきて一日も、自分の体重を気にしたことはないんでしょうね……でも、あなたの言いぶんは正しいわ、ヨガのクラスに出るべきなのよね……だけど、いずれにしても、大変なことだわ。ところで、バワニの件は聞いた？」

ラディが首を振ると、ヘタルは説明した。「出ていきたいんですって。明日までに給料を清算してほしいとお義母さんに言ったみたい。バワニが出ていったら、料理の仕事の大部分がソーナルとあたしにまわってくる。そうなったら、運動する時間なんてどこにあるわけ？」

ラディはその知らせを聞いて驚いた。「何があったの？　なぜそんなに急に？」

「あたしの夫のせいよ！　けさバワニとひどい口喧嘩《げんか》をしたの。盗みを働いた、と夫はバワニを責めた。証拠もないのに。お義父さんが亡くなった日に、お義父さんから二ラークとったんじゃないかと訊いたのよ。まじめな話、あの人には思慮が足りない」

「それでバワニはなんて言ったの？」

「そりゃもう、激怒してた！　あたしたちは使用人の扱いかたを知らないって。知るかぎり最悪の雇用主だ。自分の子供に作るつもりで、あたしたちの子供にも料理を作ってるのに、って。それなのに、全然評価してくれない、だとかなんとか」

ヘタルは顔をしかめた。「ほんとうのところはどうかって？　あたしはバワニを責める気にはなれない。彼のことはあまり好きじゃないけど、バワニがそう感じるわけもわかるもの。あたしの実家の両親の、使用人に対する態度を見るといいわ。家族同然に接してる。使用人たちは自由にキッチンを使える。自分のために料理をして、自分の好きなものを食べてる。ここでは、使用人たちが何を食べるかを、お義母さんが決めてる。どれくらい食べるかも。使用人は、家族が食べるのとはちがう米を食べるの。あたしたちが食べてるバスマティ米とはちがう。使用人は、お茶さえ一日二杯までと決められてる。あたしたちがみんな仕事に出ているあいだに、もっと飲んでるとは思うけど。だれもチェックする人がいないから。だけど、そういうルールがあるの」

ラディはヘタルの話に聞き入り、ずっとだまっていた。「なぜランジャンは、バワニがおじさんのお金をとったと思ったの？」

「それがね、亡くなった日、お義父さんがバワニを銀行に行かせたらしくて。ランジャンがきのう書類を調べていたら、お義父さんの口座から二ラークの引き出しを頼んでいたようなの。でもいま、お義父さんがそのお金をどうしたのか、だれにもわからない」ヘタルが眉をひそめた。「バワニがお金を持ってもどった数時間後に、お義父さんが亡くなった。そのお金はどこにあるの？　ランジャンが書斎を調べたみたい。バワニのほうも、何も知らないって。じゃあ、お金はどこにあるの？」

ラディカが公園から家にもどると、リラが興奮ぎみにドアをあけた。

「ニュースがあるんです、ディディ」

ラディは玄関で、泥のついたスニーカーを脱いだ。「何があったの？」

「バワニがやめちゃうんですって」

「ええ、ヘタルから聞いたところよ。けさランジャンと大喧嘩してたとか」

リラはラディに冷たい水のはいったグラスを渡した。「そうなんです、ディディ。でも、ニュースというのはそのことじゃありません！」目がきらきらしている。ラディの関心を引いたのを確認して、ことばをつづける。「バワニがここ二、三日荷物を詰めていたことがわかったんです。ご主人が亡くなった日に、自分の村へもどる列車の切符を調べ、きのうそれを手に入れたらしくて」

ラディは目を見開いた。「出ていったのは、ランジャンとの喧嘩とは関係なかったってこと？」

リラはニュースがもたらした反応に満足した様子でうなずいた。

「どうしてわかったの？」

リラは顔を赤くした。「運転手のひとりが……ちょっと……好意を寄せてくれてて……あたしが下におりるたびに話しかけようとするんです。彼が言ってました。バワニとはカード仲間で、列車の切符のことで助けを求められたって」

「すばらしいわ！　なんてしたたかなの」

リラが小声で笑った。「あたしにはどういう意味だかわかりませんが、いい感じのことばですね」

ラディは声をあげて笑い、いままでよりまじめな顔で言った。「あの人……前からずっと不審な感じがしていて、それでこれだもの。バワニがほんとうにキルティおじさんを殺したんだとしたら？　まちがいなくその機会はあった。食べ物に何かを混入したあと、スペアキーを使ってもどってくるのも容易だった。でも、ほんとうにそんなことをするほど怒ってたのかしら」

リラがおごそかにうなずいた。「使用人のひとりから聞いたんですけど、バワニの娘さんの結婚式、費用が準備できなくて中止になったらしくて。バワニの奥さんがものすごく怒って、娘さんたちを連れて実家に帰ってしまったんだとか」

「ほんとに？」

「正直言って、たしかなところはわかりません……人間がどういうものかご存じでしょう？　人はゴシップが大好き。だから、さっきは言わなかったんです」

ラディは少しのあいだだまっていたが、そのうちに考えを整理するかのように頭を振った。「バワニが何かを隠してるって直感でわかる。でも、それは何かしら。早く見つけないと、バワニはいなくなって、答えがわからないままになってしまう。カマルと話をしたら、何か役に立つと思う？　サンジャナに話して、なんとかごまかしてカマルをここに送ってもらい――」

「あたしに任せてください、ディディ。カマルはあたしのほうが話しやすいと思います」

「それはそうね……わかった。幸運を祈るわ」ラディは腕時計を確認した。「もう準備しないと。時間を守るようにと姉に厳しく言われてるの」

リラはにこりとした。「パラクさん《ベン》によろしく伝えてください」

「ええ、伝えるわ」ラディは微笑み返した。

バワニはガレージでひとりすわって、トディを飲んでいた。かたわらにあるプラスチックの弁当箱に夕食がはいっている。たっぷりの生クリームでとろみをつけた、黒レンズ豆のダール、トウモロコシの粉で作ったやわらかいロティ、香辛料のきいたマンゴーのピクルス。でも、バワニは食べ物には興味がなかった。興奮し、緊張していた。大きなリスクを背負ったものの、ようやく事態が思ったように進みそうだった。

毎晩顔を出すカードゲームには、参加しなかった。なぜ行くのか、いつもどるのかという友人からの質問に答えたくなかったからだ。せっかくうまくいきかけているのに、よけいなことを言ったりやったりして、不運を招きたくなかった。いまの望みはただ、自分の村へもどって、中庭にあるアルジュナの木の下で毎日昼まで眠り、妻が中華鍋から直接出してくれる唐辛子のフリッターを食べることだ。

最初は、すべてを失ったと思って絶望した。そのうち、あの面倒な女、ラディカがあれこれ尋ねてまわりはじめたから動揺した。でもそのとき、状況がちがったふうに見えて、別の考えが浮かんだ。自分がしようとしているのはいいことではないとわかっていたが、それもあいつらの自業自得だ。使用人を雑に扱うにもほどがある。なぜきょう、愚かなランジャンは、警備員におれの荷物を探させ、ガレージの捜索をさせたのだろう。あの馬鹿は、何か見つかると本気で思っていたのだろうか。

あいつの親父もラバ並みの頑固者だったが、息子のランジャン・カダキアもそれに劣らない。


ラディは指定された時間きっかりに、姉のマダヴィの家の前に立った。

マダヴィはゆうべ電話してきて、〝おとなしくしてね〟と改めて釘をさした。それはつまり――できるだけ――マダヴィの義母ミセス・バンサルを怒らせないようにしろという意味だった。

問題は、意地の悪いミセス・バンサルのすべてがラディの神経に障ることだった。横柄で、自分は偉いと思いあがり、時代遅れでしばしば理不尽な考えに凝り固まっている人だ。

ミセス・バンサルがマドヴィに対して口やかましくなければ、ラディとてそんなところも我慢しただろう。それがラディには耐えられない点だった。今夜だけはみんなのためにも、ミセス・バンサルが聖人ぶった珠玉の知恵をラディのためだけにとっておいてくれればいいのだが、と思った。

まず滑りだしを順調にするために、いくらミセス・バンサルでも文句のつけようがないちょっとした贈り物、金縁の『バガヴァッド・ギーター』（ヒンドゥー教徒の座右の聖典とされる宗教叙事詩）を持ってきていた。これでだいじょうぶだろうか。ラディは全身をすっかり覆う服を着ている。黒いシルクのジャンプスーツだ。これならミセス・バンサルも、ここはもう西洋の国じゃないってことを妹さんに理解させてあげないとね、などとマダヴィにこぼすことはできないだろう。

ただし、ジャンプスーツは慎ましやかとは言いがたい。ラディの体にぴったり合っていて、曲線美を強調していたし、もともと百七十センチを超える身長がそれ以上にずっと高く見えた。背中に大きな赤いリボンがあり、口紅をその色に合わせていて、ブロンズ色の肌と美しい対比をなしていた。切り立てのボブヘアが顔を完璧に縁どり、長く細い首をきわだたせている。ラディは肌を露出していないのに自分がセクシーに見えることを——それが老いた暴君を怒らせることを——知っていた。こちらの落ち度を見いだせないはずだから、なおさらだ。

「あら！」マダヴィはドアをあけ、大きな声で言った。「その……髪型！　すごく素敵！」

ラディはにっこりと笑い、姉をハグした。「ありがと、ディ。それで、どんな感じ？」

「ニシャントとプラチはコーヒーを飲みに出てる、〝お互いを知る〟ためにね」マダヴィは宙に引用符を描きながら言った。「ふたりがもどってきたら、夕食にしましょう」

マダヴィのあとについて居間へはいっていくと、マダヴィの義母であるロマ・バンサルが、ヴリンダ叔母《フィア》さんとイラ伯母《カキ》さんとともに、背の高いグラスにはいったジャルジーラ（レモン果汁とスパイスから作る、人気のある夏の冷たい飲み物）を楽しんでいた。これは、食欲を刺激することで有名な水ベースのスパイシーな飲み物だ。そこにもうひとり、金色の生糸のサリーに身を包んだ、銀髪の優雅な女性がいた。

ヴリンダは姪を見て喜びに目を輝かせたが、イラは作り笑いの甘い声で呼びかけた。

「いいところに来たわね、ラディカ！　ちょうど、タイミングのいい結婚の持つ多くの利点について話してたところでね。ロマさん《ベン》はあなたが落ち着くつもりなんじゃないかって言ってるの」

「その子、いま来たばかりなのよ、イラ。とりあえずすわらせてあげましょう」ヴリンダがたしなめた。イラには少しも落胆した様子はなかった。

「こんにちは、ロマおばさん」

ラディは他の面々に挨拶する前に、ミセス・バンサルに声をかけた。

「これ、よかったら」ラディはマダヴィの義母に『バガヴァッド・ギーター』を手渡した。

「ありがとうね、ラディカ」ロマはろくに見もしないで、贈り物をしまった。「あたしの隣りにすわって、伯母《カキ》さんの質問に――」

「ラディ、こちらパルルおばさん。ニシャントのお母さんで、お義母さんの親しいお友達よ」マダヴィはそう言いながら、金色のサリーを着た女性に向かって微笑んだ。

ミセス・バンサルはうなずいた。「ええ、そうなの。パルルとは長い付き合いで。ジョードプルで寡婦のための資金集めのイベントで知り合って、同じ骨董品の時計に入札したのよ。自慢はきらいだから、最終的にどっちが落札したかは言わないけど、それ以来何度も一緒にイベントに参加して、大の仲良しになったわけ！」

パルルがラディに礼儀正しく微笑んだとき、パラクが慌ただしく部屋にはいってきて、冷えたジャルジーラ――と、それ以上に冷えた微笑み――を差し出した。ラディがすわると、ミセス・バンサルはふたたびラディに焦点を定めた。「じゃあ、話して。どんな計画を立ててるの？」

「彼女はいま、それを考えてるところなんです、お義母さん」マダヴィが助け舟を出そうとしたが、今度はミセス・バンサルも引きさがらなかった。

「しーっ、この子の話を聞きましょう、マダヴィ」

「大それた計画なんかはないんです、おばさん。ただ、姉と家族のそばに住んで、次の本を書きたかっただけで」

ミセス・バンサルは不快そうに鼻に皺を寄せた。「それはとてもいいことだけど、結婚は？　むずかしいんじゃないかしら、ほら、年齢のことも……他にもいろいろとあるでしょ」離婚のことを言っているのだとわかった。「でも、あたしたちの人脈を使えば、あなたにぴったりの人をきっと探し出せると思う。幸いなことに、あなたはお金に困っていないしね。そうよ、それは強みだわ」

ミセス・バンサルの不躾《ぶしつけ》な物言いに腹が立ったが、姉のためにぐっとこらえ、満面の作り笑顔で答えた。「選択肢があるとわかってよかったです、おばさん。それに、ここにいるみなさんは、わたしの未来を買ってくださっているんですね。少し落ち着いたら、また改めていい男性を見つけてもらいにきます」

こんなラディらしくない同意が返ってくるとは思ってもいなかったミセス・バンサルは、ことばを失っていた。けれども、イラはこの問題を、そのままほうってはおかなかった。

「うちのプラチにははっきり言ってるの。いいお相手を見つけて、落ち着き、子供を作りなさいって。何事にも適した年齢とタイミングがあるわ。いまの人たちは、体外受精《IVF》やら神のみぞ知るなんやらを使って、四十代前半で妊娠しようとする。自然の摂理への曲解だわ」

「そのとおりですわ、伯母さん《カキ》」ラディは目を輝かせて、イラを見た。「アメリカでは、若く見せようとして、自分の脂肪を皺に注入する人もいるってご存じですか。想像できます？　自然の成りゆきに任せてさえいればいいのに」

イラは去年、ボトックス治療と唇をふっくらさせる施術を受けにアメリカに渡ったことがあったため、恥ずかしさで顔を真っ赤にした。幸いだったのは、ドアベルが鳴ったおかげで、ラディに返事をせずにすんだことだ。すぐに、プラチとニシャントがはいってきた。

ニシャントは背が高く、手入れの行き届いた顎ひげをたくわえた男性で、まじめそうな黒っぽい目をしている。非の打ちどころのない服装だ。ラディのいとこであるプラチは、かわいらしい顔をしていて、フォーマルウェアの商売で成功をおさめているが、母親に似て狡猾な性格なので、ラディは近づかないようにしていた。

プラチは一直線に母親のもとに向かったが、ニシャントは女性ばかりのなかでどこにすわればいいか所在なげに立ち尽くしていた。

マダヴィはヴリンダとラディのあいだの席を指さし、ニシャントがそこにすわると紹介をはじめた。「ニシャント、こちらはわたしの妹のラディカ……ラディ、こちらはニシャント。何年もニューヨークにいたのよ。彼の相手をしてくれる？　わたしは夕食の準備があるから」

ラディはニシャントに笑いかけた。

「ニューヨークだって？　世界は狭いな。あっちで何をやってたんですか」ニシャントの話し方にはほんの少しアメリカ訛《なまり》があった。

「ええ、少し物書きを。記事とか著作なんんか。あなたは？」

「ちょっと、ラディ。あんた、そんなもんじゃないでしょ！」ヴリンダはラディのざっくりした自己紹介を聞いて、口を挟まずにいられなかったようだった。「うちのラディは賞をとったこともある作家なのよ」

ラディは照れて顔を赤くした。「叔母《フィ》さん《ア》、やめて。ニシャントはここではお客さまなの。彼が何をしてる人なのかに注目して」

ニシャントが笑顔で言った。「ぼくはただの退屈な建築家ですよ。あなたの仕事ほど興味深いものはそんなにありません。どういう種類の本を書いてるんです？　ぼくも聞いたことがあるような本かな」

「ええと」ラディはしぶしぶ小声で言った。『いま、幸せ？』っていう、結婚とその多くの欠点についていろいろ書いた本があるかな。あと、『空虚な月』とか、もっと最近で言ったら『チョークとチーズ』とか」

「『チョークとチーズ』、聞き覚えがあるな。そんな名前の映画がなかったっけ？」

ラディはうなずいた。「ええ、翻案して映画化されたの」

「観た記憶がある！ 使用人の若い女性の目から、グジャラートの上流階級の家庭を風刺的に描いた作品だったよね？ そうだ！ おもしろかったよ。痛烈で、当を得ていて！」

ラディはうれしくて笑みをたたえた。「ええ、映画の製作者さんたちが、映像化にあたってみごとな仕事をしてくださって」

「ちょっと！」ヴリンダがいらいらした様子で言った。「ほんとにもう、ラディったら！ 注目を集めるのが好きじゃないのは知ってるけど、さすがにそれはないわ」ニシャントに向かって言う。「『チョークとチーズ』はその年、権威あるインド文学賞《JCB》を受賞したの。《ニューヨーク・タイムズ》紙のベストセラーリストに、丸ひと月ランクインしたのは言うまでもなくね」

「ごめんなさいね、ニシャント。叔母はわたしのことを自慢したいだけなの。ねえ、叔母《フ》さん《ィア》」ラディは片方の眉をあげて言った。「ニシャントがここにいる理由を思い出して」

「ああ、そうだわね」ヴリンダは居間の向こう側の、プラチがミセス・バンサルとイラ、パルルに囲まれてすわっているほうへ目をやった。「それでニシャント、あなたは建物を組み立ててるだけ？　それとも人さまの希望も組み立ててるの？」ヴリンダはプラチのほうへ首を傾げ、自分のジョークに笑った。

今度はニシャントが顔を赤くする番だった。

「もう、叔母《フィア》さん。そんなひどい訊き方しないで！」ラディは声を出して笑った。

「わたしくらいの歳になると、ひどいことを言っても許されるようになるのよ」ヴリンダが答えた。そして前より穏やかに訊ねた。「ニシャント、どんな建物を設計してるの？」

「ええ、おもにホテルやリゾート施設です。ぼくの専門は、歴史的遺産の修復で」

「あら、素敵！」ヴリンダが言う。「わたしも歴史ある場所は大好きよ。時代と場所に根差した修復をするんでしょう？　仕事は楽しい？」

「やり甲斐はあります。古くて美しいものをもとに、少しだけ自分自身をつけ足すところに喜びがある。今後何世代にもわたって楽しめるのは、みんなのおかげなんです」

ラディはニシャントの答えを聞いて微笑んだ。思慮深い答えだが、それ以上に、テンプルヒルの応接間での会話としては珍しく、爽《さわ》やかな誠意がある。ラディは思わずニシャントに話しかけた。「ウダイプルに小さな土地を持ってるの。ハヴェーリー（中庭のある邸宅のこと）をね。

百年とかそれくらいの代物よ。離婚調停で取得した土地で」ラディは付け加えると、ニシャントが両眉をあげた。「とにかく、この十年ほど施錠したままなの。あなたの意見を聞かせてもらえるとうれしい」

「ああ、ぜひ見てみたいですね」ニシャントは即座に答えた。

「三人で何を話してるの？」ミセス・バンサルの声が漂ってくるのと同時に、パラクとふたりの使用人が前菜とディップの載った皿とスープを持ってはいってきた。

「こっちへいらっしゃいな、そこの若いあなた。あたしの隣りにすわって。訊きたいことがいくつかあるの」

ラディがニシャントに微笑みかけると、ニシャントはまた顔を赤らめながら、老婦人のそばに行くために立ちあがった。

17

ラディカはヴァスプジャ・スワミ寺院の前で、はいりたいような、はいりたくないような気持ちで立っていた。ヴァスプジャ・スワミ神はジャイナ教における十二番目のティールタンカラで、テンプルヒルに建つもののなかでは最も小さく、ラディに言わせると最も美しい寺院だ。最上級の白大理石造りで、四本の柱には、ヴァスプジャ・スワミ神の解脱《モクシャ》、すなわち再生の循環からの解放を描いた精緻な彫刻が施されていて、ラディの母のお気に入りの寺院だった。幼いころは、母親と一緒にこの寺院へ行くことが、一日のご褒美みたいなものだった。その理由のひとつは、マダヴィが学校にいるあいだは、母をひとり占めできる時間だったからだ。もうひとつの理由は、人々がお供えとして置いていったおいしい氷砂糖の塊をこっそりくすねてポケットに入れ、自分の部屋でひとりになったときに楽しんでいたからだ。これはもちろん、神とラディがまだ話し合っていたころのことだった。

「終わりましたよ、奥さん」音楽隊のひとりが物思いを破り、ラディははっと現実にもどった。

ラディはその朝、祈禱会で演奏する音楽家たちと打ち合わせをすべく、マンジュラに頼まれてひとり早く寺院に到着していた。寺院の右奥には、新しく建てられた大きなホールがあり、そのなかにはステージと二百人を収容できるだけの座席があった。ここで祈禱会がおこなわれる。ラディは音楽隊がセッティングを終え、音合わせを完了するのを待っていた。

ラディは腕時計を見た。イベントがはじまるまで、まだ一時間近くある。リラを寺院内のベンチに残して、いくつか特別な指示を与え、自分は外へ出てきた。この寺院は、テンプルヒルの麓《ふもと》の広い小径に建っている。ラディは大通りへ出て、通りを渡り、かつて来たときはビデオ・ライブラリーだったが、いまは〈ホワイト〉というコーヒーショップになっている場所へ向かった。

中へはいると、ランジャンがいて、驚いた。窓のない壁のそばにすわって、覆いかぶさるように携帯電話を見ていて、目の前のテーブルには手つかずのお茶がはいったカップが置かれている。ティーカップのお茶からまだ湯気があがっているところからすると、来たばかりらしい。

かならずしも好んでそうしていたわけではなかったが、昔はよくランジャンと遊んだ。

家に集まるときは、ランジャンはサンジャナも一緒だと言い張った。ランジャンが潔い敗者だったなら、そんなにひどくはならなかっただろう。モノポリーのゲームの途中でランジャンが立ちあがり、すごい勢いで出ていったことが数えきれないほどあった。一度など怒って、ボードをひっくり返したこともある。でも、それだけではなかった。ランジャンはたちの悪いいかさま師で、ピクショナリー（絵を描いて自分のチームにあててもらい、コマをゴールまで進めるボードゲーム）のときは自チームのメンバーに何を描いたのか小声でささやき、かくれんぼのときはこっそり盗み見をしたし、ルード（サイコロを振って出た目の数だけ駒を進めることができるボードゲーム）のときはサイコロで毎回6が出るように細工した――ランジャンのズルは、数えあげればきりがなかった。サンジャナはそんなふざけた態度に我慢ができず、しばしば怒鳴り合いの喧嘩《けんか》になったが、アミットや大人が止めにはいらないときは、お互い手が出ることもあった。ただし、大きくなるにつれてランジャンは自分自身の友達や仲間と遊ぶようになり、サンジャナとラディにかまわなくなったので、ふたりは安堵した。

ラディは大人になってからのランジャンを知らなかった。どれくらい変わったのだろう。帰国してから、まだろくに話す機会がなかった。

ラディはランジャンのいるテーブルに向かった。「こんにちは」

「やあ、こんにちは！」ぶらぶらしているところを見咎《みとが》められて気まずかったのか、ランジャンは驚いたような顔をした。

ラディはランジャンの向かいの椅子にさっとすわった。「祈禱会がはじまるのを待ってるの？」

「終わるのを待ってるんだよ、実際のところ」ランジャンは携帯電話を脇へ押しやり、カップを手に持って、お茶をひと口飲んだ。「すまない、こんなこと言っちゃいけないのかもしれないけど。でも、早くいつもの生活にもどりたいんだ……お茶をご馳走させてくれるかい？」

ラディがうなずくと、ランジャンはウェイターに手を振った。

「音楽隊の手配、ありがとう。任せてくれって母さんに言ったんだけど、おれには家族のそばにいてもらいたいって。でも、最近は家にいるのが耐えがたくて。親を亡くすってこと、おれよりきみのほうがよく知ってるよな」ランジャンは意味ありげにラディを見た。「けっこうつらいもんだね。でも実際のところ、父さんが死んでからのあれこれのほうがなお悪い。あれこれささやかれて、疑念や好奇心を抱かれる――まるでおれらのせいみたいに。まるで家族として父さんを見捨てたみたいに！」

ウェイターがラディのお茶を持ってくると、ランジャンはだまりこみ、むっつりと自分のティーカップを見つめた。ラディはランジャンが話をつづけるのを待った。

「母さんのことが心配なんだ。よく眠れてないみたいで。子供たちもかわいそうに。何かおかしいと感じながらも、まちがった質問をして大人を怒らせてはいけないと、あまり訊かないようにしてるみたいでね」ランジャンは自分のお茶を長々と飲んだ。

「お父さんとは仲がよかったの？」

ランジャンは苦笑いしながら鼻を鳴らした。「ハハ！　まさか！　そんなふうに言うのも大袈裟《おおげさ》かな……父さんとおれはさまざまな点で反《そ》りが合わなかった」顔をしかめる。「父さんは厳格すぎた。やりたいことをやって、信じたいことを信じた。たとえそれに反する証拠を突きつけられたとしても。頑固な幼児を相手にしてるようなものだった。自分の思いどおりにならないと、ほんとうに子供のように癇癪《かんしゃく》を起こした」

「それでも」ラディは穏やかな声で言った。この質問が一線を越えているのはわかっていたが、他に選択肢はない。「最後の喧嘩はいまも心に刻まれていて、抱えながら生きていくのは簡単じゃないはず」

ランジャンは急に警戒し、ラディをじっと見つめた。おそらく、なぜあの喧嘩のことを知っているのか不思議に思ったのだろう。表情が硬くなった。もうひと口お茶を飲んだのち、質問に答える。

「たしかに、いつもよりも激しかった。本心はどうかって？　後悔はしてないよ。以前からうちのアパートメントの売却を検討してくれるよう頼んでたんだ。寝室が三つ、書斎がひとつ、使用人部屋がひとつに、礼拝の部屋まである大きなアパートメントなのに、うちの子たちには各自の部屋もない。一番上の子は八歳だ。いつまでみんな一緒に寝られると思う？

引っ越せばいいんだろうけど、テンプルヒルにアパートメントを買うほどの金はない。郊外に引っ越すしかないが、正直なところ、ヘタルもおれもそれは避けたい。おれの診療所、ヘタルの職場、子供たちの学校、友達、生活全部がテンプルヒルのなかか、まわりにあるんだ。そのすべてを失いたくなかった。それで、このアパートメントを売却し、アミットとおれで売った金を半分ずつ分けたら、その金に自分たちの資金を足して、それぞれの家族が住む家を買ったらいいんじゃないかと提案していたんだ。理にかなっていると思わないか」

ラディは顔をしかめた。「だけど、キルティおじさんとマンジュおばさんはどうするの。どこに住むわけ？」

「もちろん、おれと一緒さ！　それも父さんに話してあった。自分の金を足せば、寝室が三つある広いアパートメントを余裕で買えるって」

「でも、キルティおじさんがその案を気に入らなかったのね？」

「気に入らないどころじゃなかった。話を聞くのも嫌がって。このアパートメントでは、みんな父さんのルール、父さんと母さんのルールに従って暮らしてる。おれらと一緒に引っ越したら、その力関係が変わってしまうと感じてたんだろうな。父さんと母さんが仕切るわけじゃなくなるから。あの日、またその話を持ち出したら、父さんは大反対した。人にへいこらするのをやめろ、父さんのように自分で道を切り拓けって言われた。いつまでも母さんのかわいい息子であるのをやめて、〝一人前の男〟になれって」指で宙に引用符を描く。「だから、きみの質問に答えよう。喧嘩のことをいまも気にしてるか？　無用な言い争いだったことが判明して――」

ランジャンの電話が鳴った。携帯の画面に表示された名前を確認したのち、電話に出る。

「ああ、母さん……うん、近くにいる……わかった、すぐ行く」電話を切ると、ウェイターに勘定を頼んだ。「はじまるみたいだ。きみも来るかい、それとも少しあとから来る？」

「少しあとにするわ」ラディは答えた。「お茶を飲んでしまってからにする」

ランジャンの後ろ姿をながめながら、いま聞いた話について考えた。ランジャンは父親との最後のやりとりについて、率直に語っていた。思っていた以上に正直に。それなのに、ランジャンがすべてを語っていたわけではない気がするのはなぜだろう。

ラディカが寺院にはいると、礼拝の歌の穏やかな旋律が漂ってきた。その調べは、人間の一生が、大きな時間の流れのなかではほんの一瞬にすぎないことを歌っていた。祈禱会は順調に進み、ホールには白色とオフホワイト色の海原がひろがっている。左側の席には、小ぎれいな木綿のシャツやクルタを着た男性がすわり、右側の席には、ラクナウの伝統的な刺繡《ししゅう》が施されたボトムスか、丈が長くて腰から下がフレアになっている刺繡入りのパラッツォパンツ、オーガンザ《サルワール》（透き通った薄いレーヨンなどの平織り布）のサリーを着て、ダイヤモンドや真珠を輝かせている女性たちがすわっている。テンプルヒルでは、祈禱会は結婚式に劣らぬ社交の場だ。参加者は車長が一番長い車に乗り、ひとつだけ宝石のはまった一番大きな装身具を身につけて現われるのが普通だった。重苦しい雰囲気で、あまり会話も交わされないが、人を見たり、人から見られたりする機会であることに変わりはない。

一番前、音楽家たちが演奏しているステージの前に、参列者たちに向き合う形でカダキア家の面々のための椅子が二列並んでいる。左側には、ミセス・カダキアを筆頭に、サンジャナ、サンジャナの義妹であるヘタルとソーナル、それから数人の女性の親戚がすわっていた。反対の側には、長男のアミットが列の先頭を占め、ランジャン、ジャイッシュ、数人のおじやいとこがつづいた。カダキア家の人々がいる位置からは、寺院にはいってくる人の姿も、敬意を示すために前に出てくる人たちの姿もはっきり見えた。

ラディがまわりを見渡すと、見知った顔がいくつもあった。隣人、知り合い、学校や大学時代の友人の他、マンジュ・カダキアがいくつかの教育委員会の有力な地位にあったから来たのだろう、高齢の教師も数人いた。ラディは数列前にすわっている、このアパートメントの住人であるミセス・マニアルが、ミセス・ポダールとミセス・ガンジーにせわしなく耳打ちしているのを見た。ミスター・ポダールは室内の反対端にいて、シー・ミスト・アパートメントの二階に住むミスター・パレクと一緒に、最前列にすわっていた。室内の後方には、カマルとともに、バワニがカダキア家の昔の運転手アショクとひとかたまりになって、不機嫌そうな顔をしている。

ミセス・カダキアはこの数日で一気に二、三年歳をとったようだと、ラディは思った。目は落ちくぼみ、目のまわりに黒くはっきりと隈《くま》が刻まれていたが、それでも用心深い目をして、背筋をまっすぐ伸ばしている。

この人は、悲しみに暮れてますます強くなっていくように見える女性だ。

マンジュ・カダキアは、夫の死に哀悼《あいとう》の意を表するために集まってきた部屋いっぱいの人々に目をやった。祈禱会とはなんたる茶番なのだろう。人の死を悼《いた》むことが、どうしてこんなふうに重要なのか。たとえ哀悼の気持ちが本物だったとしても、つかの間の弔問《ちょうもん》が、絶え間ない悲しみをどう癒《いや》してくれると言うのか。かけられる空疎なことばは、胸のなかにある粘つく虚《むな》しさをどう埋めてくれるのか。自分が死んでも、祈禱会を催《もよお》してほしくない。家族にはそうきつく言い渡しておこう。自分の思いどおりになるなら、この祈禱会もしなかっただろう。アミットとランジャンはそれほど気にしないだろうが、サンジャナは反対したはずだ。サンジャナは父親似だから――自分が正しいと思えば、ラバのように強情になる。いまのマンジュラにはサンジャナと言い争うだけの気力はなかった。とりあえずいまのところは。亡き夫との苦々しい口論、悪意に満ちた侮辱、冷ややかな衝突のせいで、少なくとも当面のあいだは戦意が奪われていた。いまはただ、ひとりになりたかった。嘆くために。休むために。偲《しの》ぶために。

ヘタルは、義父の死に哀悼の意を表するために集まってきた、部屋いっぱいの人々に目をやった。椅子はすべて埋まっていて、室内にはいろうとする人たちは、立っていなくてはならなかった。部屋の後方に陣どる人もいれば、横の壁にもたれている人もいる。中央の列にヨガ仲間がすわっていて、後方、ドアのそばに子供たちのかよう学校のママ友たちが固まっているのが見えた。ホールが満杯になったタイミングで来てくれてよかった、とヘタルは思った。弔問客の数が、コミュニティでのカダキア家の地位を物語っている。それが、社会に広く認められているという証《あかし》なのだ。ヘタルは友人たちがそういうことをすべて理解しているのを知っていたので、すわったまま背筋を伸ばした。認知の管理こそがすべてだ。自分に対して、だれもが決まったイメージを持っているような気がした。友人、義母、夫……特に夫と一緒にいる姿。でも、いまそれが変わろうとしている。ヘタルに対するイメージをだれもが見なおさなくてはならない。それは簡単なことではないだろう。実際、義父がそれを知ったとき、どんなに否定的な反応をしたか、ヘタルは見ていた。最初は、信じられないというような口調で、やがて怒ったように大声で言ったのだ。義父はその情報をどうすればいいのかわからなかった。何も言わないでいてくれと頼んだのに、義父は協力を拒んだ。最後まで頑固な人だった。

アミットは、父の死を悼むために集まってきた、部屋いっぱいの人々に目をやり、誇らしい気持ちが大きくうねるのを感じた。これだ。これこそが現実だ。大事なのはこういうことだ。どういうふうに悼まれるか、それがその人間の送ってきた人生の証だ。この数日、父について感じたことは、いまとなっては重要ではない。神にだって性格上の欠点はある。父はただの人間だ。人間はしじゅう過ちを犯す。ソーナルの言ったことはどうだっていい。

自分ほど父のことを知らないのだから。

ミスター・ポダールは、カダキア家に哀悼の意を表するために集まってきた、部屋いっぱいの人々に目をやった。これだ。これが金のなせる業《わざ》だ。金が、電話をかけなおしてくる友達をもたらす。連絡をとりつづける同僚も。縁があることを快く思う親類縁者をも。金が満員の祈禱会をもたらす。ミスター・ポダールは、自分が死んだら何人が祈禱会に参列するだろうかと考えた。かつて友達と呼んでいた人との連絡が途絶えて久しい。少人数の親戚は、大部分がラージャスターンに住んでいる。自分の葬式のために何人がムンバイに来てくれるかは怪しいものだった。親戚たちとはあまり親しくない。幸い、妻の姻《いん》族《ぞく》がおおぜいいて、全員がテンプルヒルかそのまわりに暮らしている。近親者だけでも、五十人ほどいるだろう。かなりの数だ。シー・ミスト・アパートメントの隣人たちもいる。それぞれの家族ともう四十年以上の付き合いだ。きっと大半が葬式に来てくれるだろう。愛情からではなく――ミスター・ポダールは楽天家ではあっても、妄想家ではない――礼儀正しさから。なぜならそうするのが正しいことだからだ。テンプルヒルでは、正しさが重んじられる。それに娘の姻戚《いんせき》もいる。娘は――その魂に神の祝福があらんことを――よい結婚をした。少人数の家族だが、人付き合いの輪が広い。金がないからこそこういうことになり、自分が死んだときにだれが来るのか心配する羽目になる。金が理由で、自分はあんなことをしたのだ。カダキアにもそれを説明しようとした。だが、カダキアは厳正だった。なんて理不尽なのだろう。カダキアから解放されて、どれほどうれしかったことか。

ソーナルは、哀悼の意を表するために集まってきた、部屋いっぱいの人々に目をやり、自分の結婚披露宴を即座に思い出した。あれほど多くの人を出迎えたのは、あれが最後だった。あのときのことを思い出すと、いまでも身がすくむ。どれほど居心地が悪かったことか。何かがうまくいかなかったらとか、自分の両親か親戚がカダキア家に恥をかかせるようなことを言ったりやったりしないかと戦々恐々だった。テンプルヒルの人々から品定めされているのはわかっていた。ステージにやってきてふたりの幸福を祈るとき、とてもいい人ばかりだったが、その実、花嫁の衣装や宝石、ことばのアクセントまで、じっと見定めているのはわかっていた！　ステージをおりるや、すべてを分析しだすだろう。けれどもソーナルには、もっと恐れていることがあった。参列者たちがだれも興味を持ってくれなかったらどうしよう。あっという間に忘れてしまうくらい、目立たない存在だと思われたら？　その日ソーナルは、あまりにも惨めな思いをした。〝不適切な〟結婚に同意するよう、どんなに一所懸命アミットが両親を説き伏せたかを知っていた。アミットが父親と喧嘩したのは、おそらくそのときだけだろう。もうひとつ別のときを除けば。

バワニは、カダキア家に哀悼の意を表するために集まってきた、部屋いっぱいの人々に目をやった。このなかで何人が、故人のことをほんとうに知っているのだろうと思った。少なくとも何人かが、ほんとうに知っているつもりでいるのだろう。自分より下の者たちにどう接するかが、その人の性格を真に表わしているのではないか。それなら、あのケチなカダキアについてはどうなのか。バワニが花嫁の持参金を準備できなかったせいで娘の結婚が破談になったとき、カダキアは見て見ぬふりをしていた。バワニの娘はそれから何日も泣き暮らした。バワニは兄弟から馬鹿にされた。結婚持参金すら工面できないで、大都市で働く意味がどこにあるのか、と。事はそんなに簡単ではなかった。新郎側は、五ラーク相当の金《きん》を要求してきたのだ！　たぶん、ムンバイで働いているから、絶対に用意できると思ったにちがいない。でも、いまとなってはまあいい。あさってのいまごろには、妻の膝に頭を乗せて眠っているだろうし、カダキアの死も不愉快な夢のようになっているだろう。そうとも、この愚かな娘が口を閉ざしてさえいれば、すべて問題ないのだ、とすすり泣いているカマルを見ながら思った。

ランジャンは、父の死に哀悼の意を表するために集まってきた、部屋いっぱいの人々に目をやり、逃げ出したいという強い衝動を抑えた。ここにいるすべての人が悲しみを示しているのだから、自分、すなわちランジャン・カダキアもまだ涙を流していなくてはならない。人が亡くなったあと、その人に対して慈悲の心を持つのは簡単なことではなかったのだろうか。それなのになぜ、自分に生を与えた人を悲しむことができないのか。どうしてこんなことになったのか。業《カルマ》の原理がしかるべく働くとすると、自分の運命はどうなるのだろう。自分のおこないが引き起こす結果を考えてぞっとした。父との最後の会話が、頭のなかで何度もループする。最後に父から求められたことは？　自分はひどく残酷で、ひどく冷ややかな態度をとった。自分がどれほど許されないことをしたのかを、ランジャンは一度ならず考えた。

「カダキア家のかたがたに代わりまして、みなさまに御礼申しあげます」音楽隊のリードボーカルが、この日最後の曲と思われる演奏が終わると言った。「最愛なる夫であり、父、義父、祖父であるミスター・キルティ《シリ》・カダキアにお別れを告げるべく、この祈禱の会に時間を割いてお集まりくださったみなさまに、家族は感謝しています。最後に、ご家族かご友人のどなたでも、ミスター・カダキアについて何か言いたいかたはいらっしゃいますか」

期待に満ちた沈黙が訪れ、だれが進み出て話をするのか、みながそれを見守っていた。カダキア家の面々は、この事態を想定していなかったようにラディには思えた。アミットはいつものようにとても控えめに、足元をじっと見ている。ランジャンは居心地が悪そうにすわったまま体をもぞもぞさせていた。ヘタルとソーナルは顔を見合わせたのち、合図を求めて義母のほうを見たが、ミセス・カダキアはなんとも言えない表情で、相変わらず弔問客のほうを見ていた。

静寂が気づまりなものになりかけたとき、椅子を引く音が同時に聞こえた。年老いたミスター・ガナトラが、息子と杖の助けを借りて立ちあがったのをラディは見た。それと同時に、部屋の前方で、サンジャナも立ちあがっていた。サンジャナはミスター・ガナトラに気づいていないようだった。

自分の顔と同じくらい友人の顔を知っているラディは、胃が飛び出しそうな気がした。サンジャナは奇妙な、捨て鉢とも言える表情を浮かべている。サンジャナが弟たちや家族のほうを振り返って見ることなく、ステージにあがる階段をのぼってゆくのを、ラディは不安な気持ちで見守った。

18

「まずはじめに、あたしの父は付き合いやすい人ではなかったことは知っています」サンジャナは明るく言った。聴衆からぱらぱらと笑いが起こった。

「おおらかな父親でなかったことはたしかです。厳《いか》めしく短気で、怒ると声を荒らげ、あたしたちを怒鳴りました。それでも、驚くべき点ですばらしい人でした。

突然休暇をとって、あたしたち三人に凧《たこ》のあげ方を教えてくれました。あるいは、雨のなかドライブに連れ出し、はるばるロナバラへ行ったこともあります。学校がある日の前夜、夕食後にファールーダ（ヴァーミセリ、ローズシロップ、スイートバジルシード、牛乳で作る冷たいデザート。アイスクリームが添えられることが多い）を食べに出かけると宣言して、母を憤慨させたこともあります。いつもあたしたちの生活にかかわり、夕食の時間にはそこにいてくれました。片目をテレビに固定し、食べながらニュースを観るのではなく、その瞬間にほんとうにその場にいて、学校での様子を聞き出して、助言や提案をしてくれました。

あるとき、学校にアミットをいじめる歳上の男の子がひとりいたのを覚えています。昼食代を寄こせと言い、先生や親に言ったら大変なことになるからな、とアミットを脅していました。あたしがようやくそれを聞き出し、父に言ったのですが、父は何もしませんでした。アミットが勇気を振り絞り、自分で言いにくるのを待っていたんです。一週間ほどして、アミットがついに父に話すと、父はアミットを連れて学校へ行きました。でも、教師に告げたり、相手の子を叱りつけたりするのではなく、廊下の見えないところに立ち、アミットに、相手の目を見て、お金を渡すのをきっぱり断わりなさい、と言ったんです。〝おまえに代わっておまえの喧嘩《けんか》をするつもりはない〟父はアミットに言いました。〝でも後ろにはわたしがついているからな〟と。アミットはその日と、それから二、三日、殴られました。でも、二度とお金を渡しませんでした。相手が最悪やりかねない行動をその目で見たため、もはや恐れてはいなかったのです」

サンジャナはそう言いながら微笑んでいたが、いきなり表情が変わった。「そのことばが持つあらゆる意味において、父は闘士でした。世間では、父は自殺をしたと考えられているかもしれませんが、あたしには信じられません。断固として」そう言って、ボーカルにマイクを返し、ステージをおりた。

ラディの心臓は、胸のなかで強く脈打っていた。サンジャナは何も言うべきではなかった。だまっていれば、人々に警戒心を抱かせずに真実にたどりつけるチャンスが増えたのに。

ラディはステージの下にいるカダキア家の人々の顔を見て、サンジャナのことばが家族に与えた影響をたしかめた。ミセス・カダキアは、頰を叩かれたかのように、打ちひしがれた表情を浮かべていた。その隣りで、ヘタルは怒っていたが、目は膝の上の携帯電話に据えられていた。ソーナルは明らかに居心地が悪そうだった。ラディと目が合うと、サンジャナの言ったことに困惑しているらしく、首を横に振った。アミットは穏やかながら差し迫った様子で、ジャイッシュと話していた。その横で、ランジャンは気分が悪そうな顔をしていて、いまにも吐きそうだった。

カダキア家にとって幸いなことに、家族の面々が急に落ち着きを失ったことと、サンジャナが理路整然と語った話の重大さに、聴衆の大半は気づいていないようだった。ほとんどの人が、悲しみのせいで感情があふれ出た、ホルモンのバランスが崩れた妊婦の言ったことだと受けとったのだ。人々は代わりに、マイクをふたたび握り、神の住まいへの旅立ち方は千差万別だと語るリードボーカルの声に耳を傾けていた。

ラディは最前列にいるはずのミスター・ポダールを探したが、どこにも見あたらなかった。ホールを見まわしたが、ミスター・ポダールは姿を消してしまったようだった。

室内の後方にバワニがカマルと一緒に立っているのを見つけた。バワニの顔は紙のように白かった。

「首尾は？」午後、家にはいりながら、ラディはリラに尋ねた。

リラは勝ち誇ったようにうなずいた。

「どこにあるの」

リラは下駄箱へ行って、ビニール袋を持ってもどり、中身を床にあけた。古くて擦り切れた茶色い革のコラプリのチャパルが出てきた。

「それでまちがいない？」

「はい、ディディ」リラが言った。

「上出来よ。野菜売りを呼ぼう。なんて名前だっけ。サントーシュ？」

「もう呼び出しました、ディディ。もどってすぐ電話をして。まもなくここに来るはずです」

ラディは笑みをたたえた。「完璧よ。あなたはほんとうに、この手の仕事をこなすコツを知ってるわね」

「ほんとうですか、ディディ。でもそれを言うならあなたもですよ！」

ラディは満足感を隠せなかった。われながら妙案だった。祈禱会のとき、寺院にはいるにはだれもが裸足にならなくてはならない。ラディはリラに、全員が履物を脱ぐゲートのそばのベンチで待っているよう指示した。亡くなった日にミスター・カダキアに会いにきたと思《おぼ》しき人物の履物を手に入れるには、絶好の機会だ。もちろん、人は靴を一足しか持っていないわけではないけれど、試す価値はある。サントーシュが推理を裏づけてくれるとよいのだが。

ドアベルが鳴った。

リラは肩をすくめた。「きっとサントーシュです」ドアのほうへ向かう。

「待って」ラディは指示した。「そのサンダルを袋にしまって、わたしがいいと言うまで出さないで」

リラが指示どおりにしているあいだに、ラディが応対に出た。ドアの向こうにいたのは、サントーシュではなく、サンジャナだった。

「こんなふうに押しかけてごめん」サンジャナはラディの脇を抜けてソファへ向かい、ゆっくりと物憂げに身を落ち着けた。

「いま、両親の家にいるのは耐えられなかったの。みんなが少しずつあたしに腹を立てていて。母さんはあたしに冷たい態度をとるし。ランジャンは不機嫌で。ヘタルまであたしに怒ってるの！　あたしが妊娠してることを気にして、みんなこれ以上動揺しないようにしてくれてるんだと思う。だけどほんとは、あたしにひとこと文句を言いたいのがわかる。少しでも同情してくれているのは、アミットだけ。アミットも、父さんが自殺したなんて受け入れがたいって言ってた。どういう意味で言ってたんだ、なぜあんなことを言ったんだ、って訊かれたわ。もし何か知ってるなら教えろって……心配しないで！」サンジャナはラディの警戒するような顔を見てすばやく言った。「あなたの推理のことは話してないから。女の勘だってことにしといた。何かがおかしいって感じただけだ、って。それ以上は何も言ってない。

ねえ、アミットのことは心配しなくてだいじょうぶ。どんな人か知ってるでしょ。なんでも質問したり、波風を立てたりするようなことはないから。最終的に、横になりたいとジャイッシュだけに言ってきたの」

サンジャナは顔が赤く、汗をかいていた。ラディがエアコンのスイッチを入れているあいだに、リラが冷たい水のはいったグラスをサンジャナに差し出した。サンジャナはありがとうと言ってそれを受けとり、一気に飲み干した。

「おなかがぺこぺこなの」サンジャナは、あてにするような目でリラを見た。「何か食べるものを――」

「もちろんお持ちします、ディディ」リラは慌ただしくキッチンへ行った。

ふたりきりになると、サンジャナはラディに謝った。祈禱会のあと、カダキア家の人々は親戚、友人、有志に取り囲まれて、ふたりで話すチャンスがなかったのだ。

「なんであんなことをしたのか、自分でもわからない。父さんの長年の知り合いがみんな、父さんの言動を悪いように考えているのに、あたしはただそこにすわっていることなんてできなかったの！　父さんのこと、弱虫だとか臆病者だと考えてるのよ！　ひょっとしたら、真実を突き止めるチャンスをふいにしちゃったのかもしれないけど、どうしても言わずにはいられなかった」すがるような目でラディを見た。

「何もふいになんてしてない。最初は軽はずみだと思ったけれど、それがわたしたちの助けになるとしたらどう？　それで殺人犯が不安になって、なんらかの言動に出ざるをえなかったとしたら？」

リラはココナッツ風味の野菜シチューのはいった、湯気をあげるボウルをふたつと、白い長粒米であるバスマティ米のはいった大きなボウルをひとつ、そしてキュウリ、ニンジン、ビーツ、トマトのスライスを完璧な同心円状に並べた皿をひとつ持ってもどってきた。

ラディとサンジャナは数分、無言で食べた。ラディは最初のひと口を食べるまで、自分がどれほど空腹だったかに気づいていなかった。

窓の外を見ていたリラが、サントーシュがアパートメントのビルにはいってきたと告げた。サンジャナは当惑していたようだったが、これから何をしようとしているか、ラディは手早く説明した。

サンジャナとラディは、だれかが玄関に応対にでてきてくれるのを待っていた。ふたりは緊張している。テンプルヒルでは、何十年もかけて好意や食べ物のやりとりを通して築かれてきた人間関係が重要だ。賢明にことばを選び、妥協を期待し、かならず調整する——家族間の歴史は、個人間のつながりよりはるかに重要なのだ。サンジャナとラディは、重大な告発をしようとしていた。もしそれがまちがっていたら、長きにわたって築かれてきた関係に、取り返しのつかない亀裂が生じるだろう。でも、ふたりでじっくり話し合った結果だ。やるしかない。他の手として唯一考えられるのは、警察に行くことだけだ。しかし、まだいまのところは、そうするわけにはいかない。ミスター・ポダールに自分の口で釈明する機会を与えるまでは。

その日の早いうちにサントーシュがやってきたとき、ラディはサントーシュが見たという履物について細かい説明を求めた。サントーシュの口から〝茶色〟〝古い〟〝コラプリ〟ということばが出てきて、ラディははじめてビニール袋からチャパルを取り出した。

「ええ、これです」サントーシュが自信を持って言い、ミスター・カダキアが亡くなった日にカダキア家の玄関の外からサントーシュが見たものと同じチャパルだと認めた。

ことばのことでもそうだ、とラディは思った。サントーシュが言うには、キルティ・カダキアと訪問者のあいだで交わされていたことばはヒンディー語だった。もし相手が家族のだれかか、株のブローカーであるヴィノッドでも、会話はグジャラート語になるはずだ。それでラディが思いついたのが、ミスター・ポダールだったのだ。ミスター・ポダールはマールワールの出身で、ヒンディー語を話す。

ポダール家の使用人のタリカが、ドアをあけた。髪は乱れ、目は眠気で重そうだ。タリカは、ポダール夫妻は午睡の最中だと言った。タリカ自身も昼寝にもどりたいらしく、ドアを閉めかけた。

「ふたりを起こして」サンジャナがきっぱりと言った。「起きるまで待ってるから」

サンジャナの声に、これはただごとではないと警戒させる響きがあったのだろう。タリカは安全扉をあけて、ふたりを中に通したのち、慌てて女主人を起こしにいった。数分後にもどってきたときには、何事かという顔をしたポダール夫妻を連れてきていた。

「なんの騒ぎ？」ミセス・ポダールがすぐに訊いた。「何か問題でも？」

「ただちょっと、おじさんとお話がしたいだけなんです」サンジャナは答え、それ以上は言わなかった。

ミセス・ポダールが空気を読んで言った。「お茶を淹《い》れさせるわ」部屋の奥に引っこんでいるタリカに声をかけ、ふたりでキッチンに消える。

三人だけになると、ミスター・ポダールはラディとサンジャナにぎこちなく笑いかけた。

「さあ、娘さんたち、何事なんだい」

サンジャナは険しい目をミスター・ポダールに向け、ラディがはっきりと言った。「電話の件、なぜ嘘をついたんですか、おじさん」

「なんの電話かね。いつの？　なんの話をしてるんだ？」年配の男は、なんでもない質問なのに困惑した様子で言った。

「あなたはキルティおじさんと、駐車場の割りあての件も、モディの演説や選挙についても――あなたの言ったどんな話題をも――話していない」

「だれがそんなことを？」ミスター・ポダールはつっかかるような口調で言った。

「通話時間はきわめて短かった。ほんの二十秒程度でした」ラディは穏やかに答えた。

「だったら、その前の日だったにちがいない」ミスター・ポダールの声が上ずった。「わたしたちはよく話をした。いつなんの話をしたのか、正確に覚えているわけじゃない！」

ラディはこの反応を予想していた。

「この一週間のミスター・カダキアの通話記録を確認しました。あなたとは通話していません」

いまやミスター・ポダールはやたらと汗をかいていた。「ふたりでそういういろんな話をしたと言ってるんだ！　いつ話したかがなんで問題になるんだ？　きみはこれといった理由もなく、わたしの血圧をあげているだけだ。何が望みだ？　脳卒中でも起こさせようってのか」

ラディはしばらく何も言わず、ミスター・ポダールをやきもきさせた。

「おっしゃるとおりです、おじさん。あなたはこういう話をしましたが、それは電話ではなかった。亡くなった日にキルティおじさんに会いにいったんです。そして大喧嘩をした。どうしてですか」

ミスター・ポダールの顔から血の気が引いた。「そんな嘘をだれが吹きこんだ？」緊張した声で唾を飛ばしながら言う。

「あなたたちの喧嘩はお金のことだった、と言ったのと同じ人です」

ミスター・ポダールが唾をごくりと飲んだ。何かを話そうとしたものの、押しだまる。

キッチンで一言《いちごん》漏らさず聞いていたであろうミセス・ポダールが、急いで部屋にはいってきた。

「何してるの？　この人にかまわないで！　具合が悪いのがわからない？　この人の身に何かあったら、あなたたちのせいですからね」

しかし結果はどうあれ、ここまでやって、ここまで話してしまった以上、いまやめるわけにはいかなかった。

ラディはミセス・ポダールに関心を向けた。

「おばさん、あの日の朝、ミスター・カダキアの家にフルーツカスタードを持っていったのはなぜですか」

そのことばに、ミセス・ポダールは足を止めた。ふたりをにらんだあと、夫に視線を向け、無言で口をあけたり閉めたりした。

「そ——それとなんの関係があるの？」喉が詰まったような小さな声でようやくそう言った。

ミスター・ポダールは妻の手をとり、自分の横にすわらせた。

ラディはそれを見ていた。「その日、キルティおじさんはあなたにお金を渡しましたか。二ラークを」

「父が損をした取引の件、助言をしたのはあなただったの？」サンジャナは年配の男に訊いた。「喧嘩はそれが原因？」

ミスター・ポダールはだまっていたが、何か重要なことについて態度を決めているかのように、その顔にはさまざまな表情が行《ゆ》き来した。

「きみたちはこの件をほうっておくわけにはいかんのかね」

サンジャナは返事をしなかった。

ミスター・ポダールは疲れたように首を振り、ため息をついた。「きみたち……きみたちふたりは、まちがっている」

19

ラディは自分の家で居間のソファに寝そべり、片手に煙草を、もう一方の手に水玉模様の手帳を持っている。センターテーブルに置かれた手のひら形の青銅の灰皿は、吸い殻でいっぱいだ。時刻は午後の三時ごろ。一時間前にミスター・ポダールの家からアパートメントにもどってきて、それからずっと同じ場所に寝転がって、ひっきりなしに煙草を喫《す》い、リラがちょくちょく満たしてくれるお茶を何杯も飲み、天井を凝視している。ミスター・ポダールの話はほんとうだろうか、この忌まわしい出来事に関して、完璧に正直な人がいるのかどうか、とラディは考えた。煙草をもう一服《いっぷく》して、自分でとったメモに目を落とす。キルティ・カダキアの通話記録と、それぞれの名前の横にコメントを書きとめたページを開いた。

ランジャンとミスター・カダキアの電話は、十分ほどだった。ランジャンによれば、小切手帳が見つからないと言って電話をしてきたらしい。たったそれだけのことに十分もかかるわけがない。他の話もしたのだろう。でも、なんの話を？　ランジャンがだまっていたのは、なんのことなんだろう。ランジャンの名前の下に線を引き、何度もそれを見なおしながら、何を見落としているのかを考えようとする。以前かけてみたが、応答がなかった発信者不明の番号に目が釘づけになった。携帯電話を手にして、ふたたびその番号にかけてみる。今回は二回の呼び出し音でつながった。

「はい、ドクター・ダストール医院です。どうかなさいましたか」電話の向こうで女性の声が尋ねた。

ラディは上半身を起こし、行きあたりばったりに早口で話しはじめた。「ええと……父がそちらの番号から電話を受けていまして……六月の三日に。なんの件だかわかりますか」

「ええ、たぶん、歯医者の予約についてお電話を差しあげたんだと思います。少々お待ちください、確認してみますから。三日、とおっしゃいましたね」

「はい、お願いします」

数分間その声が途絶え、ページがめくられて紙がこすれる音と、背後のにぎやかな歯科医院の様子が聞こえた。

「お名前をもう一度うかがっても？」数分後、さっきの女性の声が訊いた。

「サンジャナです」ラディは繰り返した。「サンジャナ・カダキア。わたしの父に電話をかけてくださったのでは？　その父が他界しまして」

「まあ、それはお気の毒に！　かならずドクター・ダストールに伝えます。お悔みを申しあげます」女性の声がまくし立てた。「ああ、ありました。お父さまは、三日の午後五時に予約なさっていました。そのことを確認するために、その日の午前中にお電話を差しあげたんです。でも、予約の時間にいらっしゃらなかった。もちろん、いまはその理由もわかっています」

「歯医者に来るかどうか、確認なさったんですね」ラディは自分でもおかしな質問だと思いながら尋ねた。

「はい。確認《Confirm》がすんだ名前には〝C〟と書く決まりになっています。でも、なぜそんなことを？」

「特に理由はないんですが」ラディは時間を割いてくれたことに礼を言い、電話を切った。

心臓が早鐘を打っていた。その日の午後〇時三十分に自殺をはかったとされているのに、ミスター・カダキアは歯科医に、午後五時に行くと伝えていた。ミスター・カダキアが殺されたことを疑う気持ちがあったとしても、いまやその気持ちは消えた。しかし時間がないこともはっきりと感じていた。答えを見つけるのに時間がかかればかかるほど、探すのがむずかしくなる。痕跡が途絶えてしまう。バワニもあす、ここから去る。バワニがミスター・カダキアを殺したのか、ラディにはわからないが、何かを隠していることはたしかだった。あすバワニが故郷へ旅立ったら、隠している何かも、ともに去ってしまう。

エレベーターに乗ったとき、ラディの電話が震えた。発信者不明の番号からのメッセージだった。

やあ、ラディカ、ニシャントだ。このあいだの晩、きみと話せてよかったよ。ほんとのところ、いつか夕食に誘いたいと思ってたんだ。どうだろう？　気まずいのはわかるよ。まわりの人たちは、きみのいとことぼくをお膳立てしようとしてるみたいだからね。でもぼくは気にしない。きみもよければどうかな。☺

ラディは微笑んだ。ニシャントはいい人そうだったし、ラディとしてもちゃんとしたデートは久しぶりだ。でも、姉の義母はきっと激怒する。ニシャントは姉の義母の友人であるパルルおばさんの息子だからだ。それにきっとイラ伯母さん《カキ》が騒ぎを起こす。どちらの理由もラディを思いとどまらせることはないが、そんなことをしたら、姉のマダヴィを困らせることになる。マダヴィは最後まで話を聞かないだろう。意外にもかすかに惜しいと思いながら、ラディはやんわりと断わる方法を見つけるしかない、と心を決めた。電話を鞄にもどす。

ラディはシー・ミスト・アパートメントでB棟のエレベーターに乗り、目的地に到着した。ランジャンの患者、ガナトラの住む階で降りる。

「ほんとうに久しぶりだね、ラディカ」ミスター・ガナトラが大きすぎる肘掛け椅子からラディにやさしく微笑んだ。「警備員のシュクラから、サミール・ザヴェリの娘さんが会いにきてると言われたとき、マダヴィのほうだと思ったんだ。毎年、灯明の祭り《ディワーリ》のときにちびさんたちを連れてうちへ寄ってくれるんだよ……でも、おまえさんとは……もう十年も会ってない！」

ラディは笑みを返して言った。「アメリカから帰ってきたばかりなんです、おじさん。ちょっとお邪魔してご挨拶しようと思って」

「寄ってくれてうれしいよ。故郷のような場所は他にないだろう？」

ミスター・ガナトラはラディが最後に会ってから十年のうちに、たっぷり歳をとっていた。黒っぽいふさふさのモップのようだった髪は、すっかり灰色になってはいたが、それ以外は変わらなかった。生えぎわが後退しているわけでも、髪が薄くなっているわけでもない。

数日前から、ガナトラと話をしようと思っていた。ランジャンが言うには、ミスター・カダキアが亡くなった時間、ガナトラにリハビリの施術をしていた。それに、ガナトラはカダキアの昔からの友人だ。

「ところで、まだ寺院から角砂糖を盗んでおるのかね？」老人が目をきらきらさせながら言った。

ラディは声をあげて笑った。ラディが答えようとしたとき、雌鹿のような大きな目をした魅力的な若い女性が居間にはいってきた。

「ああ、やあ、カニカ」ガナトラは愛情のこもった目でその女性を見た。「ラディカに挨拶しなさい。A棟に住んでるんだ。この人のお父さんとわたしはとてもいい友達でね。ラディ、こちらはスミットの妻」末の息子の名前を言う。「インテリアデザイナーなんだ」

「だった、です」カニカは悲しそうな笑みを浮かべながら、小さな声で訂正した。「結婚前はハイデラバードに住んでいたの。ムンバイでは専業主婦です」

ラディは微笑んだが、明らかに自分の人生に対して幸せだと思っていない相手にどう反応していいかわからず、何も言わなかった。

「お義父さん、お薬を」カニカは錠剤がふたつはいった小さなボウルと、グラスに入れた水を、ガナトラに差し出した。

「ありがとう」

「軽食を用意しますね」カニカはラディカに親しげにうなずき、部屋から出ていった。

「あの子には、かわいそうだと思っているんだ」義理の娘が出ていくと、ミスター・ガナトラは言った。「スミットは新しい仕事がとても忙しくてね。たいてい帰宅は深夜を過ぎるし、週末もほとんど働いている。カニカはさぞかしさびしいだろう。この街には親戚も友達もいないから」

「お仕事は？　インテリアデザインの仕事を見つけるのは、やっぱりむずかしいですか」

ミスター・ガナトラはうなずいた。「ああ、仕事があるのが一番なんだが。実際、ランジャンが何か仕事を持ってきてくれたんだ……ランジャンは知ってるだろう？」

ラディはうなずいた。

「ランジャンはわたしのリハビリのために家にくる。で、ふたりは親しくなってね。ランジャンの友人が、娘さんの部屋を改装してもらいたいと言って、ランジャンがカニカを推したんだ。とてもうまくいったよ。カニカもしばらくのあいだは、幸せそうに忙しくしていた。でも、また途方に暮れるようになった。ともあれ、あの子がきみと会ってよかった。

きみも同じアパートメントに住むんだから、若い人たちにあの子を紹介してやってくれないか」

ラディが望んでいた突破口だった。

「もちろんですよ、おじさん。カニカはランジャンの姉のサンジャナに会ったことはありますか。ないなら、わたしがふたりを引き合わせます……カダキア家のあれこれが少しおさまったら」

カダキアの名前が出たとたん、ミスター・ガナトラの顔に雲がよぎった。「そうだね、悲しい出来事だ」

もっと話してくれることを期待して、ラディは待ったが、ミスター・ガナトラは何も言わず、考えに耽《ふけ》っていた。

「キルティおじさんとはいいお友達だったんですか」

「ああ。何年にもわたって、かなり親しくなっていった。キルティ氏《バーイー》とわたし、それにミスター・ポダールは、アパートメントの自治会のメンバーだった。三人でよくそれぞれの家に集まって、会のあれこれについて話したよ。駐車場の割りあてや維持管理の問題なんかをね。そういう作業が終わると、そのまま残ってお茶を飲み、少しおしゃべりをしたもんだ。キルティ氏《バーイー》とわたしは、特に仲がよくて。朝の散歩も一緒に出かけたりした。

もちろん、今回のことが起こるまでは、だが」ガナトラは自分の車椅子を見た。ラディはガナトラがつづけるのを待ったが、無駄だと悟り、言った。「カダキアおじさんは、株式市場で大損をしたと聞きましたが」

ガナトラが悲しそうにうなずいた。「あれはひどく運が悪かった」

ラディがまた待っていると、今度はガナトラが口を開いた。

「それについては……ひどく心苦しく思っているんだ。わたしが彼に最初の情報を渡したから。息子のスミットの銀行があの会社の資金調達を支援していてね、スミットはあの会社の株価が急騰すると確信していた。当然ながら、われわれは直接的な利害関係にあるためその株は買えなかったが、その情報をキルティには伝えた。情報をお互いに伝え合う習慣があったんだ。それでキルティは投資を決めた」

「でも、株価は予定どおりに上がらなかった？」値上がりしたことを知っていたのに、ラディは尋ねた。

「いや、上がったんだ！　最初は思っていたとおりに値が上がった。その時点でカダキアは株を買い足した。ところがその後、値下がりしてね。スミットが言うには、プロモーターが資産を売却して資金を調達し、キルティはその株にこだわると言った。その時点ではまだ買い得だった。わたしはそうは思ってなかったが。たまに、こういうことに関して奇妙な直感が働くことがあってね。キルティに、株を売るように言ったんだ。だが、彼は聞く耳を持たなかった。さらに株を買い足したんだよ。それからまた一段と株価が下がった。そのとき、わたしは大変気を揉んだ。キルティはそのころにはどっぷり深みにはまっていたから。それで、ランジャンにそのことを話した。明らかにものすごく心配して、父親に話をすると約束してくれた。実際に話したかどうかはわからない。でも、そのすぐあとに、プロモーターが自殺して、すべてが終わった」

ミスター・ガナトラは力なくため息をついた。ガナトラはまだ何か言いたそうだったが、カニカが大きなトレーを持ったメイドを連れて部屋にはいってきた。そしてラディの前にそれを置いた。

背の高いグラスに入れたココナッツウォーターがふたつと、いろいろな食べ物を高く盛った大皿がふたつあった。その皿には、たっぷりの油でカリカリに揚げたフェヌグリークの平たいパン、ベサン粉を蒸してゴマやマスタードシードでたっぷりと味をつけたドクラ（やわらかくてふわふわした蒸した米の菓子）というダイヤモンド形のパン、フレッシュミントのチャトニーを分厚く塗った野菜のサンドイッチ、サフランベースの砂糖シロップに漬けた白いカッテージチーズのボール、ラスグッラ（インドの菓子）が載っていた。

「あら」ラディは口をはさんだ。「たくさんすぎるわ！」

「いいえ、全然」カニカは微笑み返しながら、ラディと義父に小さなセルリアンブルーの陶磁器の皿を手渡し、自分のぶんも一枚とった。

ラディはやわらかいドクラをふたつ皿にとりながら、いまわかったふたつの重要なことをじっくりと考えた。ひとつは、ミスター・ガナトラがヴィノッドの言っていた〝ある人物〟であるということ。もうひとつは、まったく予期していなかった情報で、最初に思っていたより、少なくとも一ダース以上の当面の急務がもたらされたということだった。

「このドクラ、おいし――」

遠くなのに大きなドサッという音につづき、耳をつんざく女性の悲鳴が聞こえて、ラディは思わずことばを止めた。

ラディとカニカは驚いて、顔を見合わせた。ほとんど同時に皿を置き、椅子から立ちあがって、無言で窓辺へ急ぐ。

「なんだ？　何が起こった？」ミスター・ガナトラは車椅子を操って居間を横切ろうとした。

ミスター・ガナトラが住んでいるB棟の十階からでは、何が起こったのかはっきり見ることはむずかしかった。ただ、地面にルビーを思わせる赤い血だまりがみるみるひろがり、その中心にひとりの人間が手足を伸ばして倒れていた。

20

「何が起こった？」

「六階から人が落ちた！」

「いや、七階だ！」

「どうやって？」

「どいてくれ、見えない！」

「だれか救急車を呼んだ？」

「うわっ、吐きそうだ！」

「だれが落ちたんだ？」

「死んでるの？」

ヒンディー語や英語、グジャラート語、マラーティー語で切れ切れに発された興奮したことばや会話の断片が、ラディとカニカのもとに届くなか、ふたりは遺体のまわりにできた怯えた住人、使用人、警備員たちが作る大きな輪に近づいていった。万人に公平をもたらす偉大なもの――死――を前にすると、だれもが等しくなり、立ち尽くし、無力感と恐怖に襲われる。

ラディは、ランジャンとアミットがその輪の端に立っているのに気づき、そちらへ近づいていった。

「バワニだ」ランジャンはふたりを見て、おごそかにつぶやいた。

ラディは衝撃を受け、ランジャンの顔をまじまじと見たが、その顔は不思議なくらい感情に欠けていた。まるで、体はここにあるのに、心がうわの空で、新たな死にまともに反応できないかのようだ。ラディはアミットを見た。顔が蒼白で、上唇の上に玉のような汗が光っている。

「あっちへ行っちゃ駄目だ」死体のまわりにできた人垣のほうを首の動きで示す。「あれは、あれは……」その光景を言い表わすことばが見つからないのか、明らかに動揺した様子で首を振る。

けれども、ラディは自分の目でたしかめなければならなかった。これから何を見ることになるのか恐ろしく思うものの、その場から歩き去ることもできず、カニカのあとにつづいて正面へと歩いていった。

バワニは人の輪の中心に倒れていた。顔は空に向けられていて、動かない体は、虐待された古い人形のように不自然な角度にねじれていた。頭のまわりには、濃い深紅色の血だまりがひろがり、血があっという間に地面に滲《し》みこんでいる。その滲みはきっとこの先何カ月も消えず、恐ろしいことに人の命のはかなさを思い起こさせるものになるだろう。

ラディはこれまでに、ふたつの変死体を見たことがあった。母親のずたずたになった血まみれの死体が瞼の裏に浮かび、胸が締めつけられた。ふと気づくと、話すことはおろか、息をすることさえできなくなっていた。あの日の驚愕が、あの瞬間の非現実感が、それから数カ月間つづいた紛れもない悲嘆と惨めな絶望が、吐き気を催《もよお》すほどの衝撃となって一緒くたに襲いかかってきた。

その隣りで、カニカが息を呑み、喉を絞められたような「ああ!」という声を出して、地面に携帯を落とした。それから卒倒しそうになり、ランジャンの腕をつかんで地面に倒れるのを防いだ。ランジャンがさっと片手をカニカの腰にまわす一方で、ラディはなんとか現実にもどり、携帯電話を拾いあげた。携帯のスクリーンは、修復できないほど粉々に砕けていた。ふたりでカニカを支えてそばの椅子まで歩く。

「すみませんでした」数分後、カニカは謝った。顔色が黄色くてまだ具合が悪そうだったが、話ができるくらいには回復していた。

「あんなひどいこと！　ほんとうに亡くなったんですか……何があったんです？」

「バワニは七階で、ソランキ家の居間の窓を洗ってたんだ。滑って落ちたらしいな」ランジャンは首を振った。「なんという……ついてなかったな、気の毒に」

近づいてくる救急車のサイレンの音が聞こえた。

カニカはひと呼吸置いて、耳を傾けてから答えた。「あの窓拭《ふ》き、前々からすごく危ないと思ってたんです！　命綱もなし、安全装置もなし、何もなしなんて！　あれが合法だっていうほうが驚きです！　ハイデラバードでは、高層階の窓拭きには専用の機械を使います。ここでは手摺りにまたがって支えにするだけで、あとは何もしない。これではいつ惨事が起こってもおかしくないわ」

アミットが合流した。「また警察が来て、われわれに話を聞きたがるんじゃないかと思う」

ランジャンが眉をひそめた。「われわれに？　どうして？」

「まあ、バワニの雇い主だからね」アミットが説明する。「訊きたいことがあるにちがいない。何もなくても、家族の連絡先が必要になる……遺された奥さんにも知らせなくてはならないから」

ラディはバワニが落ちたという窓を見あげた。どこの階にも、頭を突き出している人がひとりふたりはいる。なんの騒ぎかたしかめようと窓辺にやってきた人たちは、眼下にひろがる光景に釘づけになり、怯えきった表情を浮かべている。

上のほうを見ていたら、ポダール夫妻が小声で話し合っているのが目にはいった。老夫妻を数分観察したあと、ラディは視線をさらに上に向けた。六階まで視線をあげ、気づくとラディはヘタルを凝視していた。日差しのせいかもしれないし、いずれにせよ、遠すぎてたしかなことは言えなかったが、ヘタルはバワニを見ているのではなく、自分をにらんでいるような奇妙な感じがした。

「お医者さまはなんて言ってるの？」サンジャナの部屋にはいると、ラディはすぐに訊いた。

サンジャナは月経痛に似た子宮収縮の鋭い痛みを覚えて、婦人科医の緊急診療を受けて帰ってきたところだった。

「医者のことなんてどうでもいい。ここで何が起こってるの？　ジャイッシュからバワニのことを聞いた！　それ以降、頭がくらくらして。実際にその現場を見た人はいるの？」

ラディは首を振った。「家にはだれもいなかったみたい。ミスター・ソランキは仕事に出てて、ミセス・ソランキはお休みだったんだけど、外出してたんですって。ミセス・ソランキが言うには、午後にバワニを家に入れ、自分はローターアクトの会合に出かけた。バワニには、家を出る前に、窓は全部閉めて、照明や扇風機のスイッチも切っておいてと指示したんだとか」

サンジャナはうなずいた。「ええ、バワニは長年あの窓を掃除していたから、手順も熟知してる。なのになぜ事故が起きたの？ 雨も降ってなかったのに。どうして滑ったの。警察がチョークで描いた輪郭も、地面に激突した場所にひろがってる恐ろしい赤い染みも見た。ひどかったわ！」

ラディもずっと同じことを考えていた。警察は何を突き止めたんだろう。捜査班はアパートメントじゅうを歩きまわり、住人や警備員、使用人から供述をとっていた。

「ここへ来る途中、シンデ警部補がソランキ夫妻に話を聞いているのを見た。わたしたちも警部補に話したほうがいいと思う？」

「何を？ 確証が持てるまで待つって話じゃなかった？」サンジャナが言った。

「ええ……でも、また死人が出ちゃったし。捜査が遅すぎるような気がして。少しでも助けになるんじゃないかって」

サンジャナが目を見開いた。「待って。ふたつの死には関連があると思ってるの？」

ラディは答えず、サンジャナは怯えた顔をした。「ああ、なんてこと、ラディ……」サンジャナはだまりこみ、ラディから言われたことについて考えていた。「警部補に来てもらうようお願いしましょう」携帯電話を手にとって、タイピングしはじめる。

一分後、電話から短い電子音がした。サンジャナがメッセージを確認する。「いま来るって」ラディに顔をしかめて言う。「妊婦の数少ない役得のひとつよ。だれもが〝ノー〟と言いづらくなる」

「お医者さんがなんて言ったか、いまのうちに教えてくれる？」

「いろいろ言ってたけど、要点だけ話すと――できるだけ立ったままでいないようにって。あと、ストレスを避けるように。注意しないと、早産になるかもって心配してる」サンジャナの表情は険しかった。

ラディは友を気づかわしげに見た。いまサンジャナを殺人事件の捜査に巻きこむなんて言語道断だ。一件はおろか、二件の殺人事件なんてとんでもない。もし骨折り損だったとしたら？　さらに恐ろしいのは、骨折り損じゃなかったとしたら？　赤ちゃんのことを考えるべきだ。もし何かあってからでは遅い。そんなことになったら、サンジャナは自分を許せないだろう。ラディがそんな話を友にする前に、ドアベルが鳴り、メイドが捜査官を居間に通した。

シンデ警部補はひどいありさまだった。大量の汗をかいている。腋に大きな汗滲みがあり、背中もびしょ濡れだ。びしょびしょのハンカチで、濡れた顔と首を拭《ふ》こうとしているが、うまくいかない。この一時間、太陽の下で事故現場の監督をしていて、現場に真っ先に来た人たちに話を聞いていたのだ。警部補は、きまり悪そうにシルクとベルベット張りの家具を見まわし、自分がすわるのに適した場所を探した。そして、最も支障がなさそうな、背もたれのない長椅子を選んだ。

サンジャナは小声でひとことふたことメイドにすばやく指示を出し、メイドが部屋のエアコンのスイッチを入れて、警部補を大いに安心させた。

「ところで奥さん、わたしに話したいことってなんですか」まずサンジャナを見て、それからラディを見た。「今回の死をどうお考えなんですか、警部補。ほんとうに事故だったんでしょうか」ラディは単刀直入に訊いた。

シンデは驚いた様子で、両眉をあげた。「どうしてそんな質問をするんです？　何か、わたしの知らないことを知ってるんですか」

「同じ建物で一週間に二件も不自然な死が起こったのに、不思議だと思わないんですか」

「たしかに相当な偶然の一致です」シンデは認めた。「しかし、正直なところ、わたしのような職業の者は、はるかに不思議なことを見てきてますからね」

メイドがよく冷えたコカム（南インド産の酸味のある紫色の小さな果実。タマリンドの代わりによく使われる）のシャーベットを入れた背の高いグラスと、フレッシュコリアンダーのチャトニーとケチャップを添えたスイートコーンのフリッターを載せた皿を持ってもどってきた。警部補はシャーベットをありがたく受けとって、喉が渇いていたので長々と飲み、それから食べ物を見た。

「いずれにせよ、捜査は初動の段階です。捜査班はまだ周辺の聞きこみにあたっています。わかっているのは、被害者がカダキア家にフルタイムで雇われていたのに、空《あ》いた時間にちょくちょくこのアパートメントの他の住人のために窓掃除や雑用をしていたことです。それで合っていますか」

警部補はフリッターの皿を手にとりながら、サンジャナを見た。サンジャナがうなずく。

「彼が出ていこうとしていたことはご存じですか。きょうが仕事を辞めてから二日目だったことを？」

「ええ、聞きましたよ、カダキア家で。警察が話をした他の使用人たちもそう言っていました」

「それでも不思議だと思わないんですか。このタイミングで？」ラディは引かなかった。

「いいですか、奥さん」シンデは食べ物を嚙むあいだに言った。「警察には、物事を奇妙に思う余裕なんてないんですよ。警察は、事実と数と科学に基づいて動いている。このケースの場合は、死因を確認するために検死官が遺体を解剖するでしょう。落ちる前に薬を投与されたわけでもなければ、殴られたわけでもないとわかるはずだ。警察はこれから、雇用主や友人たちに話を聞いて、だれかの恨みを買っていなかったかどうかをたしかめます。それから、窓に粉をまぶして指紋をとる。すべて徹底的にやりますよ。いいですか、われわれは証拠の鎖をたどり、最も論理的な結論に到達すべく確証を見つけるんです。それ以外は考えられません」

「直感はどうなんです、警部補。想像力というのは？」

警部補は噛むのをやめた。口ひげのなかでケチャップが光っている。眉をひそめてラディを見た。「想像力？」

ラディはうなずいた。「巨大な〝仮説《ホワット・イフ》〟です」

警部補はサンジャナに目をやり、サンジャナが友人の言っていることについてきているかどうかをたしかめた。サンジャナは微笑み返した。警部補はフリッターをもうひと口齧《かじ》ってから、なんのことかよくわからないといった顔でラディを見た。

「もしこれが事故でなかったら、と考えることはないんですか」ラディは説明した。「きょう彼がひとりじゃなかったとしたら？　だれかに押されたんだとしたら？　自発的に飛び降りたんだとしたら？　何かに怯えていたとしたら。何かじゃなくてだれかだったら。気落ちしていたんだとしたら。娘さんの結婚式が中止になったせいで、奥さんが出ていったと聞いています。それが単なる噂でないとしたら？　ひとり目の死が自殺でなかったとしたら。ふたつの死になんらかの関係があるとしたら？」

警部補がまだ困惑しているようだったので、ラディは付け加えた。「つまりですね、警部補、想像できるあらゆる角度から状況を検証しなければならないのではないか、ということです。何が、だけではなく、なぜそうなったのかについて、考えうる無数の理由を見てみなければならないのではないか。純粋に直感で尋ねる場合もあるんじゃないですか」

言い終えて、ラディは深呼吸をした。熱を入れてちょっとした演説をぶったことが、自分でも驚きだった。言いたいことは伝わっただろうか、と警部補を見る。

けれども警部補は大きく首を振った。最後のフリッターを食べ終え、ココカムのシャーベットで流しこんだのち、話そうとしながら、げっぷが出るのを押しとどめようとしている。

「そういうところだ。そういうところが、ネットフリックスのドラマの問題なんです！　だからわたしは、捜査班に警察ドラマを見るのを禁じている！　ドラマでは華麗に事件を解決する。被害者は死ぬ二十四時間前に何をしていたのか。ソープディスペンサーに石鹸がはいっていなかったのはなぜなのか。なぜボウルにはいったスープは飲み残されていたのか。ドラマのなかでは何もかもが謎めいて聞こえる。ところが実際の事件は、そんなにスリルに富んだものではないんですよ、奥さん。被害者がスープを飲み干さなかったのは、味が気に入らなかったからかもしれない！　がっかりさせて申しわけないが、わたしはもう二十年こういうことをしてきてるんだ。時に物事は見かけどおりのこともあるんです」

ラディは考えながら警部補を見た。目の前のテーブルに置かれたティシューの箱の存在に気づかないのか、油にまみれた手をズボンで拭っている。そして椅子から腰をあげて、服についている食べかすを床に払い落とした。

「こういうことに首を突っこまないでください」警部補はサンジャナに向かって言った。「いまはご自分の体を労《いた》わるべきです」それからふたりに向かって言う。「これはまだ捜査の予備段階です。何か新しいことがわかったら、適宜、わたしからおふたりに知らせましょう」かすかに頭をさげて出ていった。

そのあと訪れた静寂のなか、サンジャナはラディを厳しい目で見つめた。

「あなたの問題が何かわかったわね」サンジャナは言った。

ラディはぽかんとした顔で友を見た。

「明らかに、あなたはテレビの観すぎ」

「明らかにね」ラディは同意した。思わずふたりで笑いだす。

それから少しすると、ふたりは酔いが醒《さ》めたようになった。警部補と話をして、気づいたのだった。真実にたどりついても、ふたりの胸のなかだけにしまっておくべきだ、と。

ラディが赤ワインのはいったグラスと本を一冊持ってベッドにはいっていたところに、ジョージからのEメールが届いた。ラディは一日おきにジョージにメッセージを書くようになっていた。書くという行為が頭のなかを曇りなくさせ、思考の整理に不可欠な解放感を与えてくれる。

ラディ！　マイラヴ！　ぼくの大好きな少女探偵ナンシー・ドルーの推理の具合はどうだい？　返事が遅れてほんとうにごめん。ハンプトンズ（ニューヨーク市の郊外にある保養地）でクンダリーニ・ヨガの合宿中《リトリート》で、携帯を取りあげられていたんだ！　想像できるかい？　きょうはビジネスセンターで三十分だけコンピューターを使わせてもらえた。三十分で八十七通のEメールを書くんだ！　マスをかくのだってもっと時間がかかるのに！　というわけで、手短にいくよ。この前のきみからのメールについて考えてたんだけど。ミスター・カダキアが歯医者の予約を確認してた、ってやつ。そんなに変じゃないんじゃないかな。これから自殺をしようという人は、自殺する直前まで普段どおりの生活を——電話に出たり、会議に参加したり、植物に水をやったり、請求書の支払いをしたり——することが多いものだ。日課っていうのは、最終的な行為に及ぶ機会や勇気を持てるまでつかまる杖みたいなものなのかもしれない。とにかく、それだけは覚えておいてくれ。またあとで。もう行かなくちゃ。きょうは背骨の基部の不活性エネルギーを活性化するんだ。ぼくがそう感じるだけかもしれないけど、ちょっと変態っぽく聞こえない？　とりあえず、幸運を祈ってくれ！
キスとハグ《XOXO》を。

G

ラディはワインのお代わりを注《そそ》いでから、メールの返事を書きはじめた。
きょう、新たに死者が出ました。バワニというカダキア家のコックです。一見したところは事故なの。でも、そうじゃなかったと仮定してみて。わたしが自問しているのは、コックを殺してだれが得をするかってこと。ミスター・カダキアの場合は、お金が絡んでた。高額な保険証券、立派なアパートメント、ミスター・カダキアの負債——いずれも動機だった可能性がある。でも、バワニの場合は？　だれが得をするんだろう。あるいは、わたしの見方が完全にまちがっているとしたら？　バワニがミスター・カダキアを殺したのだとして――それほどバワニが怒っていたのかどうかは神のみぞ知る――古き良きカルマがバワニをとらえたのだとしたら？　あるいは、その代わりをだれか他の人がしたのだとしたら。

「シーッ……だいじょうぶ、だいじょうぶだから……ほら、お水」リラは目の前で泣いている若い娘にやさしくグラスを渡した。

その小さな親切がさらに涙を誘った。ラディは、リラがまるで小さな子供をあやすように、その娘にマラーティー語で愛情をこめてなだめているのを見ていた。

「彼女をどこで見つけたの？」ラディはリラに尋ねた。

「四階と五階のあいだの階段で」リラは言った。

ラディは若い娘の乱れた姿を観察し、絶望の色を浮かべる充血した目、興奮したすすり泣きを前にして、自分が見ているのは愛だと悟った。

「バワニといつから付き合ってたの？」穏やかな声でカマルに尋ねた。

カマルは泣いていることを忘れて口をぽっかりとあけ、息を呑んでラディを凝視した。

ラディは親しみをこめて視線を返した。若さゆえの愚行と、それが招く予期せぬ結果については熟知している。

突然カマルがさっきより大きな声でまた泣きはじめたが、ラディには安堵の涙だとわかっていた。

ラディはカマルが静かになるまで待った。カマルはようやく洟《はな》をかみ、サリーのパッルーで顔を拭ったのち、元気が出るようにリラが淹《い》れてくれたジンジャーティーのカップを受けとった。

「一年以上前です」声があまりに小さくて、ラディは聞き逃しそうになった。

「バワニは既婚者で、大きな子供がふたりもいるのは知ってたんでしょ?」

カマルはこの質問には答えなかった。「あたしたちにはとってもさびしくなるときがあるんです、ディディ。ここには家族がひとりもいません。故郷の村に帰るのは、ガネーシャ祭りの一週間と、ホーリー祭りの週だけです。それ以外に、人のつながりはありません。バワニは欠点のある人でした。でも……その気になれば、ほんとうにいい人になれるんです。きみの足どりは舞踏家のようで、あたしが歩き去るのを見るのが好きだ、と言ってくれました。寺院へ行くと、あたしの髪に飾る花を持って帰り、こう言ったんです。〝花の半分はおれの神に渡して、残りの半分はおれの女神に持ってきたよ〟って」

カマルの目がまたうるみはじめていた。「ただの口がうまい人だってことはわかってます。でも、一緒にいる短い時間だけは、自分がメイドであるとは感じなかった。ちゃんと理解されてると思えたんです」

孤独もまた人に平等に与えられる、とラディは思った。

「訊いてもいい、カマル？」ラディは深刻な声で言った。

カマルは鼻をすするのをやめて、小さくうなずいた。

「バワニは何を隠していたの？」他のタイミングで訊いてもカマルはたぶんこの質問には答えてくれないが、悲しみに沈んだいまなら、警戒がゆるんでいるのではないか、とラディは考えた。

カマルは急に怯えた顔をした。「あた――あたし、何をおっしゃっているのかわかりません」口ごもり、視線をリラからラディへ移し、またリラのほうへもどして、無言で助けを求める。

「知っていることがあるなら、ディディに話したほうがいい」リラが厳しい口調で注意した。「隠してる場合じゃないよ。ディディなら、あんたがトラブルに巻きこまれないようにしてくれる」

カマルは選択肢を吟味するかのように、しばらく沈黙していた。「娘さんの結婚資金を旦那さま《バーイー》に断わられたときから、あの人は不機嫌でした。〝思い知らせてやる〟って言ってました。つとめをやめると話していましたが、あたしは信じてなかった。あたしを置いて出ていくはずがないって思ってたんです。あの午後、つまり旦那《バーイー》さまが亡くなった日の午後、あたしたち一緒にいました」そう言いながら、カマルは真っ赤になった。「物音がしたから心配になって。旦那《バーイー》さまが書斎から出てきたと思ったんです。なんなのかバワニが確認にいって、たっぷり十分出ていました。もどってきたとき、様子がすごく変だったんです。なんでそんなに時間がかかったのかを尋ねましたが、バワニは答えませんでした。そしてそのあとすぐ、出ていったんです。その後あたしは旦那《バーイー》さまが亡くなっていたことを知り、バワニが何か関係しているんじゃないかってこわくなって。懇願したり、喧嘩《けんか》したり、その午後家にいたことをみんなにばらすと脅したりしましたが、バワニはまったく意に介しませんでした。あたしがバワニのことを好きすぎて、そんな面倒に巻きこむわけがないってわかっていたんです」

カマルは恥ずかしそうに顔を伏せた。もっと早く言っていればよかったと思ったのかもしれない。

「バワニはなぜいきなり、次の仕事もないのに出ていこうとしたの？」

「わかりません」カマルは首を振った。「バワニはランジャンさま《バーイー》にすごく腹を立てていて……他にもあるんです……」しばし沈黙したのち言った。「ある種、神経過敏なところがあって……説明できないんですが……カダキア家のアパートメントをうろうろしていました。はいるなと言われているのに、書斎をのぞき見したり。ある晩、あの人が奥さま《バービー》の部屋にはいるのを見たこともあります。何かに怯えているような、その一方で興奮しているような」

ラディは数分間だまって、目の前の不安げな若い女性を観察した。カマルはサリーのパッルーを指でくるくると巻いたあと、それをほどき、また巻きなおしている。なぜそんなに神経質になっているのだろう、とラディは思った。いまの自分の発言がもたらす結果を心配しているのだろうか。それとも、他に何かあるのか。

しまいに、ラディは訊いた。「キルティおじさん《バーイー》が亡くなった日に、何かいつもとちがうことはなかった？　なんでもいいの、以前は考えもしなかったことを思い出したりしてない？」

いかにもありがちだ、とカマルは苦々しく思った。バワニだって死んだのに。バワニの死は、あの老人の死と同じくらい恐ろしく突然だったのではなかったか。それなのにこのディディはバワニのことは訊かず、まだあの老人の自殺の件にこだわっている。明らかに、

命の価値が平等ではない。

カマルは首を振って言った。「ありません、ほんとうに」

「どんな会話でも言い争いでもいいの、以前とはちがうところはなかった？」ラディは突っこんで尋ねた。だれかいつもとちがう行動をとっていた者はいなかったかと訊きたかったが、そんなことをするわけにはいかなかった。すでにカマルは自分が何を言ってしまったのかといぶかり、探るような目でこっちを見ている。このメイドは若くてあまり教育を受けてはいないかもしれないが、馬鹿ではない。カマルはこちらが何を疑っているかに気づくかもしれない。そうなったら昼前には、シー・ミストの全使用人によるネットワークは、ミスター・カダキア殺しの話題で持ちきりになるだろう。

カマルは考えている様子だった。「あの一家は普段から言い争いばかりなんです、ディディ。ランジャンさま《バーイー》はヘタルさま《バービー》と。ヘタルさま《バービー》がマンジュ奥さま《バービー》と。奥さま《バービー》が旦那さま《バーイー》と。同じ部屋に集まったら、言い争うことになるんです。ただ、アミットさま《バーイー》とソーナルさま《バービー》だけは別でした。おふたりはお仕事が忙しすぎただけかもしれませんが。家族のドラマにはかかわっていません」

「ランジャンとキルティおじさん《バーイー》が喧嘩したとき、あなたはそこにいたの？」

カマルは眉をひそめ、首を振った。「いつの話ですか。あたしは知りません」

ラディは訊いたそばからそれを後悔し、いまの質問についてカマルが深読みしなければよいのだけれど、と思った。

「でも、ヘタルさま《バービー》とキルティさま《バーイー》の喧嘩のときはその場にいました」カマルが意外にも口を滑らせた。

ラディは驚きを顔に出すまいとした。「それはいつの話？」

カマルは少し考えて言った。「たぶん、旦那さま《バーイー》が亡くなった日です。すみません、いままで言わなくて。すっかり忘れてたんです！　さっきも言ったとおり、言い争いは日常茶飯事でしたから……でも、キルティさま《バーイー》とヘタルさま《バービー》のあいだでは珍しかった。そのおふたりは、やりとりすることさえほとんどありませんでした。だからちょっと驚いたんです、おふたりが声を荒らげるのが書斎から聞こえてきて」

「なんのことで喧嘩をしていたか、わかる？」

カマルはそっけなく肩をすくめた。「神のみぞ知る、です。あたしはグジャラート語があまりわかりません。あの日、ヘタルさま《バービー》は虫の居所が悪かっただけだと思います。なくなったグラスのことであたしを怒鳴りつけて、そのあと舅《しゅうと》に喧嘩をふっかけた。バワニがいつも言ってました。ヘタルさま《バービー》はあの家族のなかで一番、気分屋だって」

バワニのことを考えたからか、カマルは沈黙し、その目に涙をためた。しばらくして、カマルは言った。「もう行かなくちゃ。どこで油を売ってるのかと勘繰られてしまいます。この話――いまの話はだれにも言いませんよね」

ラディは安心させるようにカマルを見た。「心配無用よ」

ラディのほうも、いまの質問についてだれにも言わないでいてほしいと思った。そう釘をさすことはできるけれど、たぶん逆効果だろう。月に一万五千ルピーでは、忠誠心と良質の家事は買えない。

ラディはカマルに感謝のことばを伝えた。リラはカマルを外へ案内したあと、慌ててキッチンへ行き、数分後にカップに入れたお茶をふたつと、カリフラワー、ジャガイモ、ミントの葉を詰めたスパイシーなパラタを載せた皿をひとつ持って出てきた。そしてお茶を一杯と、バターを塗ったパラタとをラディの前に置いたのち、自分のぶんのカップを持って窓台に腰かけ、こう尋ねた。「何を考えているんですか、ディディ」

窓からベンガルボダイジュの老木にとまっている五羽のシラサギの家族を見つめていたラディは、リラに小さく微笑んでみせた。「ヘタルに話をしにいくべきだと思ってるの。でも、それはたやすいことじゃない。おしゃべりなわりに、ヘタルには壁が多いし、すごく用心深い人だから。ヘタルがわたしの質問に答えてくれるかどうかはわからない」

「サンジャナ・ディディと一緒に行かれたらどうです？」

「ええ、そうする」

「いまのカマルの話、どう思いました？」

「真実を話してたと思う。でも、すべての真実を話したわけじゃない」

「というと？」

それでラディは、カマルが何を隠していると思うかを、リラに語った。

21

ヘタルのスタジオは、テンプルヒル第三の丘、ティルサの麓《ふもと》に建つこじんまりとした伝統的な建物の一階にある。ラディは事前に連絡しないで訪問しようと決めていた。サプライズの要素が欲しかったのだ。ヘタルの調子を狂わせるような要素が。ラディが到着したとき、ヘタルは客に対応中で手が離せず、ラディにはそのほうが都合がよかった。サンジャナが交通渋滞にはまり、少し到着が遅れていたからだ。サンジャナがいない状態で話しはじめるのは気が進まなかった。ヘタルのアシスタントが大きなガラス窓のある狭い控室にラディを通した。ガラス窓からはスタジオ全体と、ヘタルが働いている様子が見えた。スタジオ内はベージュ、茶、金色のやわらかな色合いでまとめられていて、ラディはその趣味のよさに驚いた。なぜかヘタルには、控えめな人という印象はなかった。

控室の一方の壁に、金色の額縁が六つ掛けてあって、それぞれにジュエリーの引き伸ばされた写真が飾られていた。どの写真の下にも、〝H〟という金色の文字が精巧に型押しされていて、そのジュエリー作品のタイトルと、デザインされた日付、着想から制作に到るちょっとした物語が添えられていた。

ダイヤモンドのチョーカーがラディの目にとまった。大きなエメラルドのセンターピースが、涙形の真珠で縁どられている。その下に、ヘタルのことばがあり、母親がエメラルドをアクセントにした華やかなダイヤモンドのブレスレットをつけているのを見て育ったが、それに見合う完璧な首元の飾りをしているのは見たことがなかった、と書かれていた。

〝母がそのブレスレットをするたびに、わたしはそれに合わせて母が首元を飾るべく選んだダイヤモンドや真珠が気になっていました。母の持っているどのジュエリーも、合わなかったのです。そういうわけで、これはわたしがジュエリーデザインの仕事をはじめたとき、最初に考えた作品のひとつです〟

大きなガラス窓を通して、ラディはヘタルのスタジオを観察することができた。三方に、天井までの高さのガラスのショーケースが置かれていて、その中のそれぞれのマネキンの首に、ダイヤモンド、サファイア、エメラルド、ルビーがちりばめられたホワイトゴールドのジュエリーが展示されている。ヘタルのデザインは大胆で特徴的なものだった。けばけばしさはないのに華やかだ。現実の生活で見せている不安な様子は、作品には反映されていないように感じられた。ヘタルは自信のあるたしかな手でデザインをしていて、どの作品もサイズだけでなく値段の上でも堂々としたものだった。ヘタルは顔をあげ、ラディが自分のほうを見ているのに気づいた。そして驚いたように小さく手を振ったのち、また注意を客にもどした。

ラディがソファにすわり、コーナーテーブルのマガジンラックに飾られている艶々《つやつや》した結婚情報誌を手にとったとき、サンジャナが歩いてはいってきた。

「ラディ」

サンジャナははっきり聞こえるため息をつきながら腰をおろし、後ろの壁に頭をもたせかけた。疲れた様子で、顔には血の気がなく、灰色だった。目を閉じながらひと息つき、両手を伸ばして、ふくらんだお腹を守るようにした。

「ごめん」サンジャナは数秒後に目をあけた。「いろいろあってね」

「仕事はうまくいってる？」友人がこんなに疲れきって見えるのは、少なくとも仕事が理由のひとつだといいと思いながら、ラディは訊いた。

サンジャナはその質問を無視した。「父さんの昔の会計士に会ったの」

「それで？」

「ここじゃなく、家に帰る途中で話す。ヘタルは接客中？」

ラディが答えようとしたとき、控室のドアが開いて、だれにもわかるほど驚いているヘタルがはいってきた。

「こんにちは」ヘタルは好奇の目でラディを見たあと、視線をサンジャナへ移し、不安げな小さい笑みを浮かべてまたラディを見た。「アシスタントからあなたが待ってると言われていたの。ごめんなさいね。昔からの気むずかしいお客さまだったから」

「ううん、いいの……こちらこそ、こんなふうに押しかけてしまってごめんなさい」サンジャナは早口で言った。「電話してからにしようってラディに言われたのに、待てばいいってあたしが言ったの。二、三分ならヘタルも時間を割いてくれるだろう、って」

「もちろんよ、ディディ、さあこちらへ。スタジオで話しましょうか」

答えを聞くまでもなく、ヘタルは向きを変え、ふたりを控室の外へ連れ出した。そしてアシスタントとすれちがったとき、コーヒーを二杯とココナッツウォーターを一杯持ってきてくれと頼んだ。

スタジオは、丁子《クローヴ》とラヴェンダーのにおいがした。その繊細で心地いい香りは、部屋の隅に置かれているアロマポットから漂ってくるようだった。その横のコーナーテーブルには、背の高い花瓶があって、紫色の蘭の花が丹念に生《い》けられている。

ラディはヘタルの机に目をやった。ファイルや額、マーカーペン、手書きのデザインが描かれた普通のメモ帳、風変わりな文房具が、散らかってはいるがセンスよく置かれていた。ヘタルが書類を揃《そろ》え、机の上を片づける様子を目にして、ラディはヘタルを新しい目で見た。サンジャナのおしゃべり好きな義妹というより、ヘタルは意欲と野心を持つ、才能ある女性だった。ただ問題は、自分の夢を実現するためにヘタルがどこまでやる気なのかということだった。

ヘタルは頭上の黄色いスポットライトをふたつほど消して、部屋をもっとくつろげる、居心地のいい空間にした。それから促《うなが》すようにふたりのほうを向いた。

「さて」曖昧な笑みを浮かべながら言った。「どうしたの？　それにディディ、あまり具合がよさそうには見えないわ。足をあげてソファに横になるほうがいい？」

サンジャナは手を振って拒んだ。「平気よ……できればあまり長くかからないほうがいいけど」深呼吸をして、ゆっくりと前に出る。「ヘタル、父さんが亡くなった日に、父さんと言い争いをしたの？」

ヘタルはことばもなくふたりを見つめ、口をあけてからまた閉じた。やんわり嘘をつくか、真実を打ち明けるか、脳内で戦っているのだろうとラディには見てとれた。結局、ヘタルはこう答えた。「だとしたら何？　いまそれがどう問題になるの？」

「あたしにとっては問題なの。もし父さんが腹を立てていたんだとしたら、あたしはそれを知りたい」サンジャナが言った。

「残念だけど、ディディ。あれはあたしとお義父さんのあいだの話で、あなたにも、お義父さんの死にもなんの関係もない。そもそもだれがそんな話を吹きこんだの？」ヘタルは非難するようにラディを見た。

「新しいゴム手袋を注文する必要があったのはなぜ？　古い手袋はどうしたの？」ラディは淡々と訊いた。

「なんの話？」ヘタルの表情が怒りから困惑に変わった。

ラディはさらに質問した。「おじさんが亡くなった時刻にあなたがどこにいたのか、なぜ嘘をついたの？」

「嘘なんかついてない！」

「あなたはその日の午後、ワーリ・ナカで果物を買って、そのあと仕立屋に行ったと言ってた。でも、ワーリ・ナカでは午後二時から四時までのあいだ、どの店も閉まってる。なぜそんな嘘をついたの」

「仕事場に乗りこんできて、あたしを嘘つき呼ばわり？」ヘタルの声が大きくなった。怒りのこもったわめき声には、紛うことなき恐怖の響きが混じっていた。

「よく言うわ！」ヘタルはサンジャナに向かって言った。「あなたのお父さんは嘘をついて、あたしたちを破滅させるところだったのよ！　あたしを嘘つき呼ばわりするなんて厚かましいんじゃない？」

サンジャナは引き攣《つ》った顔で片手をあげた。「ヘタル、お願いだから――」

けれどもヘタルは興奮していて、もう止まらなかった。「お義父さんのせいで、あたしたち街の噂になってるの。あなたの弟は何？　あの人の嘘にはもううんざり！」

「それにあなた――」ラディのほうへ視線を向ける。「あなたのことはいろいろ聞いてる。トラブルを引き寄せる性質《たち》の人だってことはね。あなたのような人たちのことは知ってる。心に苦痛を抱え、不幸せなあまり、自分の問題から目をそらして他人のことに集中するためならなんでもする……あなたのしていることがなんの役に立つわけ？　義姉さんの思いこみをそそのかして。そんな友達がいる？――」

「もうじゅうぶんよ、ヘタル」サンジャナの声は喉に詰まり、顔は灰色だった。サンジャナが小声でラディに言う。「病院に連れてって」

ラディとヘタルはなんのことかよくわからないといった顔でサンジャナをじっと見た。

「お医者さまに診《み》てもらわないと」サンジャナが弱々しい声で言った。

今回のそのことばに、ふたりはピンときた。すぐさま行動を起こし、ラディはラムザンに電話をしてゲートで待つように伝え、ヘタルはサンジャナが立ちあがるのに手を貸した。

でも、サンジャナがドアのほうを向いたとき、ふたりは動きを止めた。妊婦の白いクルタの背後に、拳ひとつぶんくらいの大きさの真っ赤な染みが浮かんでいた。

空はほぼなんの前ぶれもなく色を変えていた。太陽が出ていたと思ったら、次の瞬間には貪欲《どんよく》な暗雲に突然呑みこまれる。空はいま紫色で、痣《あざ》ができているように見えた。腫《は》れあがり、口には表わせない行為を目撃したかのようだ。稲光の槍が何度も繰り返し空に突き刺さる。容赦ない審問。震える空は、いまにも秘密を吐き出しそうだった。でもまだだ。きょうではない。

カマルのナイフが、まな板の上の千切りされたセロリとニンジンの上を漂っていた。稲妻が空を鋭くぎざぎざに切り裂くのを見て、カマルはこのナイフの先を左手首に走らせたらどういう感じがするのだろうと思った。バワニの死、バワニの死に方、自分がしたこと、あるいは自分がしたことがバワニの死につながったのではないかという恐ろしい疑念。そのどれが一番、自分の心を動揺させているのかよくわからなかった。

ヘタルは自分のスタジオの窓からアラビア海をながめた。海はひどく怒っているように見えた。水は黒ずみ、灰の色だった。波が岸に打ち寄せ、岩に執拗に襲いかかって、無慈悲に暴れた。けれどもヘタルは、その怒りの底に何があるのか知っていた。怒りの底によくあるもの。痛みだ。海は空に憧れていた。愛するものを稲妻が苛《さいな》んでいるのを見ながら、助けることもできず、みずからの無能さに憤慨していた。これほどの思いを呼び起こしたのはなんなのだろう、とヘタルは思った。これほどの熱意を生じさせたものは？　鳴りつづける電話がヘタルを夢想から呼び覚ました。電話はジャイッシュからだった。汗ばんだ手のひらをクルタで拭《ぬぐ》い、電話に出た。

「あのかたの具合はどうなんです、ディディ」リラはグラスにはいった水をラディに手渡しながら尋ねた。

ラディは病院からもどってきたばかりで、ソファにすわって煙草を喫《す》いながら、テレビに流れているマラーティー語の映画を観るともなくながめていた。リラがリモコンを手にとり、テレビを消した。

「どうしたんです、ディディ。サンジャナ・ディディはお元気なんですか。赤ちゃんはだいじょうぶなんですか」リラは今度はもっと切羽詰まった調子で尋ねた。

そういうリラの口調が、ラディを現実に引きもどした。「ごめんなさい、リラ。ええ、そう。サンジャナも赤ちゃんもだいじょうぶ。感謝します、神さま。でも、サンジャナの胎盤に問題があって。絶対安静を言い渡されてるの。動いてはいけない、とにかく養生しなさい、ってお医者さまに言われていて」

「わかりました……それじゃ、そんなに悪くないんですね？」リラは落ち着かない様子で言った。

ラディは深刻な表情で首を振った。「サンジャナはきょう、もう少しで子供を失うところだった。お医者さまはサンジュには言わなかったけれど、わたしたちにそう言ったの」

「なんてこと！」リラはサリーのパッルーで額《ひたい》を拭ったあと、いつものように窓台に腰かけた。

「もしそうなっていたら、とどうしても考えてしまうの。全部わたしの責任だったわけよね？」

「あなたの責任？　いったい何を言ってるんですか、ディディ」

「考えてもみて、リラ！　わたしが先に立ってサンジャナに無駄な追跡をさせてるのよ！　わたしがいなければ、そして、キルティおじさんが殺されたという仮説を立てたりしなければ、おじさんの自殺に関する最初の不信を乗り越え、サンジャナはおじさんの死の受け入れにもっと近づいていたはず。でも、わたしが疑いを抱いたせいで、サンジャナはちゃんと悲しむことさえできなかった。

サンジャナには楽しみがたくさんある。それなのに、前に進もうとしていない。赤ちゃんのために計画を立てるよりむしろ、殺人犯を見つける方法を練ってるのよ！　お医者さまは、ストレスはよくないから、仕事をしないようにとサンジャナに言い渡してる。ところが、仕事じゃないのはわかるでしょ？　犯人捜しがサンジャナの神経を高ぶらせて——」

「もう！　何をくだらない話をしてるんですか、ディディ！　どうすれば、そんなふうに考えられるんです？　お父さまは殺されたのかもしれないとお友達に言ったのはまちがいだった、なんて本気でおっしゃってるんですか。お父さまは孫のそばにいて抱っこしてあげたいと思わなかった、とサンジャナ・ディディに信じさせたいんですか。まさか、そんな友達がいるもんですか！　彼女の立場になってみてください。真実を知りたくないですか」

けれどもラディは答えなかった。新しい煙草に火をつけ、窓のそばに立った。

「食べ物を持ってきますね。何か召しあがらなくちゃ」リラはそう言って立ちあがり、キッチンへ歩いていった。

ラディは腫れぼったいスレート色の空をながめ、まだ午後五時だというのに空がひどく暗いのに驚いた。雷鳴が聞こえる。その音が不気味に轟いたが、ラディの物思いを掻き消すほどではなかった。

病院でのジャイッシュとの会話が、ラディを悩ませていた。あの気の毒な人がどれほど怯え、どれほど必死に見えたか。ヘタルが病院から出ていったあと、ジャイッシュはラディと残り、その〝愚行〟を終わらせてくれと哀願した。

「妻は一度思いついたら、梃子《てこ》でも動かない頑固者だと知ってる。それに、きみたちふたりが、お義父さんの死について疑問を抱いてることもわかってる。でも、その疑問のすべてに合理的な説明がつくはずだ。つかなくても、ただ警察に届ければいい。警察は、捜査を再開すべきだと思ったら、そうするだろう。それなのにサンジャナは、お義父さんの主治医や会計士の他、神のみぞ知る人たちに会うために街を走りまわって！　まったく、お義父さんは亡くなって、ぼくの子供はもうすぐ生まれるってのに！」

稲妻のフォークが数秒ごとに世界を照らし、同時に赤裸々な現実を浮かびあがらせる。ラディは気が咎《とが》めた。投げかけた質問の結果を考えるようサンジャナにアドバイスしていたが、自分自身はそれを考えるのをやめたのではないか。リスクは考慮していたのか。自分がこうする理由をよくよく考えたか。こんなことをしているのは、単に気を紛らわそうとしているだけじゃないのか。ずっとそうしてきたように。さまざまな人や物事、状況にこだわることで、立ち止まって内面を見つめる必要はなかった。ヘタルのことばが、もどってきたラディに嚙みつく。〝そんな友達がいる？〟自分はサンジャナにとってよい友達だっただろうか。

リラが、米とレンズ豆のキチディ、濃厚なヨーグルトベースのカレー、ヤシ糖で甘みをつけたユウガオのサブジを載せた皿を持ってもどり、それをダイニングテーブルに置いた。ラディが煙草を消すまで、リラは両手を腰にあてて立っていた。でも、ラディは食べられなかった。胃が焼けるような感覚が完全にもどってきた。

その夜は、雨が降った。翌日もずっと。あらゆる疑念、不安、恐れを拭い去るような土砂降りだった。癒《いや》してくれるような雨ではなく、いかに自分が取るに足らないかを感じさせる雨だった。この雨のなかでは、どんな問題も軽減され、些末で薄っぺらで、無力なものになった。気象局は二十四時間の大雨警報を出し、学校や企業は休むよう命じられた。ラディはリラに休みを与え、自宅でひとりで過ごした。信じられないほど混乱した自分の人生について考える必要があった。一ヵ月前の計画では、インドにもどり、自分自身と仕事に集中するはずだった。どうしてそれがこんなふうに脱線したのだろう。友達の力になりたかったのはほんとうだ。でも、正直に考えてみると、書かない理由ができて、ちょっとほっとしたのではないだろうか。

二年前、前作が驚くほどヒットしたとき、ラディは凍りついた。その成功を繰り返すことができないのではないかとガチガチになって、書けなくなったのだ。その後、マッキンゼーがラディの人生から消え、書かないことへの罪悪感も消失した。そこまで明らかな喪失を前にして、ラディに思考することを期待できる者はいないはずだ。インドに帰ってきて、ラディは今回の悲劇に飛びついた。難局のあらゆる細部までくわしく調べて、起きているあいだじゅうカダキア家のことを考え、その過程で他のあらゆることにあてる隙間をなくしたのだ。

ラディは自分の決断について考えながら、アパートメントのなかを落ち着きなく動きまわり、壁に写真入りの額や絵を飾ったりした。インドやニューヨークの友達からのEメールやメッセージに返信し、ビジネスのマネージャーと話をして、二、三の投資について署名を求められた。それから読書をした。

ラディはクリーミーなマッシュルームのリゾットを作り、メルローのボトルをあけ、腰を据えてアガサ・クリスティーの『ねじれた家』を読んだ。裕福な歪んだ一家で起こった殺人事件についての物語を。

22

「もしもし、ラディ？　ジャイッシュだ。話せるかな」

ラディは早朝に電話をかけてきたことがとっさに心配になって、思わず足を止めた。

「もしもし、ジャイッシュ……何か問題でも？」

「ああ……いや、まあその、赤ん坊はだいじょうぶなんだ……ただサンジャナが……サンジャナのことなんだけど……ぼくにはわからなくて。サンジャナがどうかしちゃって。こっちへ来てくれないか」

十分で行くと約束して、ラディは電話を切った。走るために公園に来ていた。ようやく雨があがり、空気は信じられないほど澄んでいて、湿った土のにおいで満たされていた。

公園から出て、煙草に火をつけようとしたとき、アロエベラジュースを売っているワゴン車に目がとまった。ラディは多くのよい決断のきっかけになることを期待して、人生ではじめて、より健康な選択肢を選んだ。

ラディがドアベルを鳴らす前に、ジャイッシュが玄関のドアをあけた。ジャイッシュのあまりのやつれように、ラディは驚いた。

「いま、仮眠してる」ドアをそっと閉めながら、ジャイッシュは小声で言った。

ラディはジャイッシュのあとについて居間にはいり、メイドが水を置いて部屋を出ていくまで待ってから言った。

「それで？　どんな具合なの？」

ジャイッシュはのろのろと首を振った。「彼女、大変なことになってる。すごく泣くんだ。寝もしない。こんな姿は見たことがない。流産したときさえ、ここまでじゃなかった。正直言っていいかな。ちょっとこわいんだ。お義母さんをここに呼んで、数日泊まっていってもらったらどうかと言ってみたんだけど、頑《かたく》なに拒まれた。それで、きみに会いたいって言うんだ」

ラディは何も言わなかった。

ジャイッシュはため息をつき、それから肩をすくめた。「わかってる。お義父さんの件だよね。彼女、何があったのかを突き止めることにこだわってる。子供のことを考えて、以前それをやめさせようとした。でも、それって、ぼくの身勝手だったのかもしれないと気づいた。ただタイミングがあまりにも……くそまずいよね」目をこすり、顔をそむける。

ラディはうなずいた。「同感。サンジャナはいま、死について考えるべきときじゃない。ましてや殺人についてなんて。病院でのあの日以来、やっぱりわたしもこわいなって思ってるの。どんなにこの赤ちゃんを望んでたかを知ってるから。あなたたちふたりがどんな思いだったかを知ってるから。サンジャナにそんなリスクを冒させてはいけない」

ジャイッシュは驚きと感謝の目でラディを見た。調査をつづけることに賛成すると思っていたのだろう。それがいま、思いがけず味方であることがわかったのだ。

「ジャイッシュ？　だれと話してるの？　ラディが来たの？」サンジャナの弱々しい声が寝室から聞こえた。

「サンジュ、ええ、わたしよ」ラディが返事をすると同時に、ジャイッシュとラディは立ちあがって寝室へ向かった。

「ラディ！」屈みこんで友にハグをしたラディを、サンジャナは強く抱きしめた。「来てくれてよかった！」

ベッドに横たわるサンジャナは、目がくぼみ、髪が乱れて、顔は青ざめて張りつめていた。ラディはそれを見て、後悔の念に駆られた。サンジャナの肌に妊婦の輝きはなく、引き攣《つ》ってくすんでいた。本来なら、ベッドサイドのテーブルには育児日記や育児書が並び、子供部屋の準備や子守を雇うことを考え、ベビー用品の購入リストを作っているべきなのに。大きなお腹を除けば、この部屋にもサンジャナの目にも、近々母になる気配はまったくない。

「ジャイッシュがあなたを遠ざけてたんでしょ？　それで会いにこなかったのね」サンジャナは、ラディがベッドの端にすわったとたん、尋ねた。

「ううん、そういうことじゃないの。お医者さまから……あなたには絶対安静が必要だって言われたの。だから、二、三日経ったら寄ろうかと思ってたとこ」

「休めるわけないでしょ、ラディ！　ジャイッシュは赤ちゃんの名前を話し合いたいらしいけど、そんなことできない！」そう言って夫をにらむと、ジャイッシュは不満げに視線をそらした。「お父さんを殺した犯人が野放しになってるっていうのに！　犯人を見つける！　そしたら、このつまらない天井をながめて、一日じゅう手袋を編むわ！」

　ラディは力なく友に目をやった。「キルティおじさんがあなたに何を求めるかわかる、サンジュ？　お父さんのためにって言うなら、何をしたら喜んだのかを考えるべきでしょ。自分のことを振り返ってみて。自分を労《いた》わることを忘れ、責任感もない。実際、お腹の赤ちゃんを危険にさらしてるのよ」

　サンジャナは目に見えて腹を立てた。「ジャイッシュと話したのね」それから夫のほうを向いてわめく。「ほんと頭にくる。寄ってたかってあたしを攻撃するわけね！」

ラディは顔をしかめた。「サンジャナ、それはちが——」

サンジャナは最後まで言わせなかった。「ラディ、他でもないあなたなら、天寿を全うする前に親を失う辛さをわかってると思ってた！」毛布を投げ捨て、起きあがろうとする。

「かまわないで。だれも助けてくれなくても、あたしひとりでやるから」

「待つんだ、サンジャナ、頼む」ジャイッシュは慌ててサンジャナのかたわらに行った。

「頼むから落ち着いてくれ」片腕を体にまわそうとするが、サンジャナは怒りにまかせてその手を撥《は》ねのけた。

「わかったよ」ジャイッシュは手のひらを外に向けて両手をあげ、ベッドから二歩ほどさがった。「わかったよ。でも、一秒でいいから聞いてくれ」

サンジャナはなおも夫をにらみつけていたが、ベッドに腰をおろした。

「横になってくれないか」ジャイッシュが頼んだ。

サンジャナは頑なに首を振った。

ジャイッシュがため息をつく。「わかった。じゃあ、こうしよう。すぐに横になってくれ。それに自分を労わると約束して。そうしたら、犯人捜しにラディが必要とすることはなんでも手伝うと約束する」

サンジャナは動かなかった。そして、信じていいのかわからない、といったような目でジャイッシュを見た。

「頼む」ジャイッシュは懸命にささやいた。「誓うよ。これから生まれてくるわが子に誓う！」

サンジャナが少しだけ長くジャイッシュを見つめたあと、怒りが少しずつ消えていくのがわかった。肩が落ちて、目には涙がこみあげている。

「落ち着いて、ダーリン」ジャイッシュは妻のもとへ行き、やさしくベッドに寝かせた。

ドアをノックする音がして、メイドが食べ物を載せたトレーを持ってはいってきた。それを窓台に置き、皿やスプーン、フォークのはいった別のトレーをとりにもどる。最初のトレーには、搾《しぼ》りたてのスイートライムのジュースを入れた背の高いグラスがいくつかと、スライスしたリンゴ、すりおろしたニンジンとホウレンソウを詰めたいい香りのするセモリナ粉のケーキ、ゴマとコリアンダーで味つけした、湯気の立つフェヌグリークのナゲットが盛られ、どろどろで黒いナツメヤシとタマリンドのチャトニーが添えられていた。

サンジャナの目が食べ物に注《そそ》がれた。「急にお腹が減ってきた！」

ジャイッシュとラディは安堵の視線を交わした。ジャイッシュは持ちあげたトレーをサンジャナの目の前に置き、膝の上にナプキンを広げてやった。

ふたりの様子を見て、ラディは不意にマッキンゼーのことがたまらなく恋しくなった。

ラディの人生から永遠に姿を消すほんの数カ月前に、マッキンゼーはインフルエンザに罹《かか》ったラディをしっかり看病してくれた。どれほどやさしく、どれほどラディの不機嫌に寛容だったか。

ラディはため息をつき、メイドが差し出した皿を受けとった。

「よし」ジャイッシュは、三人が食べ物を手にして落ち着き、メイドが部屋を出ていくのを待って、言った。「きみたちがつかんでいることを、サンジュから少し聞いたよ。正直言うと……おかしい気がする。ぼくが疑問に思うのは、なぜ警察へ行かないんだ、ってこと。ぼくの父が、警察上部の人間を何人か知ってる。捜査を再開してもらうことができるはずだ。お義母さんや他の家族にも話してみようか？」

「それはいい考えだとは思わないわ、ジャイッシュ」ラディは静かに言った。

その言外の意味がよく理解できるまで、ジャイッシュはラディを少し見つめていた。

「まさか！」ジャイッシュはぎょっとしたようだった。「そんなこと考えてないよね？」

ラディは返事をしなかった。

「本気で、家族のだれかがかかわったと思ってるの？　おいおい、ラディ……」

「まだわからない」ラディは認めた。「バワニはなんらかの形でかかわってると思う。亡くなってしまったけれど。偶然とは思えないの」

それから数分のあいだに、ラディとサンジャナはここまでわかっていることをすべてジャイッシュに伝えた。カマルから聞いた話。ミスター・ポダールがどうかかわっているか。ヘタルがどんな嘘をついたか。それに、ランジャンも嘘をついているとヘタルが言っていたこと。

すべてを聞いたあと、ジャイッシュはだまりこみ、熟考していた。「どう言ったらいいかわからない……きみたちの言うとおりだ。全部を考え合わせると、さすがにちょっと多すぎて――」

「あ、忘れる前に言っとくね」サンジャナが割りこんだ。「アミットが話してた保険の件は覚えてる？」

ラディはうなずいた。

「ヘタルとランジャンが四年ほど前に、この保険に加入するよう父さんを説得したってことがわかったの。この前、父さんの昔の会計士に会ったんだけどね」サンジャナはラディがことばを挟むのを待たなかった。「それがね、その人が言うには、保険の代理人はヘタルのいとこらしいわ」

またた。新たな偶然の一致。ラディはあとでじっくり考えようと、この情報を頭の隅にしまった。

三人は何が起こったのかについて議論をしつづけた。ラディが帰るころには、うれしいことに、サンジャナの機嫌がかなりよくなっていた。

〈テンプルヒル《Temple Hill》・ジムカーナ《Gymkhana》〉には新しい名前――〈カラメル・クラブ・オブ・スポーツ・アンド・フィットネス〉――があるが、そう呼ぶことを覚えている者はいなかった。そこで働いているスタッフでさえ。テンプルヒルの住人たちのあいだでもやはり〈THG〉で通っている。〈THG〉は特権意識を持つ人ばかりが集う排他的な場所であり、このまる十年、新規会員を受け入れていなかった。

海のそばの四エーカーものゆったりとした土地にひろがる〈THG〉は、バドミントン、スカッシュ、卓球、ジム、ヨガスタジオなど、さまざまなスポーツ施設を収容したふたつの大きな建物からなる。そして三つ目のどっしりした建物には、バンケットホールや舞踏場があって、〈THG〉の会員が結婚式やパーティを催《もよお》したりできる他、会員が予約できる、会員やゲスト向けの快適な宿泊用の部屋が数階ぶんある。

ラディがここに足を踏み入れるのは、幼いころ、母と一緒に来て以来だった。母はラディをテニスのクラスに送ったあと、泳ぎにいっていたのだ。ラディは中央受付のある建物へ歩いて向かいながら、何もかもが大きく変わったことに驚いていた。張り出した大きな庇（ひさし）のある、パステルカラーで塗られたコンクリートのビルはなくなっていた。いまやすべてがガラスと鉄でできている洗練された建物となり、日差しを受けて輝いている。

ランジャンが、ミスター・ガナトラの治療を終えたあと、トレーニングのために〈THG〉のジムに行ったと言っていた。でも、もしそうじゃなかったら？　あるいはジムには行ったが、言っていた時間じゃなかったとしたら。

ラディは受付に歩み寄った。そこにはかつて、リボンからぶらさげられたペンとともに、入館登録簿が開いて置かれていた。会員は受付にいるスタッフにIDカードを提示し、入館時刻を登録簿に記入して、その横に署名をしなければならなかった。けれどもたいていは、にっこり微笑むだけでよかった。スタッフは長いことそこにつとめていて、常連客の大半を知っていたからだ。ところがいま、受付には登録簿がなかった。

「どこに署名をすれば？」ラディはカウンターの向こうにいる男性スタッフに訊いた。

スタッフはデスクの上にある読みとり器を指さした。「そちらにIDカードを」

「もう入館登録簿はないの？」

受付の男性は、けげんな顔でラディを見た。

「会員ですか、マダム」会員でなければ、質問に答えてもらえないのは明らかだ。

「ええ」

男性はうなずいただけで、何も言わなかった。カードを見せるのを待っているのだ、とラディにはわかった。ＩＤをさっと取り出して、相手に手渡す。男性はカードの写真を見てから、ラディを見た。写真は十年以上前のものだ。自分に甘ければ、少なくとも髪型は変わったと言うだろう。

「あなたには見えませんね、奥さま」男性は間を置いて締めくくった。

「でも、わたしの写真です」

「他に身分を証明するものをお持ちじゃないですか」

ラディはアメリカの運転免許証を取り出した。こちらはもう少し最近の写真を使っている。ようやく男性は満足したようだった。

「アメリカにお住まいだったんですか、奥さま」免許証を返しながら、受付の男が尋ねる。

「ええ、以前は」

「とにかく、磁気チップのついた新しいＲＦＩＤカードが必要です。そのために、申請書に記入していただかなくてはなりません」机の下の抽斗《ひきだし》から用紙を取り出す。

「ありがとう」ラディは書類を手にとり、ふたつに折って、ハンドバッグにしまった。

「じゃあ、もう入館登録簿はないの？」ラディは繰り返した。

受付の男は首を振った。「入館記録はすべて自動化されていて、情報は直接、内部のセキュリティサーバーに送られます」

「そのサーバーはどこにあるの？　クラブの敷地内よね？　来場者の記録を見たいんだけど」

「会員にはお見せできません、奥さま。クラブの規定ですので」いまや疑わしげにラディを見ている。

　ラディはため息をついた。気は進まなかったが、これからしようとすることには試してみる価値があると思った。「そこに〝ザヴェリ・リーディング・ヌーク〟とあるでしょ」ロビー入口のすぐ横にある広い図書室を身ぶりで示す。「わたしの祖父からの寄付で造られたものなの。祖父は〈THG〉のおもな創設者のひとりで」

　男はラディのことばをあまり信じていないようだったが、それでも礼儀正しく振るまうことを生涯学んできていた。

「わたしが判断することはできませんが、記録にアクセスできるかどうか、委員長か委員会のだれかにあなたから話すことはできます」

　委員会！　そうだ！　なぜ思いつかなかったんだろう。ヴリンダ叔母《フィァ》さんは委員会に属しているから、必要なものを簡単に手に入れられるはずだ。ラディは受付の男にうなずいて背を向け、さっそく叔母に電話をした。

ラディは、プールサイドのテーブルで叔母を待つあいだに、〈THG〉がテンプルヒルという密な地域社会のほぼ完璧な縮図になっていることに気づいた。スケートから体操へ、テニスからサッカーへと、子供たちが子守を従えて、あるクラスから別のクラスへ駆けまわる様子をながめる。その母親たちは、最新のすらっとしたスポーツウェアを身につけ、実際に何かスポーツをしたかはさておき、グリーンスムージーを飲んでいた。他の母親たちと過ごすそのひとときは、手に持っている飲み物と同じくらい滋味深いものだ。男たちは仕事のあとぽつぽつと集まってくる。なかには、会社の役員室からスカッシュやテニスのコートにラケットを持ち歩く人もいる。また、友人とバーを訪れ、ビールを飲みながらクリケットの試合を楽しむ者たちもいる——妻や子供や親たちが夜の実権を握るまでの短い貴重な時間だ。〈THG〉が何を意味するのかは人によって異なるものの、〈THG〉を一番楽しんでいるのは、退職後の人たちだ。ビンゴ大会やブリッジ・トーナメント、夜の映画鑑賞会などで毎晩顔を合わせている。貴重な会話をする時間であることは言うまでもない。家庭ではだれもそういう時間を見つけられないものだ。

ラディがカルダモンティーと、野菜をはさんだハンバーガーのような食べ物、ワダパオをふたつ注文したとき、ヴリンダがプールサイドのカフェにはいり、店内に目を走らせたのが見えた。ラディが手を振ると、ヴリンダは笑顔でラディのほうへ近寄った。やわらかな綿素材のシンプルなサリーを着ていても、この叔母がとても優雅に見えることにはいつも驚かされる。社交界の他の人々がダイヤモンドを見せびらかすなかで、叔母はシルバーを身につけている。アンティークの銀のジュエリーのすばらしさを、ラディはこの叔母から学んだ。

「どうぞ」ヴリンダはラディに向かってくるくる巻いた紙を振りかざした。「まるひと月ぶんの入館者よ」

「あら、欲しかったのは――」

「わかってる。わかってるって」ヴリンダが遮って言う。「ただ、特定の日付と特定の入場者に注意を引きたくなかったから。このほうがいいでしょ」

ラディは叔母に電話したときに、ここまでにわかったことをすべて話しておいた。ヴリンダは注意深く耳を傾け、ほんの一、二回、ほんのひとつふたつ質問を挟んだが、電話での反応は薄かった。それでも迅速に電話をかけて、その日のうちに履歴を取り寄せてくれたことからすると、何かをつかんでいると叔母は信じているのだとわかった。

「それで、何日を探せばいいの？」紙をぱらぱらめくりながら言う。

「このあいだの水曜日、六月三日」

「ほらこれ」ヴリンダはその日付ぶんの六枚の紙を寄こした。

ラディが目を通しはじめたとき、ウェイターが食べ物を運んできた。

ヴリンダはたっぷりの油で揚げたジャガイモのパティを挟んだ白い丸パンを見て、両眉を吊りあげた。「ワダパオ？……これは食べられないな。わたしには、あなたやあなたの姉さんみたいに母親譲りの、何を食べても太らない体はないからね！」

「よしてよ、叔母《フィア》さん。信じられないくらい、すらっとしてるじゃない！」

ヴリンダはラディが差し出した魅力的な軽食を見て、首を振った。「何事にも理由があるのよ、理由がね」

ラディは肩をすぼめ、大きくひと口パンを齧《かじ》ったのち、油のついた指をティシューで拭《ぬぐ》い、ヴリンダに渡された一見つまらない紙に注意をもどした。六月三日、〈THG〉に七百人ほどの来館者があった。叔母《フィア》の手元に残った大量の紙を見るかぎり、毎日そうなのだろう。履歴には、会員番号、会員名、入館時刻が記されていた。

「退館時刻がないのはなぜ？」

「出るときは、カードを通す必要がないから。ゲートに出口の自動柵を設置しないかぎり、退館時刻を記録できない。それってスペースの無駄でしょ。委員会はそういう意見だし、わたしも同感」

ラディは履歴にもどった。幸いなことに、時系列で並んでいたため、午後三時以降のぶんだけ見ればよかった。三時以降の履歴は二枚だけで、ラディは両方をざっと見た。ランジャンの名前はどちらにもなかった。

「見つけたくない気持ちもあるな」そう小声で言いながら、一枚目の履歴を改めてゆっくりと見て、ダブルチェックのためにヴリンダに手渡した。

ふたりで履歴に二度目を通し終えたあと、ラディは慌てて目をあげた。「その日は来てないみたいだね。わたしの勘が正しければ――」

「ちょっと待って」ヴリンダは、履歴が正午からはじまるという理由でラディが没にした紙を見ていた。「これを見て。一番下に、午後三時から三時十五分のあいだに入館したデータがいくつかある」

ラディとヴリンダは屈みこむようにしてその紙を見た。最後から二番目の列に、午後三時十五分、ランジャン・カダキアの名前があった。

ラディは、偶然会った知り合いに叔母が投げキスするのを見た。ヴリンダはだれとでも話ができる。ピンク色の髪のパンクな子、顔に骸骨のタトゥーを入れている男、あるいはマサチューセッツ工科大学《MIT》の航空力学の教授の前に差し出しても、ヴリンダはそれぞれとなんらかの共通点を見いだすだろう。人生の大半を社交不安と取り組んできたラディとしては、叔母のこの資質を大いに尊敬していた。

ふたりはお茶を飲み終えたばかりだった。そのあいだは、カダキア家の件について話した。ラディは苛立っていた。スタート地点にもどったような気がしたからだ。バワニが何かを隠していたのはまちがいないが、亡くなってしまった。また、ミスター・ポダールも何か隠し事をしていると確信していたが——とりあえず、ラディが想像していたようなことではなかった。ランジャンが嘘をついていると信じて疑わなかったが、真実を話していたことがわかった。いまラディは、手詰まりだと感じていた。探りだしてからはじめて、質問事項がなくなった。

煙草が喫《す》いたくてたまらなかったが、クラブ内は禁煙だった。喫煙するには、わざわざ大通りまで出なくてはならない。ウェイターが勘定を持ってくるのを待っていたとき、ラディはあるものを見て動きを止めた。大きなスイミングバッグを肩に掛け、ふたりの子供を引き連れた女が、登録簿に署名をしていた。その人がカウンターの男にIDカードを渡すと、そのカウンター係がコンピューターに詳細を打ちこんだ。ラディはそのとき、メインの入館履歴とは別に、さまざまなスポーツ施設がそれぞれ出入りの記録をとっていることを思い出した。そしてその記録はどうやら、いまでも手作業でおこなわれているらしい。

ラディは記録をチェックするためにジムへ行くことにした。叔母に待っているようメッセージを送り、三階へ向かう。

そこで記録を手に入れるのは、比較的簡単だった。ジムの受付係は、ホールを渡ってスパのカウンターへ急がなくてはならなかった。スパの係員がティーブレイクに出てしまっていたからだ。ラディはすばやく登録簿を自分のほうへ向け、ページをめくり、目あての日付を見つけた。そのページを一度、二度、そして三度と、上から下へ、さらに下から上へと見ていった。

ランジャン・カダキアの名前はなかった。

心臓をどきどきさせながら、ラディは急いで叔母のところへ行って、いまつかんだ情報を伝えた。

「話のできる常駐のトレーナーか、ジムの係員はいる？　当日ランジャンがジムに来ていないことをたしかめたいの」

「もうひとついいことを教えてあげる。最近クラブのいくつかのエリアに監視《CCTV》カメラが設置されたの。ジムもそのうちのひとつよ」

ラディとヴリンダは、〈THG〉の上級管理者たちが事務所をかまえる建物に向かった。

監視カメラの映像を見るには許可が必要だ。ヴリンダが事務所にはいって担当者に話をつけているあいだ、ラディはそのカメラで何が見つかるのだろうと思った。そしてそれはカダキア家にとって何を意味しているのだろうか。

23

その晩、車で帰宅する途中、叔母と別れたあと〈THG〉の敷地の外で立てつづけに三本喫《す》った煙草とは無関係に、ラディの頭はフル回転していた。また手詰まりだった。ただそれでも、真実まであと数インチのところまで近づいているとも感じていた。直感がそう告げていた。ランジャンに人を殺せるわけなどない。それにその方法もわからない。でも、ランジャンでなかったら、だれが？　犯人は複数の人間なのだろうか。犯人がふたりいて、ふたつの異なる動機から人を殺したのか。それとも、ふたりは共犯なのか。でも、でも……自分は完全にまちがった見方をしていたのではないだろうか。犯人は家族のなかにはいないのかもしれない。だったら、どうすれば？　ラディはジャイッシュに電話をして、これからふたりに会いにいくと伝えた。もう家の近くまで来ているが、シー・ミストの駐車場から続々と車が出てくるため、十五分前から渋滞につかまってしまっている。

「何かあるの？」ラディは運転手のラムザンに訊いた。「なぜこのアパートメントから車がたくさん出てくるわけ？」

「サットサンガですよ、ディディ。参加者が帰ろうとしてるんです」

それから数分、車が動くのを待ったあと、ラディはあきらめた。「ああ、もう馬鹿らしい。ここから歩くわ、ラムザン。車を駐車場に入れたら、帰宅していいから。きょうはもう車は使わないし」

「わかりました、ディディ」

アパートメントの敷地にはいると、ロビーのそばでおおぜいの女性が集まって、興奮した様子で話をしていた。

「モルジブに？　五日も？　素敵！」

「タコス？　どこの？　パレルに？　いいわね、メキシコ料理大好き」

「破産？　嘘！　サラフ家？　ほんとに？」

会話の断片をつかみながら、ラディは運転手つきの送迎の車を待つ女たちの群れのなかを通り抜けようとした。サットサンガを終えたばかりのグループにしては、会話が宗教的なものとはかけ離れていたので、ラディは笑いをこらえるのに必死だった。

パーティホールを通りすぎたとき、出口に立っているふたりの女が、出ていく婦人たちに景品を手渡しているのを見た。女性は全員、透明の小さな袋を持っていて、そのなかにアーモンドと砂糖の塊と、乾燥ココナッツがはいっていた。

人ごみを縫って歩くあいだ、何人かアパートメントの住人の知った顔があり、ミセス・マニアルとミセス・ガンジー、ミセス・ポダールにうなずいて挨拶をしたが、ミセス・ポダールからは冷ややかな笑みを向けられた。ラディは何も悪いことはしていないのに罪悪感を覚えた。ポダール夫妻が後ろめたい思いをしているのは明らかだった。

ラディと罪悪感との関係は毒を孕《はら》んでおり、ニューヨークでのセラピストとの作業も、おもに罪悪感に関するものだった。それでも何年もかけて、少しずつ前進してきたのだ。たいていの場合、罪の意識を覚えながらも、それを克服しようとして逆に過度な行動に走ることもなくなっていた。でも、まだときどき、罪悪感に負けてしまいそうになる。

ラディが犯人を確信したのは、サンジャナのところへ行く途中、B棟のエレベーターのなかで、ポダール夫妻のことを考えていたときだった。気づいたことで、全身が冷たくなった。サンジャナの住む階に着いたが、すぐにはエレベーターから降りなかった。しばしその場に立ち尽くし、どきどきする胸を静めて、自分の考えを筋道を立てて整理できるようにした。準備ができたと感じ、降下ボタンを押した。エレベーターからおりると、ラディは建物の外へ出て坂をくだり、〈ホワイト〉というカフェに着いた。

「マサラチャイを」ラディはぼんやりと席にすわりながら、ウェイターに小声で言った。

窓の外をながめながらどのくらいそこにすわっていたのか、自分でも定かではないが、最終的にいろいろな考えから離れて、現在にもどってきたとき、空《から》になった紅茶のカップがふたつ、目の前にあった。ラディは携帯電話を取り出して、ジャイッシュに電話をかけた。

「もしもし、いますぐ〈ホワイト〉で会える？」

「〈ホワイト〉？　前は〈ママ・ジョーンズ〉だった店かい」

「そう」

「わかった……でもなぜうちへ来ないんだ？」

「すぐには無理なの」

ジャイッシュは十分も経たずに歩いてカフェにやってきた。ウェイターがレモングラスティーのポットをひとつと、ホウレンソウとコーンのサンドイッチの注文を取るまで待ったあと、ラディは〈THG〉で何を発見したかをジャイッシュに話した。そして、何を疑っているのかも。

話を聞き終わると、ジャイッシュは数分間だまっていた。表情が読めない。ついに、真剣な面持ちで言った。「いまの話、まちがいないんだね？」

「いいえ。でも、数時間後にはわかると思う……サンジャナはどうしてる？　具合はどうなの」

ジャイッシュはため息をついた。「けさ、きみと話したあと、ずいぶんよくなった。昼食をたくさんとって、長く昼寝をして。ベビーベッドの写真を見ようか、と訊いてきたくらいだ」

「この件を話したら、また落ちこむんじゃないかと心配？」

ジャイッシュがまただまりこんだ。ジャイッシュがどうすればいいのかを考えるあいだ、ふたりはそれぞれお茶を飲んだ。

「いいや」ジャイッシュはため息をついた。「サンジャナはきみやぼくが思う以上に強い。どうあれ、真実が不愉快なものであることを、彼女はひそかに覚悟してると思う。そして今回の一件を早く過去のものにできればできるほど、状況としては好ましくなる……でも、警察はどうする？　もう話したほうがいいんじゃないかな」

ラディはきっぱりと首を振った。「それはわたしたちが決めることじゃない。家族が決めることよ」

ジャイッシュは安堵したようだった。「いずれにせよ、実証があるわけじゃない」

「ええ、でも自分たちがとる方法を考えることはできる」ひとつの計画が、ラディの頭のなかで形をとりはじめていた。

「よくわからないけど、ボリウッド映画みたいだな」ジャイッシュはラディのアイデアを聞いてそう言った。

ラディは肩をすくめた。「よく言うでしょ、芸術は人生に触発されるが、人生もまた芸術に触発される、って」

ふたりはシー・ミストへもどり、サンジャナにも伝えた。ジャイッシュの予想どおり、サンジャナはその知らせを驚くほど平静に受け止めた。

「すると、家族全員がここに集まる必要があるってこと？」サンジャナはラディの計画を聞いて尋ねた。「それほどむずかしいことじゃないはずよ。あたしがベッドで静養しているのにうんざりして、ほんとうに弱ってる、とジャイッシュの口からみんなに言えばいい。ランチに来て、励ましてやってくれ、って」

「カマルも連れてくるように言って。キッチンで手伝いがいるから、って」

サンジャナはうなずいた。

「子供たちは呼ばないで」ラディは付け加えた。

「心配は要らない。静かに食事をしたいと言っとくよ……いまから電話をかけよう」ジャイッシュが立ちあがった。

「ありがとう、ジャイッシュ。でも、もうひとつやってほしいことがあるの」

ラディは前から、バワニの死は事故ではないのではないかと疑っていたが、バワニの死でだれかがどんな得をするのか、理解できずにいた。いままでは。それを証明するために、ジャイッシュの助けが必要だった。

サンジャナの夫が出ていくと、ラディは友に、自分たちがしようとしていることの結果について考えたのか、もう一度尋ねた。サンジャナのアーモンド形の目は、苦悶に覆われていた。「いいえ……でも、何もしなかった場合の結果については考えたわ」

ラディはうなずいた。「それなら、二本電話をかけてほしいの。一本はあなたのお父さんの会計士に、そしてもう一本は――」

家に帰ると、ラディは大きなポットにジンジャーティーを作ってほしいとリラに頼んだ。それからふたりで窓ぎわにすわった。外は、霧雨が降っている。しとしとと穏やかに降る雨は、ここ数日繰り広げられたドラマのあとの、和解の気配のようだった。お茶を飲みながら、ラディはリラに、何を疑っているのか、自分は何をしようとしているのか、カマルに話をすることがなぜ重要なのかを語った。

その夜それから、ラディはマハラシュトラ料理で、湯気をあげるピトラ（スパイスをきかせたひよこ豆粉のカレー）の皿を持って、ミセス・マニアルの家の前に立っていた。ドアベルを鳴らす。以前と同じように、床とドアの隙間に影が見えて、のぞき穴に目がひとつ見えた。それからドアが勢いよく開いた。ミセス・マニアルが赤紫色の流れるようなカフタン（帯のついた丈の長い服）を着て、髪をふたつに束ねて立っていた。

「ラディカ！」ミセス・マニアルはうれしくて驚きの声をあげた。若い女性に朝食をとるようにとは言ったが、自分の意志で玄関先に姿を現わしてくれるとは思ってもみなかった。しかも食べ物を携《たずさ》えて！　隣人たちにこの話をしたら、さぞかし驚くだろう！

　ラディカはにこやかに微笑みかけた。

「ごめんなさい、約束を果たすのが遅くなってしまって」

「はいって、はいって！」ミセス・マニアルはラディがなんの約束のことを言っているのかさっぱりわからなかったが、気が変わらないうちにとラディを中へ招き入れようとした。

「なんの連絡もなく来たのはわかってるんですが、どうしてもこれを試して――」

「しっ！　ご近所同士じゃないの！」ミス・マニアルはラディのことばを遮って言った。

「これこそがご近所さんってものですよ。みんな気軽に立ち寄って。昔はだれもドアを閉めなかった。お互いの家をつねに行ったり来たりして。小麦粉を借りたり、お茶を一緒に飲んだり、お皿やあちこちをぶらぶらしてる子供を返したりしてね。ドアベルを鳴らすのは、お客さまと郵便屋さんくらいのものだったわ。それがすっかり変わってしまった。五歳の子でも遊ぶ〝日どり〟を決めなくてはいけないなんてね。あら、だらだら話しちゃったわね……さて、ここに何があるのかしら」

ミセス・マニアルはラディの手元にある、黄色のふわふわしたひよこ豆料理と米粉のロティをのぞきこんだ。

「これはピトラ。マハラシュトラの料理です。うちのコックの得意料理で」

ミセス・マニアルはボウルをふたつとスプーンを持ってくるように言い、自分の料理人に、岩塩と青唐辛子で味つけした濃厚なバターミルクを背の高いグラスに注《つ》いでくれと頼んだ。それからふたりはおしゃべりをした。ひとりは話しているのがただ楽しく、もうひとりは心にある思いを抱えていた。

24

ラディは昼食が終わるまで待つよう提案した。サンジャナの気が変わったときに備えて、家族との最後の機会を与えたかったのだ。でも、サンジャナの心は揺るがなかった。みながまだ食後に、檳榔子《びんろうじ》のパーンにアルシアナッツと甘い薔薇の花のジャムを詰めたものを食べているとき、サンジャナはラディに電話をして、そろそろ時間だと告げた。

ラディはリラとともにB棟へ向かいながら、自分自身に驚いた。自分にそんな気持ちがあるとは思っていなかった。これから起こるのは、不愉快で醜悪で、あともどりのできないことだ。ラディは永遠に変わるであろうすべての人生を意識した。そしてこの絶望的な殺人行為が象徴する、人間の重大な過ちを悲しく思った。けれども正直に言えば、キルティ・カダキアの死を、パズルを解くように扱っている部分もあった。驚くべきことに五歳のときに解いたルービックキューブみたいに、純粋な脳の運動としてとらえている部分があったのだ。

サンジャナのアパートメントへ向かうエレベーターのなかで、ラディはアドレナリンが湧き出てくるのを感じた。それは否定できない。ラディはここにいたかった。これから繰り広げられる家族の悲劇のただなかに。罪を立証したときの、殺人犯の顔を見るために。自分はどう思われているのだろう。セラピストと探るべき何かがあるのはまちがいない。でも、いまじゃない。

ドアベルを鳴らして居間にはいっていくと、カダキア家の面々が親しげに手を振って迎えてくれた。ヘタルでさえ、このあいだ会ったことを過去のものにしたようだった。まだ片づけられていないテーブルの様子から見るに、一家は揚げたプーリーと、ギーを加えたスパイシーな黄色いレンズ豆のダール、ホウレンソウのソースで煮こんだパニールのキューブの他、バスンディ――牛乳を煮詰めたものに、カシューナッツやアーモンドをたっぷりトッピングした、サフラン風味のクリーミーな甘い料理――など、ボリュームのある食事をしたようだった。こってりした食事と、午後の静かな雰囲気のせいか、みな眠そうで、いつもの嫌みや口喧嘩《げんか》は影をひそめていた。

アミット、ランジャン、ジャイッシュがテレビの前のソファにすわっておしゃべりをしている。向かい側でミュートされて流れているのは、インドのクリケットチームの命運だ。マンジュラが窓ぎわで、園芸鋏を持っていた。サンジャナの鉢植えを観察し、余分な葉を切って、鉢植えの土を空気にさらしている。ソーナルとヘタルはサンジャナの横の長椅子《ディヴァン》にすわり、サンジャナは鮮やかなペルシアンブルーのベルベットが張られた大きな椅子に腰かけている。足を椅子と揃《そろ》いのオットマンの上に乗せながら、サンジャナは、ヘタルがソーナルに十八時間の分娩について話すのを聞いていた。

ラディカの姿を見て、ジャイッシュはテレビを消して立ちあがった。明らかに落ち着きがなく、見せかけだけの〝幸せな家族〟の昼食を終えたくてたまらないようだった。

「おい！」アミットが抗議をする。「観てたのに！」

ジャイッシュが申しわけなさそうにアミットを見た。

「聞いてくれ、みんな」ジャイッシュはいったんことばを切って、みなの注目が集まるのを待った。「ラディが話したいことがあるそうだ。だが、その前にぼくから全員に謝りたい。わが家でこんなことをして申しわけない。心から謝る。でもいま、必要なことなんだ」

みんながいっぺんに話そうとしたため、困惑のざわめきが部屋じゅうにひろがった。午後のけだるさは突如消え去り、全員に警戒心と好奇心が残された。

ジャイッシュは部屋の後方に移動し、ラディが代わりに前に歩み出た。リラが、ラディに指示されていたことをするために、そっとジャイッシュの隣りに忍び寄った。

「これはどういうこと？」マンジュ・カダキアがサンジャナをにらむが、サンジャナは母親とも、家族の他のだれとも視線を合わせようとはしなかった。苦しそうな顔でまっすぐ前を見ている。

「おばさん、お願い」ラディは決然と言った。「わたしに話をさせて」

マンジュは無言で窓ぎわにある木のハンギングチェアにすわった。

「みんなも知ってのとおり、サンジャナはキルティおじさんが自殺したっていうのを受け入れられなくて――」

「おいおい。もう勘弁してくれよ」ランジャンが小声で言った。

ラディはその声を無視した。「何が起こったか、答えを見つける手伝いをこの一週間してきました。何がキルティおじさんにみずからの命を絶たせたのか。金銭の問題か、それとも別の何かなのか。わたしたちはおじさんの担当医や二、三の隣人、仕事の同僚にも話を聞いて――」

「冗談だろ！」ランジャンが今度は大きな声で口を挟んだ。「親父は死んだ！　静かに休ませてやろう――」

「ランジャン」アミットが弟に目をやった。「ラディカの話を聞こう」

ランジャンはラディをねめつけたものの、静かになった。

「さっき言ったように、わたしたちはキルティおじさんが自殺したかもしれない理由を理解しようとしてきました。いま、わたしたちは真実をつかんでいます」

明らかな緊張の波紋が部屋じゅうにひろった。ラディは話すのをやめ、みんなの顔を順に見た。

だれもがラディに視線を返し、期待と、それ以上の何かに体をこわばらせた。

「それで？　その理由は？」ヘタルが沈黙を破った。その声は不自然に鋭かった。

「自殺ではない」ラディは、一瞬だれにも聞こえなかったのかと思うくらい小さな声でそう告げた。

「なんて言ったの？」マンジュの声は、ショックで震えていた。

「キルティおじさんは自殺したんじゃない。殺されたの」今度はラディの声は大きくてはっきりしていて、全員に聞こえたのは明白だった。

死のような静寂が室内におりた。ソーナルが恐怖で目を見開き、確認するようにサンジャナを見た。ヘタルはソファにすわったまま身じろぎもせず、開いた口にふっくらした手をあてていた。マンジュラはハンギングチェアの分厚い黄麻《ジュート》のロープを握り、必死にしがみついている。アミットは茫然として、一瞬呼吸ができなくなったようだった。ランジャンの顔は血の気が引いて灰色だ。

サンジャナは涙と後悔に満ちた目で、家族を見た。ジャイッシュはサンジャナを見ながら、妻がきょうの午後を無事に乗り越えられるようにと小さな声で祈りのことばを唱えた。

「こんなの完全なる戯言《たわごと》だ！」ランジャンが感情を迸《ほとばし》らせ、それからサンジャナに言った。「ディディ、姉さんの友達はおかしいよ！」

沈黙が破られ、みんなが一斉に話しはじめた。

「サンジャナ、いったいどうしたの？」

「ラディカ、なぜ躍起になって問題を起こそうとするんだ？」

「これは何事？ボリウッド映画かなんか？」

「ねえ、みんな！」サンジャナが叫んだ。「お願い。ラディに話をさせないなら、あたしたち、知っていることを警察に話すつもり」

そのことばはみなの関心を引き、脆《もろ》くてぎくしゃくした静寂がまた室内に立ちこめた。

「わたしたちはまず、キルティおじさんがだれかと大喧嘩か言い争いをしたかどうかを尋ねるところからはじめました。隣人とか、一緒に仕事をしていた人とか。それでバワニが浮かびあがってきたんです。バワニの娘さんの結婚資金をキルティおじさんが貸すことを拒んだために、二週間ほど前、バワニはおじさんと対決していた。

次に、四階のミスター・ポダールが、キルティおじさんが亡くなった日に会いにきていて、ひどい口論になっていたこともわかりました。でも、ミスター・ポダールは犯人ではありません。断じて。おじさんを死に至らしめた喧嘩はそんなものじゃなく、もっと激しく、もっと個人的なものだったんです。

深く掘りさげるにつれ、わたしたちは他の人たちではなく、家庭内の人々との関係により注意を払うべきだと気づきました」ラディはそこにいるひとりひとりに目をやったのち、つづけた。「ここにいる人のうちだれかが、おじさんにすごく腹を立てていた。ここにいる人のうちだれかが、キルティおじさんが亡くなった日の午後、どこにいたかについて、わたしたちに嘘をついてた」

「あたしじゃない」気のせいかと思うほど、小さな声だった。

ラディは見るからに震えているヘタルのほうを向いた。「あなたとは言ってないわ」

「あの日の午後どこにいたかについては嘘をついたけれど、殺してなんかいない」

ラディはだまったまま、ヘタルに胸のうちを吐露させせようとした。

「たしかに、あの日の午前中、お義父さんと言い争いをした。恥ずべきことも言ったわ。だけど、わが子に誓って、あたしはお義父さんの死とはなんの関係もない」

まだ何か言うだろうか、とラディは待っていた。けれどもヘタルは、冷房がきいているのに汗をかいて、ソファにじっとすわっていた。

「あなたじゃないのはわかってるわ、ヘタル」ラディは請け合った。「他にもわたしたちにずっと嘘をついている人がいる」ヘタルの夫を直視した。「ランジャン、あなたはあの日の午後、リハビリの施術があって、そのあと〈THG〉へ行き、ジムで運動したと警察に証言した」

ランジャンは凍りついたも同然だった。「ああ……ああ、そうだとも」

「嘘ばっかり。あなたが〈THG〉へ行ったことを示す履歴はあったけれど、ジムの登録簿にはあなたの名前はなかった」ラディはハンドバッグから入館記録のプリントアウトを取り出して、ランジャンの目の前で振った。

「だから？　たぶん、その日は登録簿に署名しなかっただけのことだ。そんなに厳密じゃないから」ランジャンはその紙を小馬鹿にしたように撥《は》ね退けた。

「そう言うだろうと思ってたから、ジムの監視カメラの映像もチェックした。あの日、あなたはジムに行かなかった。RFIDカードのシステムは入館を記録するだけで、出ていくときは記録しないことをよくよく承知のうえで、〈THG〉にはいって、すぐに出ていった。なぜ嘘をついたの、ランジャン」

「嘘をついた理由なんて関係ないだろ。おれは父さんを殺してない！」ランジャンが大声を出す。

ラディはそれを無視した。「おかしいと思わない？　父親と喧嘩をして、その二日後に父親が亡くなった。その後、バワニと喧嘩をして、その週のうちにバワニも亡くなってる。偶然の一致が多すぎない？」

「何言ってるんだ？」かっとしてランジャンが言う。「頭がおかしいんじゃないのか」そう言ってサンジャナのほうを見ると、サンジャナは無言でにらみ返した。

ラディはつづけた。「保険に加入するようおじさんを説得したんですって？」

ランジャンはむきになってラディをにらみつけた。「だとしたらなんだ？　みんな知ってることだ！」

「だけど、キルティおじさんにはその余裕がないことを知っていたから、あなたが今年の保険料を支払ったことを、みんなは知ってた？　おじさんの金銭的な問題を、みんなが知るずっと前からあなたが知ってたことは？」

「そうなのか？」アミットはショックを受けたようだった。

「いや、ちがう！」ランジャンはそわそわと視線をアミットから母親へ移した。母親のマンジュもやはり、ラディの告発に衝撃を受けた様子だった。

「いいえ、あなたは知ってた。ミスター・ガナトラから聞いたの。キルティおじさんに損失について話すようあなたに頼んだって。だから実際のところ、何ヵ月も前から知ってたのよ」

ランジャンは自分の額《ひたい》を叩いた。「ああ、そうだとも。だが、ここまでじゃなかった！　あのときはまだ、手に負える額だったんだ」

「亡くなった日の朝、おじさんから電話が来て、小切手帳が見あたらないって話をした、ってあなたは言った。でもその話だけなら十分もかからない。おじさんの死の引き金になった電話で、他に何か話をしたんじゃないの？」

「なんのことを言ってるんだ？　くだらない！」ランジャンの顔は怒りで赤らみ、おびただしい汗をかいている。

「そうだよ。父さんは別の用件で電話をかけてきたんだ。金を貸してくれ、って。だれかに借金がある、おまえから借りた金はかならず返すからと言ってた。でも、おれは……ことわった。ほんとうに馬鹿だった。それ以来、自分を責めてる！」

「ねえ、ランジャン。思わず信じたくなるような話で、わたしも自分がまちがえてるって思いそうになったくらい。でも唯一の問題は、あの日の午後、家のなかにいるあなたをバワニが見ていたってこと。そしてそのことであなたを脅しはじめた。それであなたはバワニも殺さざるをえなくなった」

「ああ、こんなの正気じゃない！　好きなだけ理屈を並べりゃいいさ！　おれは帰らせてもらう。こんなでたらめを聞く必要はない！」ランジャンはセンターテーブルに置いてあった携帯電話と鍵束を拾いあげ、ポケットに入れた。だれかにとめられるのを恐れるかのように、ぐるっとまわりを見まわした。だれも動かなかった。それでも、ランジャンはその場にじっとしていた。

「でも、ランジャン、あなたは聞く必要がある」ラディが静かにつづける。「なぜなら、バワニが自分の見たことを他の人に話していたから」

「作り話だ！」ランジャンが声を荒らげた。

「ちがう」ラディは閉まったドアの向こう側、キッチンにも聞こえるように、声を大きくした。「カマル？」

カマルがキッチンから出てきた。震えている。ラディはカマルにうなずいて、もっと近く、部屋の中央へ行くよう促《うなが》した。

カマルはラディのほうへ数歩小さく進んだ。

「カマル、あの日だれを見たか、バワニはあなたに話した？」

メイドはほとんど気づかれないほど小さくうなずいた。

「だれだったか、教えてくれる？」

カマルはごくりと息を呑んだあと、震える指でランジャンを指さした。

「は？ こんなの嘘だ！ この女は嘘をついてる。おまえらふたりともが！」ランジャンははじめて恐怖を感じたようだった。

「カマル、もう家にもどっていいわ」

カマルは見るからにほっとした様子で、部屋から急いで出ていった。

「ランジャン、わたしに嘘をつく理由が？」ラディは尋ねた。「わたしにどんな動機があるっていうの？」

「知るかよ！ なんでおれが自分の父親を殺すんだ？」ランジャンが言い返した。

「アパートメント、保険の支払い、積もりに積もった借金の返済……最も昔からある動機……お金のためよ」

ランジャンは家族からの援護を期待して、荒々しい目で室内を見まわした。「おれはやってない。だれかこの女に言ってやってくれ」

ラディはこの間、ずっと立っていた。いま、だれもすわっていない椅子を引き寄せて腰かけ、悠然と足を組む。「わたしを説き伏せる必要はないわ。ただ、警察を説き伏せればいい。こっちへ向かってる途中だから」

「なんだって？」ランジャンがショックを受けているのは、だれの目にも明らかだった。

「やめて！ やめて！ この子はやってない！ わたしがやったの！」マンジュが苦悩に

満ちた叫びとともに告白した。

死のような静寂が室内を包み、だれもが同じような漠とした恐怖をたたえた顔で、マンジュ・カダキアを凝視した。

「よしてくれ、母さん。守ってくれなくていい！　おれはやってないんだから！」ランジャンが爆発する。「さあ、もうここから出ていこう」部屋を突っ切り、ハンギングチェアにすわっている母を立たせようとした。

マンジュラは顔をあげてランジャンを見たのち、首を振った。目には涙があふれている。

「心配しないで、母さん！　警察にはおれから説明する。母さんは何もしなくていいから。おれがほんとうはどこにいたのか……おれは……最高の弁護士をつけるよ」ランジャンは急に意気消沈して、元気がなくなったように見えた。

「ディディ」ランジャンは姉のほうを向いて言った。「おれが父さんを殺したと、ほんとうに信じてる？」

はじめてサンジャナがランジャンと目を合わせた。「ランジャンじゃないのはわかってる。母さんがやったの」

ランジャンは呆然とサンジャナを見つめながら口を開いたものの、すぐに閉じた。それから母親に向きなおった。マンジュは生まれてはじめて、すわったまま目を伏せ、肩を落としていた。そのマンジュには珍しい身のこなしが、ラディやサンジャナが何を言うより多くのことを物語っていた。

ランジャンはソファにどっしりと腰をおろした。とまどい、愕然としている。人生の羅針盤が、突然壊れてしまったのだ。

そして、マンジュが話しはじめた。

25

「わたしがあなたたちのお父さんを殺した。でも、悪かったとは思ってない。あなたたちのために殺したの。わたしたちのためにね。あの人が借金を背負っていることを知っていたのは、ランジャンだけじゃなかった。わたしも知っていた」はじめのうち、マンジュの声はひどく小さくて、聞きとるのが大変だった。

「二カ月ほど前、あの人のシャツのポケットから、銀食器を査定した受領書が出てきたの。花瓶やトレー、金属製の大皿《ターリー》などを含む長いリストでね。なんのためのものなのかわからなかったけれど、何か、第六感のようなものが働いて、あの人に訊いてみることはしなかった。

家にひとりになった次の機会に、自分の部屋のマットレスをずらして、ベッドのなかにしまってある金庫を見てみた。大事な書類とかをしまってあるの」マンジュはラディに向かって言った。「それと、銀行の貸金庫にはいらないような大きな銀器はほとんどそこに置いてた」

サンジャナに目をやったのち言う。「銀器はなかったわ。書類を入れたホルダーを除いて、金庫は完全にからっぽだった。わたしは恐ろしくなった。その夜、受領書の発行元の店を訪れ、あの人が銀器をすべて査定に出し、抵当に入れていたのを知ったの。

そうよ、ヘタル」マンジュは、思わず息を呑んだ下の息子の嫁に言った。「あの人はあなたの銀食器もそこに持っていったんじゃないかと思う。あなたに気づかれる前に取りもどせるよう、査定の受領書を探したわ。でも、まだ見つかってない。ほんとうに情けないわ。あれはあなたの結婚式のときの銀食器なのに。貸せとあなたに言ったことをわたしが知っていたら、どんなによかったか」

「どうして父さんはそんなことができたんだ！」アミットが急に口を挟んだ。「それは……それは盗みじゃないか！」

マンジュは悲しそうな顔でアミットを見た。「悪い人ではなかったのよ、ただ頑固なだけ。他の投資がいずれ利益をあげ、そうすればすべて取りもどせると信じてた」

「銀器のことに気づいたとき、父さんを問い詰めなかったの？」サンジャナが尋ねた。背中にあてたクッションを調整しながら、顔を歪める。

マンジュは首を横に振った。「すぐには尋ねなかった。ほんとうはそうしたかったのだけれど。その夜、あの人の前にすわって、一緒に夕食をとるなんてことはできそうになかった。だから、具合の悪いふりをして、早々に引っこんだの。むずかしいことじゃなかったわ。だって、なぜあの人がこんなことをする必要があったのかを考えるだけで、ほんとうに気分が悪くなったから。わたしはまず、被害の程度をたしかめたかった。

翌朝、あの人の会計士をしていたメータさん《ジ》に電話をして、わたしの資産の詳細について教えてもらった。いままでそんなことをしたことはないわ。夫がわたしの口座をいつも管理してくれていたから」そう言いながら、ランジャンを見た。まるで、他の面々にはわからなくとも、ランジャンにだけはわかってほしいとでも言いたげに。

「返事をくれとお願いしていたのに、メータさん《ジ》から電話は来なかった。だから、三十分後、こちらからもう一度電話をした。そしたら、何か行きちがいがあったようだと言うの。五十七ラーク近くあるはずのわたしの口座には、ほんの数ラークしか残っていない。いま行きちがいを正すべく、銀行へ向かっているところだ、って。わたしは何も言えなかったけれど、夫がわたしの口座にも手をつけていたことを知った」

「信じられない」サンジャナが怒った口調で言った。「父さんがそんなこと、するわけがない」

マンジュの顔に怒りの色が浮かんだ。「このわたしが殺人を犯す可能性はなんの抵抗もなく受け入れたのに？　あなたの大切なお父さんは盗みもしないって言うの？　いいえ、やったの！　あの人はわたしたちの共同口座を使い尽くしただけでなく、わたし個人の口座にまで手をつけた。三十年働いてきたお金に。わたしの退職後の生活のために、あの人が何を残したかわかる？」口にする価値もないといわんばかりに首を振り、それから打ちひしがれた苦い笑い声をあげた。

「だけど、最悪な部分はそこじゃなかった。そう……そんなの全然ましだわ。あの日の午後、わたしはあの人を問い詰めた。損失を出したことと、わたしの全貯金を使い果たしたことは謝ってくれたけど、頑固で傲岸《ごうがん》なあの人は、まだなんとかなると言い張った。投資を一件失敗したけれど、もう一件で挽回できると！」

「そうなんだ。損失について父さんに話してくれってガナトラおじさんが頼んできたとき、そう言ってた」ランジャンが認めた。「もちろん、当時はそれほど多額の借金じゃなかった。でも父さんは、すべてなんとかなるって信じてたんだ。言われたよ、おれの問題に口を挟むな、って！」

「知った時点でわたしに話してくれたらよかったのに」マンジュが嘆いた。「間に合うように止められたかもしれない。そうすれば……そうすればあの人はまだ生きていたかも——

——」

「まだ生きていたでしょうね。母さんが殺さなければ」サンジャナが冷ややかに割ってはいった。

「話はまだ終わりじゃない」マンジュの声も冷ややかだった。「あの人と話をした翌日、銀行の貸金庫をたしかめにいった。銀器と同じように、ジュエリーにも手をつけたんじゃないかと恐ろしくなってね。からっぽなんじゃないかと恐れおののきながら、貸金庫をあけた。ところがなんと、からっぽじゃなかったの。からっぽより悪かった」いったん間をとったあと、サンジャナを見つめる。

「わたしのジュエリーは全部とっていったのに、あなたの母親のぶんには手をふれていなかったの。彼女と結婚していた期間はたったの八年。八年よ！　わたしは？　二十七年」マンジュの目が、裏切られた痛みでぎらぎらと光った。「二十七年、彼のかたわらに立ち、彼の子供たちを育ててきたのに、結局、彼は彼女を選んだ」

サンジャナは、父親を殺した目の前の女性を気の毒に思っている自分に驚き、顔をそむけた。マンジュの痛みは手にとるようにわかった。耐えがたい痛み。部屋のだれにもそれが感じられた。家族は沈黙していた。しまいにアミットが、泣くまいとしたのか、声を詰まらせながら言った。「どうやったの？」

マンジュはすぐには答えなかった。けれどもようやく口を開いたいま、マンジュがすべてを話したがっているようだ、とラディは思った。

「あの朝、銀行から帰宅して、何も考えられなかった。これまで生きてきてはじめて、何をしたらいいのかわからなかった。わたしたちを破滅から救う方法がわからなかった。なぜなら、それがあなたたちのお父さんがやったことそのものだったからよ。わたしたちを破滅させた。わたしたちの人生をめちゃくちゃにしたの。わたしたちはあの人の作った負債を穴埋めするために、いまのアパートメントとオフィスを売らざるをえなくなる。どこに引っ越せばいい？　わたしたちが知っていることも、愛しているものも、すべてがここにあるのに。ランジャンの施術も。ヘタルのスタジオも。アミットの起業も。子供たちの学校、お友達、親戚……わたしたちの生活すべてが、テンプルヒルを中心にまわっている。

　この街のどこか遠いところで、また一からはじめることを想像できる？　この歳で？　あるいは、なぜアパートメントを売り、引っ越さなくてはならなかったかをだれもが知ってるこの場所で、仕事をつづけられる？　失敗のにおいは痛烈よ。わたしたちがしてきたことすべてに滲《し》みわたる。あらゆる人間関係、あらゆる交流が、そのせいで台なしになってしまう。あなたたちはまだ若くて理解できないかもしれないし、その必要がないことを神に祈るけれど、失敗すると、人の見る目が変わる。ポダール家を見ればわかるでしょ」

　マンジュは肩をすくめた。「少なくともわたしは、同情とともに生きるのはおことわり」

「人に憐《あわ》れまれるのがいやだから、父さんを殺したって言うの？」サンジャナが軽蔑したように言った。けれども、そうは言いながら、いま抱いている怒りはマンジュにだけ向けられているのではないこともわかっていた。父親に対しても怒っていたのだ。嘘をついたことに、その頑《かたく》なな態度に、家族をこんな状況に追いこんだことに。

マンジュはサンジャナを長々と険しい目で見た。「裏切ったから、あの人を殺したの。わたしは彼と彼の家族に、二十七年の人生を捧げた。その見返りにあの人がくれたものは？　二番目。いつも二番目だった。それでもまだ足らないとばかりに、彼はわたしが誇れるものを奪い去ろうとした。わたしが苦労して築きあげてきたものを」

サンジャナはマンジュを憎みたかったが、マンジュの言うことが正しいのはわかっていた。父の行動が家族に与えた破壊的な波及効果を目にしてきたからだ。まずマンジュの学校が被害を受けるだろう。テンプルヒルの最上流の人たちがアスパイア・ハイに集まってきたのは、教育の質の高さだけではなく、一種の威信があったからだ。他の場所なら、カダキア家も心機一転、再出発できたのかもしれないが、テンプルヒルはそれほど寛容ではない。ここの人たちは起きたことをずっと記憶していて、特に他人に対しては、厳しい基準を設けている。マンジュの言うとおりだ。失敗の悪臭は、カダキア家の人間の人生を呑みこむだろう。

ラディは目の前にいる尊大な年配の女性を見て、この行為が彼女にどんな犠牲を払わせたかをはじめて理解した。

「決心したのはいつですか」ラディはやさしく促《うなが》した。

マンジュは物憂げにうなずいた。「その夜は一睡もできなかった。彼の裏切りが許せなかった。隣りに横たわると、怒りが煮えたぎってきて。それと同時に、無力感に襲われてなんだか力がはいらなくて。考えられるのはただ、どうすればまた、すべてを元にもどすことができるのかってことだった。朝になって、一瞬、頭がすっきりと冴えた」

マンジュの目に怒りも恐れもないのを、ラディは見てとった。あるのはただ生々しい悲しみだけ。何があろうと、マンジュは自分が殺した男を愛していた。

「どうしてわかったの？」マンジュが尋ねた。

ランジャンは母に水を持ってこようと立ちあがっていた。マンジュは感謝をこめて息子を見あげ、珍しくその手をやさしく撫でたのち、グラスを受けとった。

ラディはマンジュが水を飲むのを待ち、答えた。「マンジュおばさんのハンドバッグ。キルティおじさんの死亡記事を探してたあの日、ベッドの上にバッグの中身を全部あけたでしょ。あのとき、バッグのなかがものすごく整理されてるなって思ったのを覚えてる。無造作にレシートや紙、包み紙やペンが突っこまれていることもなく、小銭すら落ちてなかった。よけいなものはいっさいなかったの。ただふたつのもの以外は。レーズンとカシューナッツのはいった透明な小袋がふたつあった。

そのときは、なんとも思わなかった。でもきのう、サットサンガを終えた女性たちが出ていくときに、わたしはアパートメントにはいってきた。門のところで、全員が同じ、アーモンドと砂糖の塊、乾燥ココナッツのはいった透明な袋を受けとってた。そのとき気づいたの。おばさんのハンドバッグにはいっていたドライフルーツの小袋ふたつは、キルティおじさんが亡くなった日にマンジュおばさんが参加していたサットサンガの景品にちがいない、って。それで、ハンドバッグになぜ小袋がふたつもはいっていたのか考えた。

考えうる理由のひとつは、小袋のひとつは先週もらったものだったという説。でも、それはありそうになかった。マンジュおばさんのハンドバッグは定期的、というか、ひょっとしたら毎日でも中身をあけて、きれいに整頓されているように見えた。どうしてそんな人が、先週の景品、しかもこんな暑さのなかで食べ物を、入れたままにしておくわけ？

それに、二週連続で同じ景品である可能性はどれくらいある？　今回の景品はアーモンドと塊の砂糖で、マンジュおばさんのハンドバッグのなかにあったのは、レーズンとカシューナッツの小袋だった。景品は毎週変わっているような気がして、ミセス・マニアルに確認してみたら、そうしてるって話だった。それはつまり、ただひとつのことを意味している。あの日、マンジュおばさんは席を立ち、途中でサットサンガから抜けて、その後ふたたび合流したってこと。ホールを出た二回分の景品を、ふた袋受けとったということよ」

部屋には沈黙が落ち、だれもがラディの言ったことを処理していた。

「あの人の頭にポリ袋をかぶせて、睡眠薬の空《から》シートを机の上に撒いておかなくちゃならなかった――サットサンガについてはそのくらいにしておくわね。神はこれまでわたしを助けてくださらなかったのに、なぜいまさら助けてくれるなんて思ったのかしら」マンジュのその問いは、怒りと苦悩をむき出しにして宙を漂っていた。

「だけど、そんなにたくさんの錠剤をどこで手に入れたんだ？　店頭で買えるものじゃないだろ」ランジャンは母親の別の一面をまだ受け入れられないのか、わけがわからないといった顔をしている。

「母さんのかかりつけ医、カシミラおばさんからよ」サンジャナが答えた。「きのうラディに言われて電話をかけて、父の死後、母が不眠症で困っていると訴えたの。その電話で、鎮静剤を処方してもらえませんかとお願いした。ラディの予想どおり、先生は驚いたような声で、母にはすでに睡眠薬を出してるって言ったわ。それどころか、二週間ほど前に母から電話があって、前のはどこかに置き忘れたから、新しく処方してほしいと言われたんだとか。母に出されている鎮痛剤の名前も聞いた」いったん間をとり、弟たちの顔を見る。

「父さんの机の上で見つかったものと同じだった。母さんは自分に処方された睡眠薬を服《の》まずに、ためていたんだと思う」

「そこまでは簡単だった」マンジュが小声で言う。「それをあの人に服ませるのが大変だったの」

「父さんが食べるものに混ぜたのね？」サンジャナが表情のない顔で尋ねた。

マンジュはうなずいた。

「でも、どうやって？」ずっとだまっていたソーナルが、ついに口を開いた。「お義父さんが昼食をとったときお義母さんは家にいなかった。それに、バワニとカマルも同じものを食べると知っていた以上、食事にまぜることはできなかったはず」

「おばさんがカダキアおじさんのために用意したマンゴー果汁、アームラスのなかに入れたんじゃないかと思う」ラディは言った。「ブラウスを探すという口実でカマルを階下に送ったあいだに、睡眠薬を砕いてそれに混ぜた。そういう理由で、おばさんはアームラスを口にしなかった」

「そういう理由で、母さんはアームラスを口にしなかったの？」サンジャナは、信じられないといったふうに繰り返した。「自分のしたことをわかっていたから、食べられなかったの？　愛情のせいだと思ってたのに！」

「あなたへの説明はもう終わった」マンジュが娘に言った。「あなたは愛というものを一部しか理解していない。絶対的な感覚でしか愛を経験していないからでしょう。ずっと幸運だったということね。でも、愛は壊れることがある。あるいは中途半端か。あるいは罪悪感から生まれたものか。そういう愛しか経験したことがない人もいるわ」

「母が亡くなったのは、あたしが六歳のときだった。そのあと、あたしの母親ではない人に育てられた。だから、中途半端な愛について何も知らないなんて言わないで」

サンジャナは自分がことさら残酷なことをしたとわかっていたが、どうにもできなかったようだった。マンジュは思いもかけないところから浴びせられた痛みに驚き、刺されたような気分でサンジャナを見返した。サンジャナは反抗的な目で見つめたが、次第に自分が恥ずかしくなってきたようだった。

「もうじゅうぶんだろ、ディディ」ランジャンがソファから立ちあがった。「母さんはもう、なぜそうしなければならなかったかを話した。おれが家に連れて帰るよ。母さんは休んでいい。おれだけここにもどってくるから、みんなでこの件について話そう」

「実はもうひとつあるのよ、ランジャン」ラディはためらった。これから言おうとしていることは、失意に満ちたこの部屋に、さらに苦悩を加えるだろうとわかっていたからだ。

「バワニの件」

「おいおい！」ランジャンは驚いた様子だった。「あれは事故に決まってるだろ？　バワニもだれかに殺されたと思ってるんじゃないだろうな」

ラディは返事をしなかったが、その沈黙はことばよりも雄弁だった。

「勘弁してくれよ！」ランジャンは右手で髪を梳きながら、ふたたびソファにすわった。

「あの日の午後、バワニはアパートメントにいた」ラディは穏やかに言った。「書斎で物音がしたのを聞いて、確認にいった。そこにマンジュラおばさんがいて、何をしているのかを見た。そして、その情報を利用しようと心に決め、おばさんを脅迫した。それも一度じゃなかったんだと思う」ラディが見ると、マンジュはうなずいた。「お金を渡せば消えてくれる相手じゃないとおばさんが気づくのには、それでじゅうぶんだった。もっと根本的な解決策が必要だ、と。

その日、バワニがソランキの家の窓拭《ふ》きをすることを、マンジュおばさんは知ってた。しかも夫妻どちらも働きに出ていることが多く、バワニ以外はだれもいなくなることも知っていた。おばさんはいつも玄関脇のキーホルダーに掛かっているソランキ家の鍵束を使うことにした。その鍵を使ってソランキ家のアパートメントにはいり、話をするという口実で近づいていって、バワニを窓から突き落とした。何が起こったかだれも気づかないうちに、おばさんはまっすぐ自宅にもどった」

「どれほど常軌を逸した話に聞こえるか、わかってるのか」激高したランジャンはラディを怒鳴りつけ、それから姉のほうを向いた。「姉さんもそうだ。ディディ、驚きだよ。よくもたやすく母親の言動を悪いように考えられるな!」

サンジャナは返事をしなかった。マンジュに言うべきことをすべてぶつけたので、報復の気持ちがなくなってしまったようだった。

「母さん、ほんとなの?」アミットが尋ねたが、マンジュもサンジャナと同じで、話すべきことは話し終えたと感じているようだった。ハンギングチェアにすわり、窓の外を見て、室内で交わされている会話に反応しようとはしなかった。

「どうしてそんなことまで知ってるんだ、ラディ?」アミットは尋ねた。

「カマルが言ってたから。亡くなる数日前、バワニが家のなかをこそこそしていて、ある夜遅く、みんなが自室に引きあげたあと、バワニがマンジュおばさんの部屋にはいっていくのを見たそうよ。それを聞いて、そんな時間におばさんになんの用があったんだろうって思った。だけど、わからなかったのよ。けさまでは」

ラディはジャイッシュのほうを見た。ジャイッシュは壁にもたれて妻とお腹の子供のことを心配していたが、背筋を伸ばして深呼吸した。

「けさ、きみたちのアパートメントに計量スプーンを借りにきたとき、実はソランキ家の鍵をとりにきたんだ。そしてそれを指紋検査に出した。おじに、警察と鑑識の知り合いがいてね。鍵束にはお義母さんの指紋がついてた」

「警察沙汰にするってこと?」ヘタルが息を呑む。

「そんなことするわけがないだろう! なんて馬鹿なことを考えるんだ!」ランジャンが振り返って妻をにらみつけた。それから母親に必死になって呼びかけた。「母さん、なんとか言ってくれよ。鍵に母さんの指紋がついてる理由なんていくらでもあるだろ。なんたって、ずっと自分の家にあったんだから」

マンジュは息子に小さくさびしげな笑みを見せたあと、また窓の外の空をながめる作業にもどった。

ランジャンはラディとサンジャナを見た。「母さんを家に連れて帰る。見るからに具合が悪そうだ」

ランジャンは母のもとへ急ぎ、片腕を母の体にまわした。マンジュは抵抗せずに立ちあがった。ドアのところで、ランジャンはヘタルが一緒に来るかと振り向いた。でも、ヘタルは夫と目も合わせず、そこにすわったままだった。それでランジャンは部屋の外へ出た。

26

「さて、どうする？　警察へ行く？」アミットは姉に訊いた。

サンジャナはため息をつき、首を横に振った。「わからない。ゆうべひと晩じゅう考えたんだけど。警察に行けば、あたしたち全員の人生に影響を与えることになる。父さんがもたらした金銭問題よりずっと悲惨な状況を引き起こすわ。あたしたちはだれひとり、悪いことをしていない。なのになぜ苦しまなきゃいけないの？　なぜあたしたちの子供がこんなことを終生背負って生きていかなきゃいけないわけ？　だけど、父さんのためだけじゃなく、バワニのためにも、正義を行使しなくてはならない。どんなろくでなしだったとはいえ、命を失うには値しないもの」

ジャイッシュがサンジャナの薬を持って部屋にはいってきて、そのあとからメイドが食べ物を載せたトレーを運んできた。ピーナッツ・ブリトル（砂糖を煮溶かし、ピーナッツなどを加えて固めた糖菓）や、ボウルにはいったセヴという、たっぷりの油で揚げたスパイシーな麺状のスナック菓子の他、湯気をあげている濃いカルダモンティーがあった。

ラディはお茶をありがたく受けとった。最初のアドレナリンの高まりが消え、どっと疲れを感じていた。ラディもやはりゆうべは眠れず、きょうの午後起こりうるさまざまな展開を頭のなかでしきりに考えていた。マンジュに自白させる唯一の方法は、彼女のただひとつの弱点である、愛息ランジャンを利用することだと直感した。けれどもそのためには、ランジャンが深刻な罪を犯したように見える必要があった。ひとつひとつ、ランジャンに不利な証拠を積みあげ、そのひとつひとつが彼自身の軽率な反応によって裏づけられなくてはならない。マンジュが危険を察して息子を助けなくてはと思うくらいに、ランジャンを追い詰めなくては。もう少しでランジャンは行き詰まり、自分がほんとうはどこにいたのかを家族に話していたかもしれない。綱渡りのような駆け引きだったので、ラディは終わってほっとしていた。椅子にもたれて目を閉じ、甘いお茶を飲む。カダキア家にとっては、けっして終わってはいないことなのだけれど、ラディにとってはひとときの休息に感じられた。

「あの人の家族のために、みんなで何かしたらどうかしら」メイドが部屋から出ていって、みんながまた腰を落ち着けると、ソーナルが言った。「あたしたちは多額の保険金の支払いを受けとることになる。それで、お義父さんの負債を賄《まかな》い、それでもまだお金は残るわ。

彼の娘さんのために基金を設立したら？」

サンジャナはうなずいた。「名案ね」

他の者たちも、やましさを晴らすために同意し、ラディは改めて罪悪感の強さに驚嘆した。活力をもたらすか、減退させるかは、罪の意識の感じ方次第だ。

「実は、ぼくも父さんに金を貸してた」アミットは静かに認めた。「もちろん、父さんが株式市場でそんなに多額の負債を抱えていたことは知らなかった。六カ月ほど前だったかな。資金繰りに問題がある、投資した金をいまは動かせないから、二十ラーク貸してほしい、と言われた」

サンジャナは弟に向かって顔をしかめた。「それで、貸したの？」

「ああ。前にも貸したことがあって、いつもちゃんと返してくれてたから」

「でも、今回は返ってこなかった？」サンジャナが推し量った。

「ただの一ルピーも！」ソーナルがアミットに代わって答えた。「正直言うとね、ディディ。あたしたち、とても困っていたの。あれはアミットが起業の資金から出したお金だったから。パートナーたちからお金を払うよう求められても、アミットはお義父さんに頼む気になれなかった。わたしから説得してようやく頼んだんだけれど、お義父さんはいますぐには返せないと言ったの。ちょっと待ってくれ、準備ができたら返す、って。それ以上の説明もなし。返済期限もなし。それでアミットと口論になって。でも、無駄だった。アミットの仕事にお金をもどすために、とうとう定期預金を少し崩すしかなくなった」

サンジャナの苦悩は明らかだった。「ごめんなさい。全然知らなくて——」

「お義父さんがトラブルに陥っていることに、ぼくが気づくべきだった」アミットがかぶりを振った。「父さんらしくなかった」しまいにアミットは、部屋のなかにある象を見ながら言った。「母さんのことは？」

「ひどいことをしたのに、お義母さんに同情せずにはいられない」ソーナルが小声で言った。

「あたしも」サンジャナが同意した。重いため息をつく。「だけど、ふたりの命を奪ってる。それ相応の報いがないと」

「母さんは、自分のしたことを背負って生きていかなきゃならない」アミットが指摘した。

「それも、ぼくたちに知られているとわかっていながらね。罰はそれでじゅうぶんじゃないか……母さんがどれほど自負心と正義感の強い人かは知ってるだろう」

「でも」サンジャナが言った。「もう学校の経営は許されないわ。自分の子供に殺人犯のもとで教育を受けさせる親がどこにいる？」

マンジュから学校をとりあげることは、人生の目的を奪うに等しい。どんなに辛辣に聞こえたとしても、いまのサンジャナのことばが正しいことは、だれもが理解していた。

「もしお義母さんが身を引くことに同意しなかったら？」ソーナルが訊いた。「お義母さんを思いとどまらせるのは、並大抵のことじゃない。そのことはみんなわかってる」

「ランジャンの言いぶんを聞いたでしょ」ヘタルが割ってはいった。「お義母さんのこととなると、あたしたち全員と戦う。それに、実際に警察に証明する方法があるわけでもなさそうだしね」

「証拠ならある」サンジャナが言う。「いまの告白を録音しておいたの。向こうに選択肢はない」ラディはリラに、部屋の後方に立ってマンジュが話しはじめたらボイスレコーダーのスイッチを押すよう頼んでおいたのだ。

「あら、ほんとうにすべて考えてあったのね」ソーナルは不思議そうに義姉を見た。

「あたしじゃなくて。ラディよ。すべてを解き明かしたのはラディなの」

「ただ、ぼくがわからないのは、カマルがこの件にどう絡んでくるのかなんだ。書斎で母さんを見た、とほんとにバワニがカマルに言ったのかい」アミットは混乱しているようだった。

「いいえ。バワニはカマルに何も言ってない。バワニがしたのは、おそらくマンジュおばさんが出ていってから、おじさんの書斎から二十万ルピーを盗んだことよ」

「実際、ランジャンはバワニが盗んだと非難したんでしょう?」ヘタルは憤然として言った。

「ええ。知ってのとおり、キルティおじさんが銀行へ使いにやったのがバワニだった。だから、バワニはお金のありかを知っていた。そのお金をとると、バワニはキッチンに隠した。プラスチックのカトラリーなんかがしまってある、カウンターの下のあの戸棚にね」

「なぜそんなところに?」ソーナルが尋ねた。

「いずれキルティおじさんの死にまつわる騒ぎがおさまったころに、だれかが二十万ルピーのことを思い出して、使用人部屋と、バワニの荷物が置いてあるガレージなんかを探しはじめると考えていたんだと思う」

「そのとおりのことをしたのが、ランジャンだった」ヘタルがたしかめた。

「それでバワニは、だれもあけそうにないキッチンの戸棚に置いたの」

「抜け目がないわね」ソーナルは言った。

「そういう人なの。だけど、ツキはなかった。カマルがそのお金を見つけて、抜きとり、彼には何も言わなかった」

「まあ!」ヘタルが心底驚いた声で言った。「あの子にそんなことができたなんて」

「ええ、でもそれがバワニを破滅に導いたんじゃないかと思う」

「というと？」アミットが訊いた。

「それで自暴自棄になって、マンジュおばさんを脅迫しはじめたんじゃないかしら。たしかなところは、結局わからずじまいだけれど」

ヘタルは眉をひそめた。「それで結局、だれがそのお金を持ってるの？　カマル？」

ラディはうなずいた。「ええ。この午後の計画に協力してくれたら、警察に引き渡したりはしないと言ったの」

「でも、どうしてカマルが持っているってわかったの？」ソーナルは当惑しているようだった。

「わからなかったのよ、たしかなところは。キルティおじさんは、ヘメンドラ氏《バーイー》にお金を渡すことになっていたのに、ヘメンドラは受けとってなかった。その日の午後、ミスター・ポダールもおじさんを訪ねたけれど、お金のこととは関係なかったと言い張ってる。すると、残るは犯人だけ。少なくともわたしはそう考えた。でも、あの日の午後バワニが家にいた、とカマルから聞いて、わたしは考えた。バワニはお金がそこにあることを知っていた。銀行から引き出してきた張本人だもの。そしてわたしは、バワニが家に自分以外だれもいないと思ったのか、カウンターの下の戸棚をあさって何かを必死で探しているのを見た。バワニはわたしに会って、ばつの悪そうな顔をしたわ。バワニがそこにお金を隠したんだろうと思った。もしそうなら、だれならそれを抜きとれたのか」ラディは身を乗り出して空《から》のカップをセンターテーブルのトレーに置き、お茶がいっぱいはいったカップを手にとった。

「きのう、カマルに電話をして訊いたの。最初は彼女、否定してた。でも、司法妨害のかどで警察に引き渡す、そうなったら手荷物を調べられて、両親が村から呼び出されることになる、と話したら、そこでお金を見つけてとったことを打ち明けてくれた」

アミットの電話が鳴った。電話をだまらせ、ちらっと画面を見たのち、ため息をついて言った。「もう行かないと、ディディ。子供たちをほうっておけない」ゆっくりと立ちあがる。「あす、会いにくるよ。この先はそのとき話そう」

ソーナルは立ちあがって夫に合流したが、ヘタルはすわったままだった。「もう少ししたら帰る」ふたりにそう告げた。義兄と義姉が部屋から出ていくまで待つ。そしてラディとサンジャナの三人だけにしてほしい、とジャイッシュに静かに頼んだ。

「ごめんなさい」ようやく三人だけになると、ヘタルは小声で言った。「あの日の午後、あたしがどこにいたかについて嘘をついていたこと。それから、スタジオに会いに来てくれた日に、態度が悪かったことも」

ヘタルは大きくため息をついた。「あなたの言うとおりだった。あの日、あたしはワーリ・ナカにはいなかった。担当の弁護士さんと一緒だったの。離婚届を出すつもり。実は、あの朝、お義父さんと言い争いになったのは、その件だった。弁護士からのあたし宛の手紙をお義父さんが誤って開封してしまったの。

なぜそんな思いきった手段に出るのか、とお義父さんに訊かれた。それで話をしたら、考えなおしてくれと懇願されてね。自分からランジャンに話して、丸くおさまるようにするからって。でも、あたしの決意が固いことを知ると、怒鳴って、あたしのことを自分勝手で目先のことしか考えられない女だと言った。離婚が子供たちや家族にどんな影響を与えるのか考慮していない、って。

あたしの子供たちのことはあたしの問題だ、家族についていえば、みんながあたしのことを考慮してくれたのと同じくらいには考えてるって言ったわ。ほんとうのところは？　あたしはずいぶんひどい言い方をしてしまった。自分でもそれを耐えがたく感じていたの。特に、お義母さんやランジャンと言い争いになるといつも、唯一お義父さんだけがあたしの味方だったから」

ヘタルはサンジャナとラディを見た。まるで裁かれるのは当然だが、多少の同情を期待するかのように。

「ランジャンの浮気が原因なの？」サンジャナがやさしく尋ねた。

「気づいてたの？」ヘタルは息を呑んだ。

「きのうまでは知らなかった」サンジャナは説明を求めてラディを見た。

「きのう、ジムカーナへ行ったの」ラディはこれから言おうとすることはヘタルをより傷つけるだけだとわかっていたので、しぶしぶ話しはじめた。「クラブ全体の入館履歴にランジャンの名前はあったけれど、ジムの登録簿には名前は書かれていなかった。監視カメラにも映っていなかったの。最初は、殺人犯を見つけたと思った。でも念のために、すべての登録簿の記入をたしかめてみようと思ってね。プールやテニスコート、バドミントンのコート、卓球部屋にバーまで登録簿を調べた。探せば探すほど、彼が犯人だという確信が強くなった。ところがそのとき、ランジャンの名前を見つけたの。部屋の登録簿に。〈THG〉にはゲストが滞在期間中、予約できる部屋があるのを知ってる？」

ヘタルはうなずいた。

「あの日の午後、ランジャンは部屋の登録簿に名前を記入していたの。ゲストとともに」

ヘタルは何か言いかけたものの、数分間だまっていた。

「気づいたのは先月」ヘタルがついに認めた。「お義父さんの書斎で、ランジャンが愛のことばをささやくのをふと耳にしてね。次に会って、きみの髪のにおいを嗅ぐのが待ちきれないって。髪のにおいですって！」ヘタルは冷笑した。

「でも、そのときあたしがどう感じたかわかる？　とっても不思議なんだけど。夫がだれかと恋に落ちても、あたしは動揺しなかった。ただ、馬鹿にされてたことに恐ろしく腹が立って。そのときよ、離婚しようと決めたのは！　醜態をさらしてやれと思った。あの人を驚かして、あたしがされたみたいに恥をかかせてやろうと思ったの」

「でも、まだひとつ気になることがあって」ラディは認めた。「ランジャンの喧嘩《けんか》について、どうして嘘をついたの？　あなたは、ちょっとした言い争いと言ってたけど、ほんとうはそうじゃなかった」

そう訊かれてヘタルは顔を赤らめた。「けしかけたのはあたしだった。あの朝、アパートメントの件についてお義父さんに改めて話して、とランジャンにうるさく言ったの。その件に関しては過去に話し合って、ランジャンは断ってたのに。お義父さんはアパートメントの売却にそう簡単には応じないってわかってた。でも、ランジャンが強く言ってくれれば、お義父さんがお金を貸してくれるかもしれない、それで自分たちのアパートメントが買えるかもしれないと思ってた。そうすれば、あとはあの人を追いだせばいい。たしかそのときはまだ、お義父さんの金銭事情を知らなかったから」

ヘタルは、離婚についてはランジャンにまだ話さないでくれと約束させたのち、すぐに出ていった。ランジャンには自分のタイミングで話したいから、と。

「ランジャンがだれと浮気してるか、ヘタルは知ってると思う?」サンジャナはふたりきりになると言った。

ラディはうなずいた。「たぶん知ってると思うわ」

27

「それでだれだったの？　ランジャンの不倫の相手は？」姉のマダヴィが、ブリートーボウルにサワークリームをひと垂らししたあと、新鮮なワカモーレに移った。

テーブルは、リラとラディが午前中かけて作った料理で覆われている――ラディが姉と叔母《フィア》を招いた昼食会のために、手のこんだメキシコ料理のご馳走が並んでいた。一方には、クリーミーな黒豆のボウルに、コリアンダーライス、オリーブオイルでソテーした赤ピーマンと黄ピーマン、グリーントマトのサルサとマンゴーのサルサ、そしてブリートーボウルのための調味料。中央には、ナチョチップスをトッピングした、トウモロコシとパイナップルの色鮮やかなサラダに、パリパリの野菜と豆のスパイシーなメキシコ風ラザニア。ラディはデザートに、小さなショットグラスに盛ったカルーア風味のティラミスを用意していた。テーブルに料理が並んだとき、やりすぎかもしれないと思ったが、ここ数日の緊張のあとだけに、気持ちがリラックスできる食卓になっていた。

いまは昼食の最中で、ラディはこのところの残念な出来事について、姉と叔母に少しくわしい話をし終えたところだった。

「それでだれだったの?」叔母のヴリンダは、パイナップルサラダからナチョチップスをこわごわと取りのけて、チップスだけラディの皿に置いた。

ラディはチップスをひと口食べて答えた。「カニカ・ガナトラよ」

「ミスター・ガナトラの息子さんの奥さんの?」マダヴィは驚いた顔をした。「あの若くてかわいい子?……ほんとに? うーん、ふたりで一緒にいるところを思い描けないな。ランジャンのどこに惹かれたのかしら」

「たぶん、人が惹かれ合うのは」ラディは持論を述べた。「孤独のせいなんじゃないかな」

「どうして相手がわかったの?」

ラディは顔をしかめた。「わからなかったの。ずっとあとになるまで。でも、もっと注意を払っていれば、もっと早く気づけたと思う。

バワニが亡くなった日、カニカは死体を見て気絶しそうになった。とっさに、手を伸ばしてランジャンにつかまろうとして、ランジャンは瞬時に彼女の腰に腕をまわしてた。ここでランジャンが何をしたかというより、どうやったかが問題なの。彼女がどんなふうにおさまりよくランジャンの腕にもたれたかがね。ふたりの身ぶりにはある種の気楽さ、親密さがあった」

「ヘタルはどうなの？　知ってるの」マダヴィはスプーンを置き、ナプキンで口元を拭《ぬぐ》って、満足げなため息とともにテーブルから体を離した。

「ヘタルには何か考えがあるにちがいないわ」ラディはバワニが殺された日に上を見あげたときのことを思い出した。ラディはヘタルが自分のほうを見ていると勘ちがいしたのだ。いまになって思い返せば、ヘタルは夫がカニカと一緒にいるところを見ていたのだろう。

三人はダイニングテーブルから居間へ移動した。

「リラ、濃いジンジャーチャイをポットでお願い」ヴリンダは、テーブルを片づけていたリラに微笑みかけた。リラがうなずく。

「ところで、ラディによると、あなたは情報を掘り起こすのが上手な情報屋《カブリ》なんだそうね。あなたの助けがなかったら、とてもすべてを解き明かすことはできなかった、と言ってたわ」

リラの顔が赤くなった。「ディディから頼まれたことをやっただけです。ディディはこういうことにほんとうに長《た》けていらして。むしろ、作家であることは忘れて、探偵事務所を開くべきだと思います」

「ハハハ、それはわくわくするわね」ヴリンダは笑った。「あなたのディディには、わくわくが必要みたい」それからラディを見て尋ねた。「ところで、ニシャントから電話は来た？」

ラディは口をぽかんとあけた。「叔母さんがわたしの番号を渡したの？　なんで番号を知ってるのか不思議だったの。なぜそんなことをしたの？」

「別にいいでしょ。申しぶんなく感じのいい青年のようだし。訊かれたら、自分の番号も教えたと思うわ」ヴリンダがにっと笑った。

ラディは姉のほうを向きながら両手をあげた。「心配しないで、ディ、断わるつもりだから。そうしないと、ミセス・バンサルが怒るでしょ」

「駄目よ！　ニシャントとデートしてきなさい！　それであなたがようやくマッキンゼーのことを忘れて、自分の人生に踏み出せるなら、わたしもうれしい。お義母さんのことは気にしないで。わたしがなんとかするから。それにニシャントはプラチと二度目のデートをする気はないとはっきり言った。だから、あなたがニシャントに会っちゃいけない理由はないのよ」

「まあ、たしかに感じのいい人だったけど」ラディは認めた。

「感じがいい？　いい男《ハンク》だったでしょ！　おいしいチョコレートのかたまり《ハンク》みたいに！」

ヴリンダが褒めたたえ、三人で声をあげて笑った。

そのあとヴリンダが急に冷静になった。「ラディ、言うのを忘れてたけど、ここまであがってくる途中、エレベーターでミセス・ポダールに会って、すごく冷たい挨拶をされたわ」

「ええ、残念ながら、この一件でミセス・ポダールとの関係がこじれてしまったの」ラディは、なぜミスター・ポダールがミスター・カダキアを訪ねたかのことで、自分とサンジャナがミスター・ポダールと対立していた件を話した。

「つまり、自治会の入札についてだったの？」

ラディはうなずいた。「建物もテラスも、大規模な修繕が必要でね。ミスター・ポダールは建築業者を選び、ミスター・カダキアに契約を請け負わせるよう迫った。のちに、キルティおじさんは、その建築業者が契約の見返りに多額のリベートをミスター・ポダールに渡していたのを突き止めた。キルティおじさんはミスター・ポダールと対峙し、自治会に話すと脅した。そのことで、ふたりは大喧嘩《げんか》をしたの」

ヴリンダは首を振った。「それを聞いて残念だわ」ミスター・ポダールの全盛期を知っているヴリンダとしては、落ちぶれた様子を知って悲しかった。

リラがお茶とビスケットを持ってもどってきた。それぞれのカップにお茶を注《そそ》ぐ。

「カダキア家がアパートメントを売りに出したって聞いてるけど」マダヴィが言った。

ラディはうなずいた。「心機一転、新しいスタートをしたいのね」

「マンジュラは？」ヴリンダが訊く。

「バグワンダムに移るんだって」

「あの僧院《アシュラム》に？　マンジュは信仰心に厚いたちには見えないけど。でも、内省すべき点がたくさんあるんでしょうね」

ヴリンダがラディを見た。「マンジュラを警察に引き渡さないというサンジャナの決断を、あなたはいいと思った？」

その件については、ラディも長い時間をかけて考えた。それが合法であるかどうかではなく、道徳的にどうかということを。マンジュは刑務所暮らしから免《まぬが》れた。けれども、そんな慈悲を与える権利がだれにあるのだろう。バワニの家族が知ったら、サンジャナたちがくだした一種の正義を受け入れるのだろうか。そもそもサンジャナたちが示したのは、ほんとうに慈悲なのだろうか。大切なものや人たちから離された、目的のない存在を、果たしてそう呼べるのか。

「正直言うとね。バワニの子供たちも、キルティおじさんの子供たちと同じくらい決断に口を出すべきだったと思う。でも、サンジャナを責める気にはなれない。わたしが彼女だったら、家族のために同じことをしてたんじゃないかな」

「まあ、あなたはいいことをしたと思うわ」ヴリンダは姪の手を握った。「だれもがみずからのカルマに対して責任を負う。そしてあなたの意志は、あなたがすることと同じくらい重要なの。わかるわよね？」

ラディはうなずいた。

「あなた自身の考え、ことば、行動に責任を持ちつづけて、それ以上のことは、ほうっておく」ヴリンダはつづけた。

「考えやことばと言えば」マダヴィがにやりと笑った。「それを紙に書く予定はないの？」

ラディは笑い返した。計画ならある。ジョージに長いメールを書いて、この話の展開を伝えたのだ。それに対して、ジョージからはたった一行の返信が来た――〝それがきみの書く次の本なんだね？〟。

そのメールを読んだとき、ラディは背筋がぞくぞくするのを感じた。ジョージの言うとおりだ。次は、殺人事件を扱うミステリを書こう。

謝辞

この本を世に送り出すのに力を貸してくれた多くの人々に深く感謝している。みなさまに心からの謝意を。

まず夫のマウリクに。まるで心を読んだかのように、わたしがこの本で試みていることを正確に見通してくれた。自分自身がどちらも信じられなくなっていたときでさえ、アイデアとわたしを信じつづけていてくれたことに。

著作権代理人であるカニシュカ・グプタに。この本を熱っぽくひたすらに支持してくれたことに。

エマ・グランディ・ヘイグに。だいじょうぶだと信じ、まったく新しい未知の声に信を置いてくれた。

ふたたびエマと、アルナ・ヴァスデヴァンに。繊細でていねいな編集をしてくれた。

わたしの友人であるナヴァーズ・イラニとドクター・ルクマニ・クリシュナムルティに。

人を殺すのにベストな方法について、奇妙な質問に答えてくれた。

兄のサヒルと、わたしの友人であるニラズに。時間を割いて初稿を読んでくれたばかりか、わたしをすわらせ、もっとよくできる箇所をすべて教えてくれた。しかも、わたしがやめたりあきらめたりしないように、親切に教授してくれた。

スワティとディープティに。初稿を読み、貴重なフィードバックをくれたうえに——わたしがまさに期待していたことだった——本や母性、人生にまつわる会話からたくさんの糧《かて》を与えてくれた。またふたりが、他の女性を元気づけてくれるような人物であることに。

最後に、いついつまでも母に。あなたのおかげで、いまのわたしがある。

訳者あとがき

インドの西海岸に位置するムンバイ。この作品の舞台は、ムンバイの上流階級が住む、陽光降り注ぐ閑静な坂の街テンプルヒルだ。

物語は、作家であるラディカ(ラディ)が十年のニューヨーク生活を経て、故郷のムンバイにもどってきた場面からはじまる。恋人と別れ、仕事でもスランプに陥り、なかなか新作が書けないでいた。ラディカは翌日、親友のサンジャナを訪ね、サンジャナの父親キルティ・カダキアが前日に亡くなったことを知る。その日、母親のマンジュが午後五時ごろ帰宅し、夫が書斎の机に突っ伏しているのを見つけたのだ。頭にビニール袋をかぶり、目の前の卓に睡眠薬の空シートが散らばっていたのだという。警察の見立ては自殺だったが、サンジャナはそれを信じようとしなかった。まもなく生まれてくる孫を抱っこするのを楽しみにしていたのに、自殺なんてするわけがないというのだ。

ラディカは、サンジャナのふたりの弟アミットとランジャン、それぞれの妻ソーナルとヘタル、それに母のマンジュ、使用人のバワニとカマルの話を聞き、ミスター・カダキアが金銭問題を抱えていたこと、大声で人と言い争っていたことを突き止め、サンジャナの言うとおり、キルティの死は自殺ではないのではないかと考えるようになる。

妊娠五カ月で思うように動けない親友サンジャナに代わり、キルティの死の真相を探ろうと、ラディカはキルティの電話の通話記録を調べ、隣人たちに話を聞く。キルティの死は自殺だったのか他殺だったのか。他殺だとしたら、犯人はだれなのか。


サンジャナとその家族も、ラディカ自身も、シー・ミストというアパートメントに住んでいる。登場する隣人たちもほぼ同じアパートメントの住人で、物語はその団地内で進んでいく。〝団地〟と言っても、裕福な人が暮らす、いわば山の手の古くから建つマンションを想像するほうが近いかもしれない。閉鎖的な共同体だが、だからこそ話を聞き出そうとしてアポなしでふらりと隣人の部屋を訪れても歓待されたり、隣人同士お互いに食べ物を差し入れしたりと、いまの世界では希薄になった古き良き人間関係が残っている。

〝歓待〟とひとことで言ったが、本書には、驚くほどいろいろな料理が出てくる。訳出時に参考にした『家庭で作れる　東西南北の伝統インド料理』（香取薫　河出書房新社）から、インド料理の特徴を引く。「広大な国、インド。面積は日本の約八・七倍、人口は十四億人弱。これだけの大きさを持つインドの食文化はとても多彩で、いくつもの国の集合体ととらえたほうがいいのかもしれません。でも、大きな共通点があります。それはどの地方でも、スパイスを使って料理をするということです」そんな記述や写真を見ながら訳していたら、ときおりスパイスの香りが鼻の奥をくすぐるような気がした。読者のかたにも、そんな体験をしていただけたらうれしい。

本書の原題は*A Mumbai Murder Mystery*。タイトルどおり、もちろんミステリではあるが、読んでいると、インドの社会には根深い格差が埋めこまれていることに気づく。本書には、さまざまな階級の人々が登場する。主人公のラディカは金持ちで、使用人を雇う身だが、その使用人は幼いころからの知り合いなのに、ラディカの前では椅子にはすわらず、床にひざまずく。カダキア家の使用人、バワニも印象的だ。娘の結婚式の持参金が準備できず、雇い主に借金を頼むがことわられ、縁談は結局、破談になってしまう。男女格差も大きく、それぞれの立場でなんとか生き方を模索しようとする女性の姿も描かれている。

インドでは、名前のあとにつく〝バーバー〟や〝バーイー〟、〝ディディ〟など、親戚や家族をはじめ、相手との関係を示す尊称が多様で、日本にはない慣習なので訳出に苦労した。

ここで少し、作者の出身地であり、物語の舞台にもなったムンバイについて、『インド――グローバル・サウスの超大国』（近藤正規　中公新書）を参照して紹介したい。「西部最大の州であるマハラシュトラ州の州都ムンバイは金融と商業の中心で、中央銀行であるインド準備銀行（ＲＢＩ）やムンバイ証券取引所があるほか、〝ボリウッド〟と呼ばれるように映画産業の中心地でもある」物語の舞台テンプルヒルは、ムンバイのなかでも富裕層の多い街区だ。

作者のミッティ・シュローフ＝シャーは、ムンバイのセント・ザビエル大学を卒業し、ムンバイ大学で英文学の修士号を取得。その後十六年間、広告業界に身を置いた。現在は、夫と娘とともにムンバイに暮らしている。

テンプルヒル・シリーズの第一作である本書は、二〇二二年ＣＷＡ賞（英国推理作家協会賞）新人賞のロングリストに、二〇二三年《タイムズ・オブ・インディア》紙の作家賞の最終候補に選ばれた。結婚相談所の従業員が死体で見つかったところからはじまるシリーズの第二作、*A Matrimonial Murder* はすでに上梓され、こちらも好評を博している。当シリーズについて、アガサ・クリスティーの作品や、アレグザンダー・マコール・スミス『No.1レディーズ探偵社、本日開業』からはじまるミス・ラモツエの事件簿シリーズを引いての評が見受けられた。探偵役として女性が活躍するインド・ミステリのシリーズが、今後どう展開していくのか楽しみだ。

本書の訳出にあたり、早川書房のみなさまには大変お世話になりました。ていねいに訳稿を見てくださり、貴重な助言をくださって、とても助かりました。また、インドの文化について、たまたま団地でお隣りだっただけなのに快く相談にのってくださったコティヤルさんにも、心から謝意を表します。

二〇二四年十月

訳者略歴　大阪外国語大学外国語学部卒，翻訳家　訳書『レックスが囚われた過去に』ディーン，『塩の湿地に消えゆく前に』マレン，『寒慄』レナルズ，『アオサギの娘』ハートマン，『象られた闇』パーセル（以上早川書房刊）他多数

HM=Hayakawa Mystery
SF=Science Fiction
JA=Japanese Author
NV=Novel
NF=Nonfiction
FT=Fantasy

テンプルヒルの作家《さつか》探偵《たんてい》

〈HM522-1〉

二〇二四年十一月二十日　印刷
二〇二四年十一月二十五日　発行
（定価はカバーに表示してあります）

著者　ミッティ・シュローフ＝シャー
訳者　国《くに》弘《ひろ》喜《き》美《み》代《よ》
発行者　早川　浩
発行所　株式会社　早川書房
郵便番号　一〇一‐〇〇四六
東京都千代田区神田多町二ノ二
電話　〇三‐三二五二‐三一一一
振替　〇〇一六〇‐三‐四七七九九
https://www.hayakawa-online.co.jp

乱丁・落丁本は小社制作部宛お送り下さい。
送料小社負担にてお取りかえいたします。

印刷・三松堂株式会社　製本・株式会社フォーネット社
Printed and bound in Japan
ISBN978-4-15-186301-1 C0197

本書は活字が大きく読みやすい〈トールサイズ〉です。